AF277801

Secretos mortales

Robert Bryndza es el autor *best seller* número 1 en Amazon, en *USA Today* y en *The Wall Street Journal*. *Te veré bajo el hielo* (Roca Editorial, 2017) fue su primer thriller, con el que vendió más de un millón de ejemplares y que ha sido traducido a 28 idiomas. A este le siguieron *Una sombra en la oscuridad*, *Aguas oscuras*, *Último suspiro* y *Sangre helada*, también protagonizados por la detective Erika Foster. Nacido en Inglaterra, actualmente vive en Eslovaquia.

@RobertBryndza

Secretos mortales

Robert Bryndza

Traducción de Santiago del Rey

rocabolsillo

Penguin
Random House
Grupo Editorial

Título original: *Deadly Secrets*

Primera edición en Rocabolsillo: mayo de 2025

© 2018, Robert Bryndza
Publicado por primera vez en Gran Bretaña en 2018 por Storyfire Ltd.,
que publica como Bookouture
© 2023, 2025, Roca Editorial de Libros, S.L.U.
Travessera de Gràcia, 47-49. 08021 Barcelona
© 2023, Santiago del Rey, por la traducción
© de la ilustración (p. 176): Vierka Bryndzova
Diseño de la cubierta: © Henry Steadman
Imagen de la cubierta: © Gary Holmes

Roca Editorial de Libros, S. L. U., es una compañía de Penguin Random House Grupo Editorial
que apoya la protección de la propiedad intelectual. La propiedad intelectual estimula la creatividad,
defiende la diversidad en el ámbito de las ideas y el conocimiento, promueve la libre expresión y favorece una
cultura viva. Gracias por comprar una edición autorizada de este libro y por respetar las leyes de propiedad
intelectual al no reproducir ni distribuir ninguna parte de esta obra por ningún medio sin permiso. Al hacerlo
está respaldando a los autores y permitiendo que PRHGE continúe publicando libros para todos los lectores.
De conformidad con lo dispuesto en el artículo 67.3 del Real Decreto Ley 24/2021, de 2 de noviembre, PRHGE
se reserva expresamente los derechos de reproducción y de uso de esta obra y de todos sus elementos mediante
medios de lectura mecánica y otros medios adecuados a tal fin. Diríjase a CEDRO (Centro Español de
Derechos Reprográficos, http://www.cedro.org) si necesita reproducir algún fragmento de esta obra.
En caso de necesidad, contacte con: seguridadproductos@penguinrandomhouse.com

Printed in Spain – Impreso en España

ISBN: 978-84-19498-44-1
Depósito legal: B-4.602-2025

Impreso en Novoprint
Sant Andreu de la Barca (Barcelona)

RB 9 8 4 4 1

A Riky y a Lola

El hombre nunca es él mismo cuando interpreta su propio personaje. Dadle una máscara y os dirá la verdad.

Oscar Wilde

1

*E*ra Nochebuena, ya tarde, cuando Marissa Lewis se bajó del tren en el andén de Brockley y avanzó entre la multitud ebria hacia el puente peatonal. Los primeros copos de nieve se agitaban perezosamente en el aire y la gente, reconfortada por el calor del alcohol, estaba deseando llegar a casa para empezar las celebraciones.

Marissa era una mujer hermosa de pelo negro azulado, ojos de color violeta y figura voluptuosa. Se sentía orgullosa de ser la clase de chica sobre la cual tu madre te previene. Volvía a casa desde el club de Londres donde actuaba como bailarina de cabaret y llevaba un largo abrigo *vintage* negro ribeteado de piel, un denso maquillaje de tonos pálidos, pestañas postizas y un trazo carmesí en los labios. Cuando llegó a los escalones del puente peatonal, dos jóvenes que iban delante se volvieron y la observaron con avidez. Ella siguió sus miradas y advirtió que se le había desabrochado la parte inferior del abrigo, dejando a la vista, mientras subía los escalones, un atisbo de las medias y los ligueros que lucía en su actuación. Se detuvo para abrocharse los grandes botones dorados entre el gentío que la sorteaba y seguía subiendo.

—Espero que sea piel de imitación —musitó alguien a su espalda. Marissa volvió la cabeza y vio a una joven flaca con un novio igualmente delgaducho. Ambos llevaban abrigos desaliñados y en ella destacaba su melena grasienta.

—Sí, es imitación —dijo Marissa, ocultando la mentira con una sonrisa deslumbrante.

—A mí me parece piel auténtica —dijo la joven. Su novio se había quedado mirando con la boca entreabierta las medias de encaje y los ligueros de Marissa, que todavía estaba terminando de abrocharse el abrigo.

—¡Frank! —ladró ella, arrastrándolo escaleras arriba.

La piel del ribete era auténtica. Marissa había encontrado el abrigo de saldo en una tienda *vintage* de segunda mano del Soho y lo había comprado junto con el neceser que llevaba colgado del brazo.

Subió los escalones restantes y cruzó el puente. Abajo, los raíles del tren relucían a la luz de la luna. Una ligera capa de nieve estaba formándose sobre los tejados. Al llegar al final, vio que los dos jóvenes se habían detenido y estaban esperando en lo alto de la escalera descendente. El corazón empezó a palpitarle más deprisa.

—¿Puedo ayudarte? —le preguntó el más alto, ofreciéndole el brazo. Era guapo, con el pelo rojizo y una cara rubicunda. Llevaba un traje de tres piezas, un largo abrigo marrón y unos relucientes zapatos de cuero claro. Su amigo, más bajo, iba vestido casi igual, pero no era tan agraciado.

—No hace falta —dijo ella.

—Está resbaladizo —insistió el joven, metiendo el brazo bajo el suyo. Ahora estaban bloqueando el paso. Ella lo miró un momento y decidió que sería mejor aceptar su ayuda.

—Gracias —dijo, sujetándose de su brazo. El más bajo quería cogerle el neceser, pero ella negó con la cabeza con una sonrisa. La sal crujía bajo sus zapatos mientras descendían flanqueando a Marissa. Apestaban a cerveza y a cigarrillos.

—¿Eres modelo? —preguntó el alto.

—No.

—¿Qué significa «M. L.»? —preguntó el bajo, señalando las letras impresas en el neceser.

—Son mis iniciales.

—¿Y cómo te llamas?

—Yo soy Sid; él es Paul —dijo el alto. Paul sonrió, mostrando unos grandes dientes amarillentos. Llegaron al pie de la escalera y ella les dio las gracias y se soltó del brazo.

—¿Te apetece una copa?

—Gracias, pero me voy a casa —dijo Marissa. Los tipos aún bloqueaban la mitad de la escalera y la riada de gente pasaba sorteándolos. Permanecieron un momento esperando, sopesando la situación.

—Venga, es Navidad —dijo Sid. Marissa se apartó, dejando que los pasajeros se interpusieran entre ellos—. O podemos llevarte en coche —añadió, abriéndose paso para acercarse. Paul lo imitó, apartando a un chico de un empujón. Tenía unos ojos penetrantes y desenfocados al mismo tiempo.

—No, de verdad. Tengo que volver a casa. Pero gracias, chicos. Felices Navidades.

—¿Seguro? —dijo Paul.

—Sí, gracias.

—¿Podemos sacarnos una foto contigo? —preguntó Sid.

—¿Cómo?

—Solo un selfi con nosotros. Nos gustan las chicas guapas y así tenemos algo que mirar por la noche, cuando estamos solos y ateridos en la cama.

La miraban de un modo que a Marissa le hizo pensar en un par de lobos. De lobos hambrientos. Se situaron a cada lado, pegando la cabeza a la suya. Mientras Sid sostenía con una mano el iPhone y sacaba un par de selfis, ella notó que le ponía la otra mano en el trasero y luego empezaba a deslizarle los dedos entre las nalgas.

—Genial —dijo, apartándose. Ellos le mostraron la foto. Tenía los ojos muy abiertos, aunque no se la veía tan asustada como se sentía por dentro.

—Estás muy buena —dijo Sid—. ¿Seguro que no te podemos convencer para que vengas a tomar una copa?

—Tenemos vodka, Malibú, vino —dijo Paul. Marissa miró hacia el puente y vio que aún había algunos pasajeros cruzándolo. Luego se volvió hacia ellos y esbozó otra sonrisa forzada.

—Lo siento, chicos. Esta noche, no.

Alzó la mirada hacia una de las cámaras de vigilancia que había en lo alto, encerrada en su domo de plástico. Ellos siguieron su mirada y, finalmente, parecieron captar el mensaje y se alejaron.

—Menuda zorra engreída —oyó que decía Paul.

Ella se quedó atrás, aliviada, mirando cómo se dirigían hacia un coche aparcado junto al bordillo, pero apartó los ojos cuando echaron un vistazo atrás. Oyó risas, el golpetazo de las puertas y el ruido del motor al arrancar. Solo se dio cuenta de que había estado conteniendo el aliento cuando el coche se alejó de la estación.

Suspiró, y vio que los últimos pasajeros bajaban por la escalera. En lo alto de todo, divisó a un hombre apuesto de poco más de cincuenta con su esposa, una mujer muy pálida.

—Mierda —masculló entre dientes, apresurándose hacia una de las máquinas expendedoras de billetes y fingiendo que se concentraba en la pantalla.

—¡Marissa! ¡Te he visto! —exclamó la mujer, con voz ebria—. ¡Te he visto, zorra! —Sonó un redoble de tacones en la escalera. La mujer venía disparada hacia ella.

—¡Jeanette! —gritó el hombre.

—¡Tú déjanos! —gritó la mujer, llegando a la altura de Marissa, pero deteniéndose a dos pasos. Esgrimió un dedo alargado a unos centímetros de su cara—. ¡No te acerques a él!

Tenía los ojos inyectados en sangre y la cara roja e hinchada, y el carmín se le había corrido sobre las arruguitas que rodeaban su boca.

—¡Jeanette! —siseó el hombre, dándole alcance y apartándola. Aunque eran de la misma edad aproximadamente, él tenía un rostro curtido y atractivo. Lo cual le recordó a Marissa que el tiempo puede ser más clemente con los hombres.

—Hago todo lo posible para no cruzarme en tu camino, pero vivimos en la misma calle y es inevitable que nos encontremos —dijo, sonriendo con dulzura.

—¡Eres una zorra!

—¿Has estado en el pub, Jeanette?

—Sí —gruñó ella—. ¡Con mi marido!

—Tú pareces sobrio, Don. Yo suponía que eras tú el que necesitaba beber para ponerse a tono.

Jeanette alzó la mano para darle una bofetada, pero Don se la sujetó.

—Ya basta. ¿Por qué no puedes mantener la boca cerrada, Marissa? ¿Es que no ves que no está bien?

—No hables como si yo no estuviera aquí, joder —dijo Jeanette con la lengua trabada.

—Venga, nos vamos —dijo él, y se la llevó casi como si fuese una inválida.

—Puta de mierda —masculló Jeanette.

—Nadie me ha pagado nunca para tener sexo —le gritó Marissa—. ¡Pregúntaselo a Don!

Él se volvió a mirarla con expresión apenada. Ella no sabía si Don sentía pena por su esposa alcoholizada o por él mismo. Miró cómo la ayudaba a subir a un coche aparcado y la depositaba en el asiento del acompañante. Mientras se alejaban, Marissa cerró los ojos recordando las veces que había estado con él. Llamaba a su puerta muy tarde, cuando su madre ya estaba dormida, y se metían en la habitación con sigilo. La sensación de ese cuerpo cálido en su piel mientras hacían el amor…

Al abrir de nuevo los ojos, vio que los últimos pasajeros se habían dispersado por las calles adyacentes y que estaba sola. Ahora nevaba con fuerza y la nieve recubría el arco de las farolas que rodeaban la explanada de la estación. Abandonó la entrada y tomó a la derecha por Foxberry Road. Los árboles de Navidad destellaban en las ventanas de las casas y el crujido de sus pies sobre la nieve resonaba en el denso silencio.

La calle torcía al final bruscamente a la derecha para convertirse en Howson Road y Marissa titubeó al ver cómo se extendía en una casi completa oscuridad. Muchas farolas estaban estropeadas, solo quedaban dos para iluminar un tramo de quinientos metros flanqueado de casas adosadas. Habría preferido recorrerlo con los demás pasajeros del último tren; siempre había un par de personas que seguían el mismo camino, lo que la hacía sentir más segura. Sin embargo, entre Jeanette y los dos cretinos de la estación, ya había llegado tarde para eso.

Caminó a toda prisa, dejando atrás sombrías travesías y ventanas oscuras, para alcanzar cada tramo de luz. Se sintió aliviada cuando surgió entre las sombras Coniston Road, que estaba profusamente iluminada gracias al colegio que había al fondo. Torció a la izquierda, pasó junto al patio del recreo y luego cruzó la calle hasta la verja de su casa, que emitió un chirrido cuando la abrió. Las ventanas estaban todas a oscuras y el diminuto jardín delantero quedaba sumido en las sombras. Ya tenía la llave en la mano y se disponía a meterla en la cerradura cuando oyó un golpe sordo a su espalda.

—¡Joder! Menudo susto me has dado, Beaker —exclamó al ver el cuerpo negro y lustroso del gato encaramado sobre el contenedor de basura junto a la verja. Se acercó y lo cogió en brazos—. Venga, vamos. Hace demasiado frío para estar aquí fuera. —Beaker ronroneó y alzó hacia ella sus intensos ojos verdes. Marissa pegó la mejilla a su cálido pelaje. El gato pareció darle un momento; luego se escabulló de sus brazos, saltó al suelo y rápidamente se coló por el seto en el jardín contiguo—. Muy bien, como quieras, sinvergüenza.

Fue a abrir la puerta, pero en ese momento sonó el chirrido de la verja. Se quedó helada. Hubo un leve murmullo y luego un crujido de pisadas en la nieve. Se volvió lentamente.

A su espalda había una figura con una larga gabardina negra. Tenía la cara cubierta con una máscara antigás y una capucha de reluciente cuero negro muy ajustada a la cabeza. Los dos grandes círculos de vidrio de la máscara la escrutaban inexpresivamente, y el tambor, o filtro para respirar, alargaba su rostro hacia abajo, colgando justo por encima del pecho. Llevaba puestos unos guantes negros y sujetaba en la mano izquierda un largo y delgado cuchillo.

Marissa intentó meter la llave en la cerradura, pero la sombra se abalanzó sobre ella, sujetándola del hombro y estampándola contra la puerta. Hubo un destello plateado y una explosión de sangre que salpicó los vidrios de la máscara.

El neceser cayó al suelo y ella se llevó la mano al cuello, solo notando ahora el terrible dolor del tajo que tenía a lo largo de la garganta. Intentó gritar, pero únicamente le salió un gorgoteo y la boca se le llenó de sangre. Alzó las manos justo cuando la figura, tambaleándose, le lanzaba otra cuchillada que le rebanó dos dedos y las mangas del abrigo. Marissa ya no podía respirar, boqueaba para tomar aire, gorgoteaba y arrojaba sangre. La sombra la sujetó de la nuca, la arrastró por el sendero y la estampó de frente contra el pilar de ladrillo de la verja. Ella oyó un crujido de huesos y sintió un estallido de dolor en la cara.

Ahora daba arcadas y vomitaba. Ya no conseguía inspirar aire hacia sus pulmones encharcados. Observó, casi con distancia, cómo la extraña figura forcejeaba para arrastrarla por el suelo hacia la mitad del diminuto jardín. Parecía oscilar, como si estuviera a punto de caerse, pero mantuvo el equilibrio. Volvió a esgrimir el cuchillo con ambas manos, rajándole aún más la garganta y clavándoselo en el cuello. Mientras su sangre bombeaba sobre el manto de nieve y la vida la abandonaba, Marissa pensó que reconocía la cara a través de los grandes cristales de la máscara antigás.

2

*E*l despertador de la inspectora jefe Erika Foster sonó a las siete, y de las profundidades de la colcha y las mantas emergió un brazo pálido y delgado que lo apagó. La habitación estaba oscura y helada, y la luz de las farolas atravesaba las finas persianas. Se había propuesto cambiarlas desde que se había mudado, pero no había encontrado el momento de pedírselo al casero. Se dio la vuelta, apartó las mantas y se metió en el baño, donde se dio una larga ducha y se cepilló los dientes.

Solo cuando se había vestido y metido en los bolsillos el teléfono, la cartera y la placa recordó que era Navidad y que estaba invitada a comer en casa del comandante Paul Marsh.

—Mierda —masculló, sentándose en la cama y pasándose la mano por su pelo rubio—. Mierda.

La mayoría de los agentes de policía habrían considerado todo un éxito una invitación a pasar la Navidad con el comandante del distrito y su familia, pero, para ella, la relación con Marsh era... complicada.

Erika acababa de cerrar un caso espeluznante en el que una joven pareja había cometido una serie de asesinatos. En su juego perverso, habían secuestrado a las dos hijas pequeñas del comandante y atacado a su esposa, Marcie, al llevárselas. Lo cual había desencadenado una cacería en toda regla. Erika había logrado rescatar a las niñas, y comprendía que Marsh y Marcie la habían invitado para agradecérselo, pero ella habría preferido olvidar el asunto y pasar a otra cosa.

Se levantó de nuevo y, abriendo el armario ropero, examinó el escaso surtido de ropa, la mayor parte era para el trabajo. Hurgando entre tejanos negros, jerséis y blusas blancas, todo impecablemente colgado, desenterró un vestido azul sin mangas. Se volvió hacia el espejo del tocador, sujetando la percha a la altura de su barbilla. Erika medía descalza un metro ochenta. Tenía los pómulos altos y enérgicos, unos grandes ojos verdes y el pelo rubio y corto, con los mechones húmedos asomando en punta aquí y allá. «Joder, estoy esquelética», musitó, pegando el vestido a las partes de su cuerpo donde antes tenía curvas. Miró la foto de su difunto marido, Mark, sobre el tocador. «¿A quién le hacen falta los platos saludables de Lean Cuisine? Convertirte en viuda obra maravillas en tu cintura...». La crudeza de su chiste la sorprendió a ella misma. «Perdona», añadió.

Mark también había sido policía. Ellos dos y Marsh se habían formado juntos, pero Mark había sido abatido hacía más de dos años atrás durante una redada antidrogas. Esa fotografía había sido tomada en la sala de estar de la casa de Mánchester en la que habían vivido juntos durante quince años. El sol que entraba por la ventana iluminaba su rapado pelo oscuro, creando alrededor una aureola dorada. Su rostro era hermoso; su sonrisa, cálida y contagiosa.

—No sé qué decirles a Marsh y a Marcie... Yo simplemente quiero pasar página sin mayores alharacas.

Mark la miró sonriente.

—Tonterías, ¿no? ¿Ya es tarde para inventar una excusa?

«Sí —parecía decir Mark con su sonrisa—. Venga, Erika. Sé amable».

—Tienes razón. Ya no se puede anular… Feliz Navidad. —Se llevó un dedo a los labios y lo puso sobre el cristal.

Erika cruzó el pequeño salón integrado a la cocina, escasamente amueblado con un pequeño sofá, un televisor y una estantería medio vacía. Encima del microondas había un diminuto árbol de Navidad de plástico. Años atrás estaba encima de la tele, pero desde el advenimiento de la pantalla plana, el microondas era el único lugar donde podía permanecer sin resultar ridículo. Encendió la cafetera y abrió las cortinas. El aparcamiento y la calle estaban cubiertos con una gruesa alfombra de nieve que adquiría un tono anaranjado a la luz de las farolas. No había gente ni circulaban coches, y tuvo la sensación de ser la única persona en el mundo. Una ráfaga de viento soplaba a ras de suelo, levantando un polvo de nieve que volaba hacia el montículo acumulado junto al muro del aparcamiento.

El teléfono fijo sonó mientras se servía el café. Cruzó a toda prisa el pasillo y respondió confiando en que se produjera un milagro y se anulase la comida. Era el padre de Mark, Edward.

—¿Te he despertado, cielo? —dijo, con su cálido acento de Yorkshire.

—No, ya estoy levantada. Feliz Navidad.

—Feliz Navidad también para ti. ¿Hace frío en Londres?

—Ha nevado —dijo ella—. Solo una capa hasta los tobillos, la verdad, pero suficiente para salir en las noticias.

—Aquí tenemos más de un metro. Y en Beverley todavía más. —Su voz sonaba fatigada y frágil.

—¿Te mantienes bien abrigado?

—Sí, cariño. Tengo el fuego encendido y, como me

siento un poco rumboso, lo mantendré todo el día... Es una pena que no nos vayamos a ver.

Erika sintió una punzada de culpa.

—Iré para Fin de Año. Me quedan días de vacaciones.

—¿Te tienen trabajando hoy?

—No, hoy no. Estoy invitada a comer en casa de Paul Marsh con su familia... Después de todo lo que les ha pasado, me pareció que no podía negarme.

—¿Quién es ese, cielo?

—Paul. Paul Marsh...

Hubo una pausa.

—Ah, sí, claro. El joven Paul. ¿Ha conseguido vender aquel Ford Cortina?

—¿Cómo?

—Dudo que saque mucho por él. Es un trasto oxidado. Puedes atravesar la carrocería con un dedo.

—Edward, ¿de qué estás hablando? —preguntó Erika. Marsh había tenido un Ford Cortina, pero hacía muchos años, a principios de los noventa.

—Ah, claro. Qué tonto... No he dormido muy bien esta noche. ¿Cómo les van las cosas, después de lo sucedido?

Erika no sabía qué decir. Retorció el cable del teléfono alrededor de sus dedos. Edward tenía casi ochenta años, pero conservaba una mente rápida y alerta.

—Aún es pronto. No los he visto desde...

Oyó el silbido del hervidor al fondo.

—Envíales mis mejores deseos, ¿quieres?

—Claro.

—Te dejo, cielo. Tengo que tomarme mi taza de té para despertarme del todo. Y abrir mis regalos. Cuídate, y feliz Navidad.

—Edward, ¿seguro que va todo bien? —empezó Erika, pero él ya había colgado.

Se quedó mirando el teléfono un momento y luego fue a la ventana. Había una mansión victoriana enfrente, grande y recargada, que como las demás casas de la calle había sido reconvertida en pisos. Ahora había bastantes luces encendidas y veía en una de las ventanas a una pareja con dos niños pequeños abriendo sus regalos junto a un gran árbol de Navidad. Una mujer con un grueso abrigo avanzaba trabajosamente por la acera, agachando la cabeza para protegerse de la nieve y arrastrando un perrito negro. Erika volvió al teléfono y levantó el auricular, pero luego volvió a dejarlo en su sitio.

Se vistió y salió del piso poco antes de las once. Nevaba con fuerza y un aire adormilado se notaba en el ambiente con todas las tiendas cerradas. Vio a algunos niños que jugaban afuera, lanzándose bolas de nieve.

Mientras circulaba por el tramo de tiendas de la estación de Crofton Park, el tráfico se fue volviendo denso y lento hasta que se detuvo del todo. Las escobillas del limpiaparabrisas chirriaban al limpiar la nieve seca. Al fondo se veía un destello azul de luces policiales. Eso la animó un poco; le hizo pensar en el trabajo. Los coches avanzaban a paso de tortuga y, justo pasado Crofton Park School, una de las travesías de la izquierda estaba bloqueada por dos coches patrulla y un precinto policial. El agente John McGorry estaba hablando con otros dos policías junto a la cinta, que oscilaba al viento. Cuando Erika llegó a su altura, dio un bocinazo y ellos se volvieron.

—¿Qué sucede? —gritó ella, bajando la ventanilla. Una ráfaga de nieve entró en el coche, pero no hizo caso. McGorry se subió las solapas de su largo abrigo negro y se apresuró a acercarse. Era un joven apuesto de veintitantos, con el pelo oscuro y un largo flequillo que le bailaba sobre la cara. Tenía la piel tersa y pálida, y las mejillas rojas por el frío. Cuando llegó junto a la ventanilla, se apartó el pelo con una mano enguantada.

—Feliz Navidad, jefa. ¿Va a alguna fiesta? —preguntó, observando que llevaba pendientes y maquillaje.

—Una comida… ¿Qué ocurre?

—Una mujer joven muerta a puñaladas en el umbral de su casa. El asesino se ensañó con ella, hay sangre por todas partes —dijo, meneando la cabeza. Los coches de delante empezaron a moverse, y él retrocedió, suponiendo que Erika iba a arrancar—. Que vaya bien la comida. Yo esperaba haber librado ya a estas horas. ¿Usted está de servicio mañana?

—¿Quién es el inspector jefe de guardia?

—Peter Farley, pero ha tenido que ir a un triple apuñalamiento en Catford. Parece que la gente no deja de matarse por mucho que sea Navidad.

El coche de delante se había alejado y el conductor de la furgoneta de detrás tocó la bocina. Erika pensó que le resultaba mucho más atractiva la escena de un brutal asesinato que una comida navideña con Marsh. Volvió a sonar la bocina de la furgoneta. Ella arrancó y se subió a la acera, obligando a McGorry a apartarse de un salto; luego cogió su placa y su abrigo y se bajó del coche.

—Enséñeme la escena del crimen.

3

*E*rika mostró su placa a los agentes y pasó por debajo de la cinta policial junto con McGorry. Recorrieron la calle, pasando frente a una serie de casas destartaladas. Los vecinos, todavía con atuendos de primera hora de la mañana, observaban desde los portales, señalando el precinto del principio de la calle y estirando el cuello hacia el fondo, donde los agentes uniformados se arremolinaban en torno a otro cordón policial.

Erika debía esforzarse para mantenerse a la altura de McGorry, porque los tacones que se había puesto para la comida navideña no se agarraban a la acera helada. Le habría gustado que hiciera menos frío para poder quitarse los zapatos y caminar descalza.

—Es el peor día del año para cerrar la calle; ya hemos tenido que desviar a gente que venía a ver a sus parientes... —McGorry echó un vistazo atrás y vio que Erika se apoyaba en un muro mientras avanzaba con cautela.

—¿Cómo? —dijo ella, cuando le dio alcance, notando que el agente la estaba mirando.

—Nada. Veo que lleva tacones —dijo él.

—Excelente deducción, agente.

—No. Quiero decir que tiene un aspecto estupendo. O sea, elegante, muy...

Erika lo miró ceñuda y empezó a moverse otra vez,

pero resbaló. McGorry la sujetó justo antes de que se cayera.

—¿Quiere cogerse de mi brazo? —preguntó—. La casa está un poco más al fondo.

—No es que quiera, pero quizá será más rápido así. No me gustaría caerme de culo delante de los uniformados.

Lo cogió del brazo y siguieron adelante más despacio.

—Yo me puse tacones una vez —dijo McGorry.

—¿En serio?

—Unos tacones de aguja de quince centímetros. Cuando estaba en Hendon hicimos un *show* navideño de beneficencia. Yo interpretaba a Lady Bracknell en *La importancia de llamarse Ernesto*.

Pese a su irritación, Erika sonrió mientras avanzaba con cuidado por el hielo.

—¿Unos tacones de aguja de quince centímetros? ¿No se supone que Lady Bracknell era una vieja dama victoriana formal y estirada?

—Yo calzo un cuarenta y seis. Eran los únicos de tacón que conseguí de mi número —dijo, señalando sus grandes zapatos.

—¿Cuánto dinero recolectaron?

—Cuatrocientas setenta y tres libras con cincuenta...

—Venga, haga un poco de Lady Bracknell —dijo Erika.

—«¿Un bolso?» —dijo McGorry, impostando el acento de una dama de clase alta.

Erika movió la cabeza, sonriendo.

—Menos mal que no dejó su trabajo por la interpretación.

Se soltó de su brazo cuando llegaron al otro cordón, que se inflaba al viento frente a una casa adosada, casi al final de la calle. Un murete y un seto alto cubierto de nieve tapaban el jardín de delante. A través de la verja abierta vieron a un grupo de forenses con sus trajes de papel azul

Tyvek. La agente que custodiaba el precinto echó un vistazo a la placa de Erika.

—Ya ha sido convocado un inspector jefe. Viene con retraso por un triple apuñalamiento… —empezó.

—Bueno, él no está aquí y yo sí —dijo Erika. La agente asintió y levantó la cinta. Fueron a la furgoneta forense aparcada sobre la acera. Otra agente uniformada, una mujer adusta de mediana edad con un clavo en la nariz y el pelo gris, les pasó un traje Tyvek a cada uno. Ellos se quitaron los abrigos y los dejaron en la furgoneta.

—Maldita sea, qué frío hace —dijo McGorry, metiéndose a toda prisa el traje por las piernas y subiéndoselo sobre una chaqueta poco abrigada.

—Anoche llegamos a doce grados bajo cero —explicó la agente. Erika se apoyó en la furgoneta y, manteniéndose en equilibrio sobre una pierna, se puso el traje de papel, pero el tacón izquierdo se le enganchó y desgarró la pernera al estirar.

—¡Mierda!

—Yo me encargo de tirarlo en la bolsa; aquí tiene otro —dijo la agente, pasándole uno nuevo. Erika lo cogió y se lo puso, pero volvió a sucederle lo mismo—. Debería llevar zapatos planos, sobre todo en un día como este —comentó la mujer.

Erika le lanzó una mirada. McGorry se volvió educadamente mientras ella cogía un tercer traje y lograba pasárselo por encima de los tacones. Se subió la cremallera y ambos se ciñeron la capucha; luego se pusieron los protectores de zapatos, que a Erika también le dieron problemas. Una vez que estuvieron listos, caminaron hasta la verja y entraron en el reducido y abarrotado jardín.

Isaac Strong, el patólogo forense, estaba trabajando en ese pequeño espacio con dos ayudantes. Era un hombre alto y flaco de poco más de cuarenta. El pico de viuda de su pelo castaño oscuro asomaba por debajo de la capucha de su traje Tyvek. Tenía unas cejas largas y delgadas que le conferían un aire inquisitivo permanente.

El cuerpo salpicado de sangre de una mujer joven se hallaba tendido boca arriba bajo la ventana panorámica. Tenía abierto su largo abrigo negro. La caída de temperatura durante la noche había helado la sangre, dejándola con la consistencia de un sorbete rojo rubí. Le habían seccionado la garganta, y era ahí donde se había derramado la mayor cantidad de sangre, que formaba un charco bajo el cuerpo. También empapaba su fino vestido verde sin tirantes, que estaba desgarrado por un lado y dejaba a la vista unas medias con ligueros, y cubría con una fina pulverización congelada la ventana y el alféizar.

—Buenos días y feliz Navidad —dijo Isaac, meneando la cabeza. Su saludo quedó flotando embarazosamente en el aire. Erika miró la cara de la joven. La tenía congelada, en sentido figurado y literal, de pavor. Sus labios estaban separados y se le veía un incisivo partido cerca de la encía. Sus ojos, aunque nublados, eran de un tono violeta de extraordinaria belleza, aun a pesar de estar muerta.

—¿Sabemos quién es? —preguntó Erika.

—Marissa Lewis, veintidós años —respondió Isaac.

—¿Hay una identificación formal?

—Su madre ha encontrado el cuerpo esta mañana; y hay un permiso de conducir en la cartera.

Erika se agazapó para mirar más de cerca. Un neceser cuadrado con las iniciales «M. L.» estaba semienterrado en la nieve, junto al seto, y a su lado había un zapato negro de tacón alto. Ambos objetos estaban marcados con números de plástico.

—¿Alguien ha tocado el cuerpo?

—No —dijo McGorry—. Yo he sido el primero en llegar a la escena con un uniformado. La madre la ha encontrado y nos ha dicho que no ha tocado nada.

—¿Tienes la hora de la muerte?

—El frío extremo va a dificultar la estimación —dijo Isaac—. Le cortaron la garganta con una hoja tremendamente afilada, lo que provocó cortes profundos y la sección de las carótidas de ambos lados. Eso, como ves, produjo una enorme pérdida de sangre. Debió desangrarse rápidamente. El dedo índice de la mano derecha está casi seccionado, y hay laceraciones en el pulgar, el dedo medio y en los brazos, lo que indica que ella alzó las manos para defenderse.

—Solo se puede salir del jardín por la verja; o a través de la puerta principal —dijo McGorry. Erika advirtió que, además de la ventana, la puerta tenía una fina pulverización de sangre congelada sobre su descolorida pintura azul.

—¿Esas son sus llaves? —preguntó, reparando en un manojo con un llavero en forma de corazón.

—Sí —dijo McGorry.

Erika cerró los ojos un momento, imaginando lo que debió haber sufrido la joven, acorralada por un maníaco con un cuchillo en aquel espacio tan reducido. Volvió a abrirlos y miró la cara de Marissa.

—Tiene la nariz rota —dijo.

—Sí. Y el pómulo izquierdo. También hemos encontrado su incisivo incrustado en el poste de la verja —explicó Isaac.

Erika y McGorry se volvieron para mirar el poste, en cuya mitad había un marcador numerado. El ladrillo estaba parcialmente cubierto de grumos de nieve. Al lado, había un contenedor de basura y un cubo de reciclaje lleno de botellas de vodka vacías. Erika se volvió hacia la casa. Las cortinas estaban corridas y no había luces encendidas.

—¿Dónde está la madre?

—En casa de la vecina —dijo McGorry, señalando una casa adosada situada en diagonal al otro lado de la calle.

—¿Estamos seguros de que la víctima vivía aquí? ¿No había venido a ver a su madre por Navidad?

—Eso hemos de comprobarlo.

—Nos va a costar moverla —comentó uno de los ayudantes de Isaac, que había terminado de apartar la nieve de las piernas ensangrentadas.

—¿Por qué? —preguntó Erika.

El ayudante, un hombre bajito con unos grandes e intensos ojos castaños, alzó la mirada y señaló el gran charco de sangre helada que se extendía bajo el cuerpo.

—Por la sangre. Está pegada como un témpano al suelo congelado.

4

*I*saac se acercó con Erika a la verja. Alzó los ojos a las nubes bajas y grises.

—Tengo que moverla de aquí antes de que cambie el tiempo; va a nevar más —dijo. Ella se volvió hacia el cuerpo. Los ayudantes de Isaac trabajaban con cuidado para despegarlo de la tierra empapada de sangre congelada. Erika sintió la misma punzada de horror y excitación que experimentaba siempre en la escena de un asesinato. Había muchas cosas en su propia vida que no podía controlar, pero sí tenía el poder necesario para encontrar a quien hubiera hecho aquello. Y lo haría.

—¿Cuándo crees que podrás hacer la autopsia?

Isaac resopló hinchando las mejillas.

—Lo siento. En un par de días. Se me acumula el trabajo; esta es una época del año con gran cantidad de muertes sospechosas. ¿Y no te lo había contado? Me han trasladado. Ahora estoy trabajando en la morgue del hospital Lewisham.

—¿Desde cuándo?

—Desde que vendieron la morgue de Penge a un promotor. Pusieron hace varias semanas un gran cartel de apartamentos Parkside Peninsula y nos trasladamos la semana pasada. Lo cual está provocando muchos retrasos.

—La morgue de Penge reconvertida en apartamentos Parkside Peninsula —repitió Erika, arqueando una ceja.

Isaac hizo otro tanto.

—Ah, otra cosa —dijo él—. Las salpicaduras de sangre. El asesino habría quedado cubierto de sangre, y además iba con un cuchillo chorreante, pero las gotas de sangre se interrumpen bruscamente en la verja.

—¿Crees que limpió el cuchillo? ¿O que tenía un vehículo aparcado delante? —preguntó Erika.

—Eso debes averiguarlo tú —dijo Isaac—. Te mantendré al tanto sobre la autopsia —añadió, volviendo al jardín.

Erika y McGorry se quitaron los trajes Tyvek y se los entregaron a la agente. Luego pasaron bajo la cinta y salieron a la calle, abrochándose bien los abrigos para protegerse del frío. Acababa de llegar una furgoneta grande de apoyo y estaba tratando de aparcar junto al bordillo. Uno de los coches patrulla se retiró un poco para hacer sitio y se quedó atascado en la nieve, con las ruedas girando y chirriando.

—Así que estamos buscando a alguien que quizá disponía de un coche —dijo Erika—. Se subió sin más y se largó. Pero ¿por dónde? —Erika miró a uno y otro lado de la calle. La casa se hallaba al final de la hilera de edificios adosados, con un callejón que discurría por un lado. El callejón daba a los jardines traseros de Howson Road, que era paralela a Coniston Road—. Quiero que se hagan entrevistas puerta a puerta lo antes posible. Debía haber mucha gente en casa siendo Nochebuena. Quiero saber si alguien vio algo, y necesito los datos de todas las personas de interés de la zona: delincuentes violentos, cualquiera con condenas previas o actuales.

Dos uniformados habían acudido a ayudar al coche patrulla y estaban empujándolo. El motor rugía y las ruedas seguían girando en el aire.

—Al final de la siguiente calle hay un puente del ferrocarril que lleva al polígono Fitzwilliam —dijo McGorry.

Erika asintió.

—Vale la pena incluirlo en nuestra lista, pero quien vaya allí debe hacerlo con tacto. —Ella sabía que el polígono Fitzwilliam, como muchos bloques construidos por el ayuntamiento en zonas pobres, era conocido por su conflictividad. Atisbó los largos callejones que discurrían junto a cada lado de la hilera de casas adosadas—. Y tenemos que comprobar si alguno de los jardines traseros que dan a estos callejones...

Se apresuraron a apartarse cuando el coche patrulla se liberó por fin de la nieve, pasó disparado, dobló a la derecha al final de la calle y aparcó frente al colegio. El conductor de la furgoneta de apoyo se detuvo en el hueco junto al bordillo y apagó el motor. En el repentino silencio que se hizo sonó el clic de una cámara. Erika se volvió hacia McGorry.

—¿Ha oído eso? —murmuró. Él asintió. Alzaron la mirada hacia las ventanas circundantes, pero no vieron nada. Sonó un ruido justo detrás. Erika se giró y escrutó las ramas de un alto roble que estaba al otro lado de la calle, junto a la valla del patio del colegio. Un joven de poco más de veinte años estaba descendiendo por las ramas. Se descolgó sobre la parte superior de la valla metálica que delimitaba el patio y luego saltó al callejón. Era un chico desaliñado, de largo pelo rubio, y llevaba una cámara con teleobjetivo colgada del cuello. Echó una mirada a Erika y a McGorry y luego salió disparado por el callejón cubierto de nieve.

—¡Eh! ¡Alto! —gritó Erika. McGorry se lanzó en su persecución por el callejón y ella lo siguió. El joven llevaba un abrigo largo, que ondeaba a su espalda mientras corría. Se subió a la tapa de un contenedor de basura y saltó por encima de un alto muro con grandes árboles detrás. Al cabo de unos segundos, McGorry llegó al contenedor, se arremangó el abrigo y se encaramó encima trabajosamente. Erika avanzó dando tumbos y llegó al contenedor cuando McGorry ya se agarraba de una rama de uno de los gruesos árboles perennes cubiertos de nieve y se subía a lo alto del muro.

—¿Qué hay ahí...? —empezó, pero él dio un salto y aterrizó al otro lado con un golpe seco y un grito. Las ramas oscilaron por encima del muro, soltando nieve, y luego se quedaron inmóviles. Erika oyó más gritos, e instintivamente buscó la radio en el bolsillo, pero no la tenía ahí. Echó la vista atrás por el callejón, pero la calle donde estaba la escena parecía muy lejos.

—¡Mierda! Si se ha roto algo... —masculló, pensando en todo el papeleo que habría que hacer. Sacudiéndose la culpa que le provocó ese pensamiento, se quitó los zapatos y se los metió en los bolsillos del abrigo; luego se subió el abrigo para trepar sobre el contenedor. La tapa de plástico se abombó hacia abajo con su peso. Pasó la pierna por el muro de ladrillo y se agarró de la rama de uno de los árboles para mantener el equilibrio, haciendo que le cayera más nieve en la cabeza. El suelo estaba más alto en el otro lado, y Erika se descolgó suavemente sobre el lecho de tierra y hojas acumulado entre el muro y la densa hilera de árboles. Volvió a ponerse los zapatos y salió de entre los árboles a un amplio jardín cuya capa de nieve estaba removida por dos series de pisadas. Había dos grandes cobertizos y un invernadero y, más allá, un largo túnel de polietileno. Los altos muros del jardín amortiguaban el ruido del tráfico de las calles adyacentes.

McGorry avanzaba lentamente hacia los cobertizos. Se giró hacia Erika y se llevó un dedo a los labios, señalando el segundo cobertizo, el más próximo a la casa. Ella asintió. La casa era grande y ruinosa. Las ventanas de guillotina estaban llenas de mugre y con la pintura desconchada. En una esquina había una alta verja bloqueada por contenedores rebosantes de basura. La puerta trasera de la casa tenía un pequeño porche techado cuyos escalones, repletos de tiestos, descendían al jardín.

Cuando Erika dio alcance a McGorry, sonó en el interior de la casa una cacofonía de relojes dando la hora. El chico rubio apareció por detrás del cobertizo y echó a correr otra vez hacia el muro, pero McGorry fue más rápido y lo inmovilizó en el suelo. Erika se apresuró hacia ellos, pero perdió por el camino uno de sus zapatos y se cayó de nuevo sobre la nieve.

—¡Cálmate! —gritó McGorry. El chico forcejeaba y lanzaba puñetazos, y consiguió darle uno en la cara.

—¡Quítate de encima! —gritaba. Era enjuto, con una cara delgada y salvaje y unos relucientes ojos azules un poco más separados de la cuenta. Erika se levantó, perdiendo el otro zapato en la nieve. McGorry se debatía también en el suelo nevado, tratando de mantener sujeto al chico, que daba patadas y agitaba los brazos, y que finalmente consiguió imponerse y hundirle la cara en la nieve. McGorry se revolvió, manoteando, y logró sujetar la cámara y tirar de la correa con fuerza. El chico le soltó la nuca, por donde lo tenía agarrado, para coger la correa que se iba tensando alrededor de su cuello.

—¡Atrás! —gritó alguien—. ¡Suéltelo! —Una mujer mayor y obesa con un mono naranja había aparecido en lo alto del porche con una escopeta. El pelo gris le llegaba más allá de los hombros, y llevaba unas gafas enormes que agrandaban sus ojos. Les apuntó con la escopeta y avanzó hacia ellos por la nieve.

Erika levantó las manos; los ojos de la mujer tenían una expresión enloquecida, e intuyó que la situación había llegado a un punto de alerta roja. McGorry tosía y escupía nieve, todavía manteniendo en tensión la correa de la cámara. El joven se agarraba la garganta frenéticamente.

—¡Suéltelo, John! —gritó Erika. Él soltó la correa y el chico se desplomó sobre la nieve, tosiendo—. Soy la inspectora jefe Erika Foster de la policía metropolitana de Londres, y este es el agente John McGorry. Podemos enseñarle nuestras placas, pero tiene que bajar esa arma... Inmediatamente.

La mujer los miró a ambos una y otra vez con cara angustiada, pero no bajó la escopeta.

—¡Ese al que están atacando es mi hijo, y ustedes han entrado sin permiso en mi propiedad!

—Somos policías, y su hijo estaba fotografiando sin autorización una escena criminal —dijo Erika, mientras se preguntaba qué sería capaz de hacer la mujer.

—¡Joseph! ¡Apártate de ellos! —chilló la mujer, aún apuntándoles. Joseph tosió y se le acercó tambaleante, con el abrigo cubierto de nieve.

—¡Elspeth! —gritó otra voz. Un hombre mayor había emergido a su espalda por la puerta trasera. Parecía un profesor excéntrico de universidad y llevaba una larga capa azul y un gorro raído con lentejuelas. Tenía una lupa fijada en la cabeza con una cinta, de manera que parecía contar con un único ojo enorme—. ¡Elspeth, baja la escopeta ahora mismo!

—Señor, somos policías y podemos enseñarle nuestra identificación —dijo Erika, con el corazón acelerado. Se sentía idiota por haberse metido en aquella situación y era consciente de que no llevaba zapatos. Los pies se le habían entumecido de frío. Con cuidado, el hombre le quitó la escopeta a Elspeth y abrió el cañón.

—No está cargada —dijo, colgándosela del brazo como un cazador—. Y tenemos permiso de armas.

—¡Mi niño, mi niño! —dijo Elspeth, que había estrechado a Joseph entre sus brazos y estaba examinándolo de arriba abajo, acariciándole el cuello y mirándolo a los ojos—. ¿Te han hecho daño? ¿Estás bien?

Joseph parecía un poco aturdido y desorientado.

—¿Cómo es que tenían esa escopeta tan a mano? —preguntó Erika.

McGorry se puso de rodillas jadeando y escupiendo nieve.

—Si quieren pasar adentro, agentes, podrán secarse y resolveremos este asunto —dijo el hombre.

*E*rika y McGorry patearon el suelo en el porche y se sacudieron la nieve de sus abrigos. Luego les hicieron pasar a una cocina caldeada y acogedora. Elspeth mimaba a Joseph como si fuese un niño pequeño y se apresuró a llevarlo a una de las sillas de una larga mesa de madera. McGorry se situó cerca del fuego que ardía en la esquina. La decoración era como la de una cocina de campo, con un aparador galés y un gran horno Aga del que salía un delicioso aroma a pavo.

—¡Ya le está saliendo una roncha! —exclamó Elspeth, ladeándole la cabeza a Joseph. Él seguía sujetando la cámara y miraba ceñudo a Erika y a McGorry.

—Siéntense, agentes —dijo el hombre, ofreciéndoles unas sillas de la mesa.

—¿Puedo ver el permiso de armas? —preguntó Erika, sin hacer caso de la silla.

—Desde luego —dijo el hombre, apoyando la escopeta junto al fuego y acercándose hasta un cajón del aparador.

—Es un arma legal —insistió Elspeth, ayudando a Joseph a quitarse el abrigo y poniéndole una toalla sobre los hombros. Erika observó que el chico no quería soltar la cámara, ni siquiera mientras ella trataba de sacarle los brazos del abrigo.

—¿Cómo es su nombre completo?

—Mi apellido es Pitkin. Yo me llamo David, y ellos, Elspeth y Joseph. Deduzco que no esperaban estar hoy de servicio, ¿no? —dijo, levantando la vista del cajón y señalando los zapatos empapados y maltrechos de Erika.

—No.

—¿Iba a alguna fiesta?

Erika cayó en la cuenta de que aún tenía que decirle a Marsh que no acudiría a la comida. No hizo caso de la pregunta y se apresuró a dejar de lado ese pensamiento.

—¿Cómo se gana la vida?

—Soy relojero —contestó el hombre, dando unos golpecitos a la lupa que tenía atada a la cabeza con una cinta de cuero—. Reparo relojes de péndulo y de pulsera; aunque, para ser sincero, es más bien un pasatiempo desde que me retiré de la abogacía. Ah, aquí está —dijo, sacando un papel doblado.

—¿Usted era abogado? —dijo Erika, sintiendo que el alma se le caía a los pies.

—Sí. Durante treinta años.

Erika cogió el permiso y le echó un vistazo.

—Esa es la escopeta de Elspeth. Yo tengo la mía. Nos gusta disparar. Como *hobby*, claro.

—El permiso parece en orden —dijo Erika, devolviéndoselo—. Pero, si es un *hobby*, ¿por qué tenía la escopeta tan a mano?

Elspeth, que aún estaba examinándole el cuello a Joseph, levantó la vista.

—La tengo en un armario cerrado con llave del despacho de atrás. Los he visto merodeando en el jardín y, bueno, esta zona ya no es tan tranquila como antes. Hay drogas y robos casi todos los días… ¡Mire lo que le han hecho! Le va a salir un morado muy feo.

—También le recuerdo, inspectora jefe Foster, la ley

británica de defensa propia, basada en el principio del empleo de una fuerza razonable —dijo David.

—No me diga que ella esgrime una escopeta de dos cañones, a plena luz del día, ante cualquiera que encuentre en el jardín. Parece un poco excesivo —dijo Erika.

—Disculpe, pero no voy a permitir que hablen de mí con ese tono en mi propia casa —le soltó Elspeth—. Iba a ofrecerles un café y un pedazo de mi pastel de nueces, para demostrar que no les guardo rencor, pero ya no voy a hacerlo.

McGorry miró para otro lado, reprimiendo una sonrisa, pero Erika no encontraba graciosa la situación. Lo que ella quería era apoderarse de la cámara a la que Joseph seguía aferrado y volver a la escena del crimen.

—Un tribunal normalmente aceptará que ser amenazado en la propia casa es una situación intimidante —dijo David—. El espíritu de la ley es que uno debería tener el derecho de defenderse a sí mismo y sus posesiones, así como a aquellas personas de las que es responsable...

—En ningún momento ha estado en peligro la vida de su hijo o de su esposa —lo interrumpió McGorry.

—¿De veras? ¿Cómo se llama usted, joven?

—Agente John McGorry.

—Agente John McGorry, ¿por qué estaba aplicándole a mi hijo una llave ilegal de estrangulamiento?

—Yo no...

—Por favor, no mienta. Usted estaba utilizando la correa de la cámara de Joseph para sujetarlo del cuello. Es ilegal usar llaves de estrangulamiento con sospechosos o con cualquier ciudadano. Años atrás, la policía recibía adiestramiento en este tipo de llaves, pero yo diría que usted es un poco joven y carece de experiencia...

—Yo simplemente... —empezó McGorry, con las mejillas rojas de indignación. Erika le lanzó una mirada para que se mantuviera callado.

—Y su superior debería saberlo también —añadió David.

—Le diré lo que yo sé —dijo Erika—. Si un agente de policía utiliza en efecto una llave de estrangulamiento, puede presentar una justificación del uso de la fuerza basada en las circunstancias. Y teniendo en cuenta que su hijo estaba tratando de asfixiar a mi agente, hundiéndole la cabeza en la nieve, una llave de estrangulamiento en defensa propia puede considerarse razonable o necesaria. Consúltelo en Internet: así se detalla en una reciente normativa sobre libertad de información de la policía de West Mercia.

David intentó en vano ocultar su enojo.

—Eso todavía no explica por qué perseguían a mi hijo.

—Su hijo estaba ilegalmente en una escena criminal.

—Lo cual no es un delito penal —dijo David.

—Estaba sacando fotos de la escena…

—Tampoco es un delito penal.

Erika hizo una pausa y le dirigió una ligera sonrisa.

—Estaba huyendo de un agente de policía.

—Sí, y ahora estamos todos aquí y él cooperará dentro de los límites razonables.

—Su hijo quizá tenga en su cámara información que podría contribuir a nuestra investigación —dijo Erika. Se sentía como una idiota por haber emprendido la persecución, y ahora tenía que defenderse a sí misma y a McGorry ante aquel abogado retirado que amenazaba con derrotarla con sus argumentos.

—¿Dónde está la escena criminal? —preguntó David.

—No puedo hacer comentarios al respecto.

—Han encontrado un cuerpo en Coniston Road —dijo Joseph. Tenía una voz suave y educada, y hablaba con una pronunciación casi impecable.

—¿Tú has encontrado un cuerpo? —dijo Elspeth, que todavía le estaba secando el pelo con la toalla.

—No, madre —dijo él, apartándola—. La policía ha encontrado un cuerpo.

—No estamos autorizados a hablar de una investigación de asesinato en marcha —dijo McGorry.

—¿Creen que es un asesinato? —dijo David.

—¿Un asesinato? —exclamó Elspeth.

—Era Marissa Lewis. La han matado a puñaladas en la puerta de su casa —dijo Joseph.

—Eso son especulaciones… —empezó Erika.

—No. Yo estaba allí cuando encontraron el cuerpo. —Joseph se puso la cámara en el regazo con aire posesivo.

—¿Llamó a la policía? —preguntó Erika.

—No llevaba mi teléfono.

—Pero ¿sacó fotos de la escena criminal antes de que llegara la policía?

—No tienes que responder, Joseph. Nosotros le hemos comprado un nuevo teleobjetivo para su cámara como regalo de Navidad —dijo David.

—Si alguien de este barrio tenía que acabar mal era Marissa Lewis —dijo Elspeth, meneando la cabeza.

—Mi esposa también está especulando —dijo David—. Lo cual es legal, ¿no? —Hablaba con una calma exasperante.

Erika inspiró hondo.

—Por supuesto que es legal, pero ¿podría ella…, podría usted explicarse?

Elspeth extendió la toalla sobre el respaldo de una silla libre, se santiguó y se volvió hacia Erika.

—Marissa Lewis tiene, mejor dicho, tenía cierta reputación, si entiende a qué me refiero. Una reputación promiscua. Trabajaba como *stripper*.

—¿Usted la ha visto trabajar? —preguntó McGorry.

—¡Claro que no la he visto trabajar! ¡Ninguno de nosotros la ha visto! —Miró a David y a Joseph, que menearon la cabeza y miraron al suelo—. Me lo contó mi peluquera.

Erika echó un vistazo al grasiento pelo gris que le colgaba alrededor de los hombros y se preguntó qué le habrían hecho exactamente en la peluquería.

—¿Quién es su peluquera?

—Es la mejor amiga de Marissa Lewis, Sharon-Louise Braithwaite. Trabaja en el Goldilocks Hair Studio, junto a la estación Crofton Park. Marissa le pidió a Sharon que pusiera un póster de una de sus «actuaciones» en el salón. ¡Una foto en la que no llevaba nada, salvo medias, ligueros y sostén! —Elspeth meneó la cabeza al recordarlo—. También supe por Sharon que Marissa tuvo un *affaire* con un hombre casado que vivía a unas puertas de su casa, y también estuvo con muchos otros tipos.

—¿Sabe cómo se llama ese hombre casado?

—Don Walpole. Y su mujer, Jeanette. Aún siguen juntos, pese a todo.

Erika volvió a concentrarse en Joseph.

—Así que usted estaba esta mañana a primera hora sacando fotos en ese árbol enfrente de la casa de Marissa Lewis. ¿De qué sacaba fotos?

—Del amanecer —dijo él, con una sonrisita servil.

—Estaba encaramado en el árbol para fotografiar la salida del sol, pero se quedó allí después de ver que había un cadáver en el jardín de delante y que la calle había sido acordonada por la policía, ¿no es eso?

—Solo vi el cadáver cuando oí gritar a la madre de Marissa.

—¿Qué hora era?

—No lo sé.

—Nosotros hemos abierto los regalos de Navidad a las siete menos diez —dijo David—. Hemos desayunado y

Joseph se ha ido hacia las siete y veinte. La salida del sol ha sido hoy a las 08:05.

—Acababa de salir el sol, o sea, que ha sido alrededor de esa hora cuando la madre de Marissa ha salido de la casa —dijo Joseph—. Yo no llevo reloj.

—¿Sabe por qué ha salido la madre de Marissa?

—No.

—Seguramente tenía más botellas que tirar en el cubo de reciclaje. Es una borracha —especuló Elspeth—. No es precisamente la persona más agradable de la calle.

—Durante los últimos días ha habido nieve y cielo encapotado. ¿Cómo esperaba ver la salida del sol? —preguntó McGorry.

—Si todos los fotógrafos pensaran así, no sacarían ninguna foto —dijo Joseph.

—¿Usted es fotógrafo profesional?

—La palabra «profesional» es un tanto redundante. ¿Usted diría que es un agente de policía profesional? ¿Actuaba profesionalmente cuando me ha inmovilizado con una llave de estrangulamiento?

—Escucha, pedazo de m… —empezó McGorry, dando un paso hacia él. Erika alzó la mano.

—Joseph, deje de perder el tiempo y responda a las preguntas.

—¡Él no tiene que responder a ninguna de sus preguntas! —exclamó Elspeth.

—Una joven ha sido brutalmente agredida y asesinada en su propia puerta. Debería estar con su familia esta mañana, pero resulta que está tirada sobre la nieve con la garganta abierta. Tiene rotos varios huesos de la cara y tal vez haya sido agredida sexualmente —dijo Erika—. Joseph no está obligado a responder a ninguna de mis preguntas, pero podría tener algún dato útil para nuestra investigación.

Joseph la miró incómodo por primera vez y se removió en su asiento.

—Vale, he estado mirando un rato. La policía ha llegado enseguida y ha cerrado la calle. Yo no sabía qué hacer. Cuando me he subido al árbol, aquello no era una escena criminal, pero cuando he bajado, sí.

—¿Ha fotografiado el cadáver?

—No.

—¿Puedo ver las fotos de la cámara?

—No. Es una cámara analógica —dijo él, mostrándola. Erika se acercó y vio que era un modelo *vintage*, sin pantalla digital. Hizo ademán de cogerla, pero antes de que pudiera hacerlo Joseph le dio la vuelta, abrió la parte posterior, sacó el carrete y, extrayendo el negativo, lo tiró sobre la mesa.

—Ya está. No hay fotos que revelar. Todo perdido.

Erika lo miró fijamente. Tenía una cara extraña, a la vez dura y vulnerable. Él le sostuvo la mirada, desafiante.

—Creo que ya hemos cooperado más que de sobras, agentes —dijo David—. Y ahora, si ya han terminado, nos gustaría celebrar la Navidad.

Erika y McGorry salieron por la puerta principal. Ya había dejado de nevar y la calle estaba llena de coches. Se volvieron para echar un vistazo a la casa. Parecía extrañamente fuera de lugar: un edificio destartalado y ruinoso encajonado en un hueco entre la serie de elegantes casas adosadas.

—Es como si la hubieran dejado caer del cielo —dijo McGorry.

Erika se metió las manos en los bolsillos y agachó la cabeza frente al frío mientras empezaban a recorrer otra vez el callejón hacia Coniston Road.

—Voy a tener que poner todo esto por escrito —dijo.

—¿Y la llave de estrangulamiento?

—No han dicho que piensen presentar una queja, pero eso no significa que no vayan a hacerlo. Es usted un rematado idiota, John. ¿Por qué ha permitido que la cosa llegara tan lejos?

—Él estaba atacándome. Yo pretendía… calmarlo, impedir que siguiera golpeándome. Ha sido algo instintivo. Usted ha dicho todo eso de la norma de libertad de información, por la que yo puedo justificar el empleo de la llave.

—Aun así, podrían presentar una queja y crear problemas. Tiene que estar más alerta. Siempre debe pensar en las consecuencias de sus actos.

—Eso es imposible.

—Claro que es imposible, pero forma parte del hecho de ser policía. No puede permitirse llegar a una situación en la que deba emplear la fuerza innecesariamente.

—Lo siento —dijo McGorry, sonrojándose.

—No importa. Vivimos en una época de mierda, John. Todo el mundo se toma cualquier cosa como una ofensa y usted siempre es el presunto culpable. Sea inteligente. Piense. Haré todo lo posible para suavizar el asunto en el informe…

Habían llegado por el callejón a la altura del muro que daba al jardín de los Pitkin. Erika reparó en que había algo detrás del contenedor de basura y se detuvo.

—¿Qué pasa? —preguntó McGorry.

Ella se agachó y, sacándose del bolsillo una bolsita transparente para pruebas, cogió un pequeño cilindro de plástico negro. Se levantó y lo sostuvo a la luz. Sin extraerlo de la bolsa, consiguió manipularlo hasta quitarle la tapa de plástico.

—Un carrete de fotos —dijo, sonriendo.

—¿Usado?

—Eso espero. Yo he visto su cámara antes de que él sacara el rollo. Solo había tomado una foto con él.

—¿Cree que ha usado un rollo entero cuando estaba encaramado en el árbol y que luego lo ha cambiado? —preguntó McGorry, esperanzado.

—Lo sabremos cuando lo revelen y examinen las huellas dactilares del cilindro —dijo Erika.

6

Cuando Erika y McGorry llegaron a Coniston Road, ya estaban en marcha las entrevistas casa por casa. Había agentes uniformados recorriendo la calle y llamando a las puertas, y varios hablando con los vecinos en los umbrales. Volvía a nevar otra vez y, pese a lo temprano que era, casi las tres de la tarde, la luz empezaba a declinar. La presencia policial desentonaba con las luces navideñas de las ventanas.

Hicieron un alto en la furgoneta de apoyo, donde Erika le pidió a McGorry que se encargara de que la científica examinase y revelase urgentemente el carrete de fotos. Lo dejó trabajando en ello y, al bajarse de la furgoneta, vio que estaban sacando a través de los estrechos postes de la verja una bolsa negra para cadáveres con un carrito forense. Durante unos instantes, todo el mundo se detuvo a mirar. Erika pensó en lo pequeña que parecía la bolsa. Isaac la saludó de lejos mientras la cargaban en la furgoneta y cerraban las puertas. Ella sintió que se acercaba una oleada de agotamiento y depresión, pero hizo un esfuerzo para mantenerla a raya. Inspiró hondo y acogió de buena gana la distracción que le proporcionó la llegada de una agente de pelo rubio corto, al estilo *bob*, que llevaba un largo abrigo azul.

—Soy la agente Tania Hill. Me han designado como enlace familiar —dijo, tendiéndole la mano a Erika.

—¿Qué sabe del caso por ahora? —preguntó Erika.

—Acabo de ver el cuerpo de la joven. Nunca había visto tanta sangre congelada —dijo la agente, subiéndose las solapas del abrigo alrededor de la cara—. La madre, al parecer, es una mujer muy vulnerable. Bajos ingresos, serios problemas de salud por el alcohol.

—Ahora está con una vecina. Me alegro de que haya venido. Me gustaría hablar con ella —dijo Erika.

Cruzaron la calle hacia una elegante casa con ventanas nuevas de PVC y un pequeño jardín cuadrado con losas de hormigón. Erika llamó al timbre. Abrió una señora bajita de mediana edad con un chándal de terciopelo rojo y unas zapatillas doradas. El pelo, blanco como la nieve, lo llevaba con un impecable corte *pixie* que no casaba con su cara arrugada. Llevaba un cigarrillo en la mano izquierda.

Erika hizo las presentaciones y ambas mostraron sus placas.

—¿Cómo se llama usted?

—¿Quién lo pregunta? —dijo la mujer, con un tono defensivo que parecía casi de comedia. Su voz tenía el tono gutural típico de una fumadora empedernida.

—Se lo pregunto yo —contestó Erika.

—Mi nombre es Joan Field.

—¿Podemos pasar, por favor?

Joan se hizo a un lado. La moqueta de color azul oscuro del pasillo estaba inmaculada.

—Quítense los zapatos —añadió.

—¿Puedo llamarla Joan? —preguntó Tania.

—No. Prefiero señora Field.

—Soy la agente de enlace familiar —dijo Tania, dejando los zapatos junto a la barandilla de la escalera—. Estoy aquí en misión de apoyo para salvar las distancias entre Mandy y el equipo de la policía que investiga el caso.

Joan la miró de arriba abajo.

—¿Para salvar las distancias? ¿Eso es un modo pomposo de decir que se pondrán al teléfono?

Tania ignoró la pulla.

—¿Dónde está Mandy?

—En la cocina.

La siguieron a través de una sala de estar con un pesado tresillo de terciopelo rojo y un pequeño árbol navideño plateado, pero que por lo demás estaba desprovista de adornos o fotografías, como si no se utilizase normalmente. En la parte trasera había una pequeña cocina que daba al jardín nevado. Estaba limpia, pero abarrotada de objetos. El techo y las paredes se veían amarillentos de nicotina. Un pavo congelado, todavía envuelto en plástico, flotaba en el fregadero.

La madre de Marissa Lewis, Mandy, era una mujer enorme, con un inmenso físico envuelto en un mugriento chándal rosa. Estaba sentada a la mesa y sus glúteos descomunales se derramaban a uno y otro lado de la silla de madera. Erika observó que las viejas deportivas que llevaba estaban abiertas por el medio para dar cabida a sus pies hinchados. Tenía la cara pálida, los ojos enrojecidos y llorosos.

—¿Mandy… Trent? —preguntó.

—Sí. No es que Marissa fuese adoptada. Somos de la misma sangre —dijo la mujer, captando la sorpresa de Erika ante su apariencia—. Ella conservó el apellido de su padre y yo me cambié el mío cuando él se largó… Marissa heredó la delgadez de su padre. —Su voz estaba cargada de amargura.

—¿Supongo que las dos querrán té? —dijo Joan, acercándose al hervidor.

—Por favor —dijo Erika. Tania asintió y ambas cogieron una silla.

—Mandy, estoy aquí como agente de enlace familiar —dijo Tania, poniéndole una mano en el brazo—. Estos momentos van a ser muy duros para usted, y yo he venido para ayudarla y explicarle lo que hay que hacer.

Mandy encendió un cigarrillo y le sopló el humo en la cara.

—¿Lo que hay que hacer? ¿Quiere llevarme a ver su cuerpo? Era ella.

—¿Está dispuesta a responder a unas pocas preguntas? —preguntó Erika.

—Me la he encontrado esta mañana frente a la puerta, cuando he sacado la basura. Allí tirada, completamente inmóvil. Pero la sangre, por Dios… Había muchísima.

—¿Recuerda qué hora era?

—Hacia las ocho.

—¿Marissa vivía con usted?

—Sí. Me pagaba una parte de los gastos desde los dieciséis.

—¿Sabe dónde estuvo anoche?

—Tenía una actuación, no me pregunte dónde. Le salen, le salían muchas. Era bailarina de cabaret, trabajaba en los clubs de todo el West End. Dos o tres noches a la semana.

—¿Y usted no oyó nada anoche? ¿No la oyó volver a casa?

—No.

—¿Esperaba que llegara a una hora determinada?

Mandy negó con la cabeza.

—Yo ya me he ocupado de educarla. Ella es adulta…

—¿A qué hora se fue a la cama?

—Me quedé dormida hacia las diez, me parece.

—¿No oyó nada?

—¿Como qué?

—Gritos, ruidos en el jardín. Un coche tal vez.

—No.

—¿La llave de Marissa estaba todavía en la cerradura cuando usted la ha encontrado?

—Sí. Ya se lo he dicho a la policía.

—¿Usted estuvo en la sala de estar hasta las diez?

—Sí, mirando la tele. Una porquería. Antes ponían programas decentes en Nochebuena.

—¿Cuánto tiempo llevaba Marissa trabajando como bailarina de cabaret? —preguntó Tania.

—Tres o cuatro años. Se las ha arreglado muy bien, siempre tenía actuaciones. Aunque no saca…, no sacaba mucho dinero. Me daba la paga y, al cabo de tres días, me la pedía prestada.

—El equipo cuesta una pasta —dijo Joan, mientras sacaba las tazas del aparador—. Los accesorios, los trajes que se ponía para bailar. Abanicos de plumas, tocados. Mandy incluso se trasladó al dormitorio de atrás para que ella tuviera más sitio donde guardarlos, ¿no es así?

—El dormitorio de atrás está más cerca del lavabo, y yo le subí la paga para los gastos —aclaró Mandy, como si no quisiera que quedase la idea de que había sido un gesto amable de su parte. Erika no acababa de entender su actitud. Mandy parecía tomarse con toda naturalidad la muerte de Marissa. Joan se acercó con las tazas de té.

—¿Marissa tenía un novio formal? —preguntó Erika.

Mandy soltó el humo con una larga y silenciosa exhalación.

Nunca parecían durar lo bastante como para que fuese algo formal. Un montón de tipos del barrio le andaban detrás, y tenía admiradores que iban a verla y le hacían regalos… —Erika y Tania intercambiaron una mirada—. No me gusta hablar mal de los muertos, pero mi hija era una auténtica furcia. Se acostó con dos hombres de esta calle, los dos casados. Y había toda clase de tipos yendo y viniendo. Y esos solo eran los que yo conocía.

—¿Quiénes eran los hombres casados? —preguntó Erika.

—Don Walpole. Vive en el 46 con su esposa. Marissa se lo estuvo tirando hace unos años, cuando tenía dieciséis...

—Según dicen, él ya se acostaba con ella antes de que los cumpliera —añadió Joan, con aire de estar enterada.

—Don Walpole no es un pedófilo, Joan. Él hizo lo que haría cualquier hombre si se lo ofrecieran en bandeja. Marissa se desarrolló muy pronto; a los catorce ya aparentaba veinte —dijo Mandy, encendiendo otro cigarrillo con la colilla del anterior.

—¿Y el otro hombre casado?

—Ivan... como se llame...

—Stowalski —dijo Joan.

—Sí. Es polaco. Tiene bastante dinero en el banco; supongo que por eso le gustó. Desde luego no es guapo. Paliducho y descolorido donde los haya. Lleva por aquí unos meses.

—¿Sabe cuándo lo vio por última vez?

—No. Él llamó al timbre hace unas semanas, pero no entró en casa.

—¿Marissa trabajaba como bailarina a tiempo completo?

Mandy negó con la cabeza.

—No. También hacía unas horas a la semana como cuidadora de una anciana. En Hilly Fields, cerca de aquí.

—¿Cómo se llama la anciana?

—Elsa Fryatt —dijo Joan—. Tiene noventa y siete. Muy refinada, a pesar de llamarse Elsa. Vive en una de esas grandes casas que dan al parque.

—Marissa tenía un buen chollo con ella —dijo Mandy—. Lo único que hacía era llevarle la compra. Se sacó un seguro usando el coche de la vieja. No era propiamente un trabajo de cuidadora. Creo que a esa señora le gustaba la compañía de Marissa, así como a algunas mujeres les gustan los tipos un poco brutos. Yo diría que a ella le resulta entretenida la gente corriente.

—¿Qué me dice de sus amigas? —preguntó Erika.

—Supongo que la mayoría estarán muertas. Tiene noventa y siete, ¿no me ha oído?

—No, me refiero a Marissa —dijo Erika.

Mandy exhaló el humo y dio un largo sorbo de té.

—Las chicas con las que trabaja en el circuito de cabarets son todas unas zorras, eso es lo que Marissa solía decir, pero tiene una amiga que ha conservado desde el colegio. Sharon-Louise Braithwaite, trabaja de peluquera.

—¿En el Goldilocks Hair Studio?

—Sí, eso es.

—¿Podría pedirle que me haga una lista de los clubs donde trabajaba Marissa?

A Mandy le tembló el labio inferior. Se secó los ojos.

—Maldita sea, no puedo pensar con la suficiente claridad como para ponerme a hacer listas. Y encima con todo este lío hablando en pasado: trabajaba, vivía…

—Ya lo haremos más tarde —dijo Tania, tocándole el brazo.

—¿Cuándo puedo volver a mi casa? —preguntó ella, apartándolo.

—Ahora los técnicos forenses están dentro para comprobar que no haya alguna prueba que pueda resultar útil. La avisaremos en cuanto hayamos terminado la investigación —dijo Erika—. ¿Quiere que Tania le busque un sitio donde alojarse?

—No, me quedaré aquí con Joan —contestó Mandy. La aludida asintió, aunque no parecía muy entusiasmada.

7

—¿*Q*ué le ha parecido? —dijo Erika, subiéndose el cuello del abrigo, cuando salieron de la casa de Joan.

—El dolor se manifiesta de diferentes maneras —dijo Tania.

Erika frunció el ceño.

—Déjese de palabrería. Usted ve a un montón de familiares afligidos. Ahí había auténtica hostilidad.

—De parte de ambas, aunque creo que Joan actuaba espoleada por Mandy. Era Mandy la que llevaba la batuta, y la que más desagrado sentía por su hija.

—No todas las personas asesinadas gozan del afecto de sus allegados.

—¿Cree que la madre es sospechosa?

—Todo el mundo es sospechoso. Quiero que los forenses examinen su ropa, y me gustaría que le sacaran muestras de debajo de las uñas… —Erika le hizo una seña a una agente uniformada, que pareció inquietarse al verla cruzar la calle y acercarse a la verja—. ¿Cómo se llama?

—Kay Hornby, agente Kay Hornby, señora —dijo.

—Busque a un técnico de la científica, recojan en bolsas la ropa de la madre de la víctima, Mandy Trent, y tómenle muestras de debajo de las uñas.

—Sí, señora… Hmm, tengo un par de zapatillas de repuesto en mi coche, si quiere —dijo, reparando en los zapatos de tacón de Erika, que estaban empapados y a punto de desintegrarse. Ella bajó la mirada a los pies de la joven, calzados con unos zapatos negros.

—¿Qué número tiene usted?

—Un treinta y ocho. No son zapatillas apestosas de gimnasio. Las uso para conducir. Era solo una idea, señora —añadió, como si temiera haberse pasado de la raya.

—Gracias. Se lo agradezco —dijo Erika.

—No hay de qué, señora. Voy corriendo a buscarlas.

El teléfono le sonó a Erika en el bolsillo. Lo sacó y se alejó un poco por la calle.

—¿Dónde demonios está? —dijo Marsh—. ¡Son casi las cuatro!

—Perdone. Me han llamado a una escena criminal. Una joven asesinada en la puerta de su casa, en Coniston Road, cerca de Crofton Park.

—Usted no estaba de servicio hoy.

—Estoy echando una mano. Hay un montón de agentes que han tomado vacaciones por Navidad.

—¡Eso ya lo sé!

—Solo le estoy explicando por qué estoy aquí.

—Yo la esperaba a comer.

—Lo sé y lo siento. No podré ir. Tengo regalos para las niñas, haré que los lleven más tarde…

—He dicho que yo la esperaba a comer.

—¿Es una orden?

—No. Simplemente quería verla; Marcie y las niñas querían verla…

Marsh hizo una pausa. El silencio se prolongó y finalmente Erika comprendió que había colgado. Volvió a guardarse el teléfono en el bolsillo con una sensación de culpa. Cruzó la calle hacia la furgoneta de apoyo, donde Kay la estaba esperando con un par de zapatillas de deporte de color blanco y rosa.

—Gracias —dijo.

—También hay unos calcetines dentro.

Erika se quitó sus zapatos arruinados y Kay la sujetó del brazo mientras se ponía los calcetines y las zapatillas.

—Aaaah, mucho mejor. Gracias.

McGorry salió de la furgoneta y, al ver a Kay, sonrió alzando una ceja.

—Se las devolveré más tarde —prometió Erika.

—No hay problema, úselas todo el tiempo que sea necesario —dijo Kay, y se alejó hacia la furgoneta forense, dirigiéndole un leve gesto a McGorry.

—¿Usted no tiene novia? —preguntó Erika, viendo que él la seguía con la mirada.

—Sí —contestó él con cierta irritación.

—No todas las jóvenes agentes tienen que rendirse a sus encantos, ¿sabe?

—No sé de qué me habla.

Erika puso los ojos en blanco.

—Venga, vamos a trabajar.

Había un agente apostado en la puerta principal. El cuerpo de Marissa Lewis ya había sido retirado del jardín, dejando un gran charco de sangre congelada. Habían despejado la nieve del sendero y el reguero de salpicaduras de sangre estaba marcado con pequeños números amarillos.

La casa tenía por dentro un aspecto desastrado, con muebles anticuados y un intenso hedor a humedad y fritanga. En la sala de estar había un pequeño árbol de Navidad. La cocina rebosaba de mugre y platos sucios. La escalera llevaba a un lúgubre rellano de techo abombado con tres puertas: el baño y dos dormitorios. Erika y John se pusieron unos guantes de látex. El dormitorio de delante tenía una ventana panorámica que miraba a la calle, todavía llena de policías. Parecía que lo habían pintado recientemente, y estaba limpio y ordenado, con muebles nuevos y una preciosa colcha floreada. Había tres maniquís alineados junto a una pared: dos con trajes de plumas y uno con un corsé negro. En la pared de enfrente había un juego de estantes con siete pelucas sobre cabezas de poliestireno y, bajo la ventana, una mesa tocador cubierta de productos de maquillaje. Una ordenada hilera de zapatos de tacón de diferentes colores se extendía frente al armario empotrado.

—¿Es que tostaba malvaviscos en el fuego a gas? —comentó McGorry acercándose a una pequeña chimenea y cogiendo una de las varillas metálicas, con formas ennegrecidas en el extremo, que estaban apoyadas contra la rejilla.

—Creo que se usan para tragar fuego —dijo Erika, examinándolas. Había un par de fotografías enmarcadas en la pared. En la primera, Marissa yacía en una enorme copa de champán, vestida con lencería rosa transparente. En otra, llevaba medias negras, ligueros y borlas en los pezones, y sostenía una varilla llameante cerca de la boca. La última foto era un póster publicitario en el que Marissa estaba tendida en una tumbona con un corsé plateado, rodeada de hombres musculosos en calzoncillos. Un gran rótulo decía:

UNA NOCHE CON MISS HONEY DIAMOND
14 de julio de 2017
BETHNAL GREEN WORKING MEN'S CLUB

—Ese debía de ser su nombre artístico, Miss Honey Diamond —dijo McGorry.

Erika reparó en la silueta de un diamante bordada en oro en el corpiño del corsé negro del segundo maniquí.

—Ese logo es el mismo que aparece en el póster. También está bordado en los otros dos vestidos —dijo, mirando los otros maniquís.

—Un diamante para Miss Honey Diamond* —comentó McGorry, acercándose y resiguiendo la costura con el dedo.

—Hemos de comprobar si se trata de una marca de ropa o si se ha añadido después. Y lo primero que deberíamos mirar, además de los registros telefónicos, son sus redes sociales.

—Los forenses han dicho que no había ningún portátil o PC en la casa —dijo McGorry—. Tampoco un teléfono móvil, y no han encontrado ninguno en el cadáver.

—O sea, que su teléfono ha desaparecido.

Erika abrió el armario, donde había más prendas de cabaret. Dos sujetadores llevaban bordado el logo del diamante. También había ropa normal: tejanos, jerséis, algunos vestidos y zapatos «convencionales». En una de las puertas del armario estaban fijadas con tachuelas varias fotos de Dita Von Teese actuando como cabaretera, y una en la que aparecía tumbada en una gigantesca copa de Martini.

Volvieron al rellano, pasaron junto a un diminuto y mugriento lavabo y entraron en el pequeño dormitorio de la parte trasera. No era más que un cuartito con una cama individual y un armario. La cama estaba cubierta de bolsas de basura llenas de ropa y toallas. Sobre el alféizar había un cepillo y una crema facial y, encima del radiador, unas enormes bragas grisáceas.

—Por Dios —dijo McGorry, cogiéndolas con dos dedos. Erika le lanzó una mirada, pero no dijo nada—. ¿Mandy cedió el mejor dormitorio para Marissa y sus cosas?

* *Diamond* significa «diamante» o «rombo», como en el caso de los diamantes o rombos de la baraja de póker. (*Nota del traductor*).

—Ha dicho que le subió la paga de los gastos.

—No parece que haya dormido aquí.

Erika observó que las bolsas de plástico tenían una capa de polvo.

—Ha dicho que se acostó hacia las diez.

—¿No querría decir que durmió en el sofá? —preguntó McGorry. Bajaron por la escalera y entraron en la sala de estar. El sofá, situado bajo la ventana panorámica, estaba cubierto con un edredón arrugado y una almohada. En el suelo había una botella vacía de vodka barato y dos tubos de Pringles también vacíos.

—Ella no ha dicho que duerma en el sofá —dijo Erika. Se acercó a la ventana. Estaba sucia de roña y de condensación, y de las salpicaduras de la sangre de Marissa. Solo había un panel de cristal y, a través del marco podrido, se colaba una corriente helada. Los ruidos de la calle se oían perfectamente.

—A lo mejor estaba demasiado borracha para recordarlo —dijo McGorry, señalando la botella vacía de vodka.

Erika oyó la puerta de la furgoneta de apoyo y un crujido sobre la nieve de alguien que pasaba por la calle, por detrás del seto. Se preguntó si el asesino había estado al acecho, esperando.

—Me gustaría saber si Marissa pudo gritar —dijo, más para sí misma que para McGorry.

8

*E*rika y McGorry volvieron a la furgoneta de apoyo, donde un grupo de seis agentes estaban tomándose un descanso. En cuanto vieron entrar a Erika, interrumpieron su charla.

—No se preocupen por mí —dijo.

—Han llegado unos refrigerios, señora —dijo uno de los agentes, señalando en la mesa de la esquina una cafetera y un montón de sándwiches envasados.

—Gracias. ¿Cómo se llama usted? —preguntó ella.

—Agente Rich Skevington, señora.

Erika y McGorry cogieron un sándwich cada uno y llenaron unas tazas con café humeante. El chorro del café contra las tazas de papel resonó en el silencio que se había hecho en el interior de la furgoneta. Erika miró en derredor. No conocía a la mayoría de los agentes; parecían todos muy jóvenes.

—¿Quién puede informarme sobre las entrevistas casa por casa? —preguntó, desgarrando el envoltorio de plástico y dando un mordisco al sándwich.

—No hemos logrado contactar con Don Walpole ni con Ivan Stowalski. Estamos esperando que respondan a las llamadas a sus teléfonos móviles —dijo Kay, la joven agente que le había prestado las zapatillas.

—¿Y los demás vecinos? ¿Han colaborado? —preguntó Erika, dando un sorbo de café para bajar un bocado del sándwich reseco.

—La mitad de las casas están vacías, pero la gente que conocía a Marissa Lewis estaba al tanto del *affaire* que había mantenido con Don Walpole y sabía que se acostaba con Ivan Stowalski a espaldas de su esposa.

—No hay consenso sobre si la esposa de Ivan Stowalski lo ha dejado o no —dijo Rich—. La vecina de al lado, una vieja de ojitos maliciosos, dice que se han ido los dos al norte a pasar la Navidad con su familia. También hemos estado buscando el móvil de la víctima en los jardines y los cubos de basura, por si lo hubieran tirado, pero hasta ahora sin resultado.

—¿Cómo le está yendo al equipo que ha ido al polígono Fitzwilliam?

—Acabamos de volver de allí —dijo otro joven agente—. Hemos hablado con los sospechosos habituales. Un par de tipos han dicho que habían oído hablar de Marissa Lewis.

—¿Qué significa que «habían oído hablar»? —preguntó Erika.

—Han dicho que tenía fama de ser una golfa, según sus propias palabras. Uno de ellos tiene antecedentes, cumplió tres años por violación. El otro tiene antecedentes por asalto con lesiones corporales graves. Ambos han asegurado tener coartada; estuvieron hasta la seis de la mañana en un club de New Cross Gate, el H20. Nos han dicho que revisáramos la grabación de las cámaras de seguridad del club.

Erika puso los ojos en blanco.

—El H20. Lo conozco. No sé cuántas veces les hemos pedido imágenes de las cámaras de seguridad. Muy bien, que alguien se encargue de ello… —Dio otro mordisco al sándwich—. ¿Qué demonios les ponen a estos bocadillos? —dijo, masticando.

—«Sándwiches de Navidad», era lo único que tenían en la gasolinera —dijo Rich.

Erika escupió el bocado en el envoltorio.

—Me parecen bien el pavo y los arándanos, e incluso un poco de relleno, pero ¿a quién se le ocurre poner patatas asadas en un sándwich?

Tiró el resto del paquete en la papelera. Observó al grupo de agentes, que había apartado la mirada para no exponerse a su ira. Todos los demás policías de su edad se habían tomado vacaciones para estar con sus familias o sus parejas. Echaba de menos la presencia de los agentes con los que solía trabajar. Los inspectores Moss y Peterson y el sargento Crane. Se preguntó por un momento si estarían disfrutando de las fiestas navideñas. Se alegraba de tener a su lado a McGorry, pero era un agente todavía un poco novato. E incluso él se había ofrecido a quedarse voluntariamente, corriendo el riesgo de enojar a su novia, que le esperaba en casa.

En ese momento sonó su teléfono. No reconocía el número, así que salió de la furgoneta. Ya había oscurecido y notó el aire frío en la garganta.

—Hola, Erika. Soy Lee Graham.

—Hola, feliz Navidad —dijo ella.

—Feliz Navidad también para ti. Hoy me ha tocado la pajita más corta, así que estoy en el laboratorio.

A Erika le caía bien Lee. Era un forense experto en informática de la policía metropolitana, y habían trabajado juntos en varios casos. Entre ellos había habido cierto coqueteo, pero nada más. Se preguntó si era soltero y si ese era el motivo de que hubiera decidido trabajar el día de Navidad.

—¿A qué debo este placer? —dijo.

—Por desgracia, esta no es una llamada personal. He visto tu nombre en una petición urgente para revelar la película de una cámara.

63

—Sí. ¿Cuándo podrías tenerlo?

—Ya lo tengo. He escaneado las fotos y te las estoy enviando a tu *email* de trabajo. Te mandaré por correo las copias en papel.

—Gracias. Tengo que invitarte algún día a una copa.

—No pierdo la esperanza —dijo él.

Erika oyó que su móvil emitía un pitido.

—Me parece que acabo de recibir tu *email*.

—Muy bien, te dejo. Feliz Navidad —dijo él, y colgó.

Ella abrió el *email* y fue pasando las fotos adjuntas. Casi todas estaban tomadas desde el árbol situado frente a la casa de Marissa. Había toda una serie sacada de noche a través de la ventana del dormitorio de Marissa, donde se la veía recién salida de la ducha con una toalla y luego desnuda y poniéndose la ropa interior. Había también tres fotos tomadas desde lo alto del cadáver de Marissa tirado sobre la nieve. Y otras tres, desde un ángulo más bajo, que parecían haber sido sacadas al nivel del suelo, bastante cerca del jardín, o incluso dentro.

—Joseph Pitkin, ¡maldito mentiroso! —dijo Erika, cruzando la cerca de la casa de Marissa. La sangre congelada del jardín estaba desapareciendo rápidamente bajo la nieve fresca. Desde ahí veía la copa del árbol, con sus gruesas ramas desnudas—. ¿Ese era tu escondrijo habitual para espiarla? —Erika volvió a mirar las fotos y vio que Lee había incluido un mensaje al final del *email*.

El dueño de esta cámara usa películas de 35 mm Ilford Delta 100. Es posible que tenga un cuarto oscuro para revelar las fotos. Lee.

Ya iba a regresar a la furgoneta cuando captó un acre olor a plástico quemado. Miró alrededor y vio que al final del callejón que llevaba a la casa de Joseph Pitkin había una columna de humo elevándose hacia el cielo.

Erika corrió hacia allí. El olor era cada vez más intenso. Al llegar al muro trasero de la casa de los Pitkin, vio que el humo negro ascendía por detrás de la hilera de árboles. Trepó sobre el contenedor, cosa que le resultó mucho más fácil con las zapatillas prestadas, y se encaramó en el muro. A través de los árboles, vio a Joseph con su abrigo largo agazapado tras un bidón de aceite del que salían llamas. Tenía a su lado, en el suelo nevado, una caja de papeles. Cogió un puñado y los tiró en el bidón. Hubo un chisporroteo y una llamarada alzándose hacia el cielo negro. Las ventanas de la casa, a su espalda, estaban oscuras, de manera que quedaba solo iluminado por el resplandor de la fogata.

Erika se descolgó sigilosamente en el trecho de tierra entre el muro y la línea de árboles y avanzó a través de ellos. Al acercarse, Joseph oyó el crujido de sus pisadas en la nieve.

—Deje eso. Ahora mismo —dijo ella. Joseph intentó coger una pala que estaba apoyada contra el bidón, pero Erika fue más rápida y se la arrebató. Creía que el chico saldría corriendo, pero él volvió a sentarse sobre la nieve y se agarró la cabeza con las manos mientras ella llamaba por radio a McGorry.

9

—*H*ay muchísimas de Marissa —dijo Erika, hurgando en la caja de fotos que estaba junto al bidón de aceite. Alzó una instantánea en blanco y negro de Marissa actuando en un número de cabaret. McGorry estaba recogiendo otras muchas que habían caído sobre la nieve. El fuego del bidón ya se había apagado, pero aún desprendía calor en medio del frío de la noche.

—¡Eso sí que es un momento Kodak! —apuntó McGorry, cogiendo una foto en la que Marissa, con bragas y borlas en los pezones, se quitaba con los dientes un largo guante negro en el escenario.

—Me sobran los comentarios idiotas. Limítese a meterlas en bolsas —dijo Erika. Se volvió hacia la casa. Ahora estaban encendidas las luces de la cocina, y dos uniformados permanecían de pie junto a Joseph, que se había sentado en una silla. Uno de los agentes hablaba con él; el otro tomaba notas. Joseph lloraba—. ¿Cree que esas lágrimas son de verdad?

—Es un niño de mamá —dijo McGorry.

Joseph había perdido ahora su aplomo y se tiraba del pelo. De repente, se levantó gritando. Uno de los agentes lo volvió a sentar con brusquedad en la silla, que a punto estuvo de volcarse, y se puso a gritar a su vez. Erika se quitó los guantes de látex y encendió un cigarrillo. No habían podido salvar nada del fuego; en el interior del bidón solo había un amasijo ennegrecido. Debía actuar con celeridad y decidir si se llevaban o no a Joseph para interrogarlo. El chico había dicho que sus padres habían ido a la vuelta de la esquina para ver a unos amigos y tomarse una rápida copa navideña. Erika miró la hora. Eran casi las ocho. Dio una profunda calada al cigarrillo. Su móvil empezó a sonar. Se fue hacia el fondo del jardín y vio que era Marsh quien llamaba. Al silenciar el móvil y volver a guardárselo en el bolsillo, el cigarrillo encendido se le cayó y rodó por la nieve bajo la línea de árboles de hoja perenne. Sacó otra vez el móvil y activó la linterna, enfocándola por debajo de los árboles. Encontró el cigarrillo bajo uno de ellos. Todavía estaba encendido. También vio que hacia el final de la hilera de árboles había un recuadro de tierra removida. Ese tramo no estaba así hacía unas horas. Le dijo a McGorry que trajera la pala que estaba apoyada contra el bidón de aceite.

—Mire —dijo, cuando él llegó a su lado—. La tierra no estaba removida cuando hemos saltado el muro esta mañana. Póngase a cavar.

Apuntó la linterna hacia el suelo mientras McGorry empezaba a levantar la tierra. Solo tuvo que cavar unos palmos para destapar un bulto pequeño y sucio envuelto en plástico. Erika se puso unos guantes de látex nuevos y se agazapó junto al hoyo. Sacudió la tierra y empezó a desenvolver con cuidado las capas de varias bolsas de plástico, creyendo que iba a encontrar un bloque de resina de cannabis. Pero lo que descubrió al quitar la última capa fue un iPhone con una tapa rosa enjoyada. Escrito en el dorso con cristales Swarovski figuraba un nombre: «Marissa».

—Maldita sea —dijo McGorry.

—Ya lo creo. Vamos a llevárnoslo para interrogarlo —dijo Erika. Comprobó que el iPhone estuviera apagado y lo metió en una bolsa de pruebas transparente.

Volvieron a la casa y entraron en la cocina. David y Elspeth Pitkin acababan de volver.

—¿Qué significa esta intrusión? —dijo David, todavía con su grueso abrigo y su gorro gris con borla. Elspeth corrió junto a Joseph y empezó a examinar su cara sucia de lágrimas.

—¿Qué te han hecho? —dijo. Él la miró inexpresivamente.

—Señor y señora Pitkin. ¿Han pasado una agradable velada? —preguntó Erika, sonriendo con dulzura.

David se volvió hacia ella.

—¿Qué significa esto?

—Su hijo estaba quemando fotos de la mujer asesinada en el jardín.

Elspeth le lanzó una mirada a su esposo, y él la ignoró.

—No es ilegal sacar fotografías, eso ya lo hemos discutido, inspectora jefe Foster.

—Es ilegal robar el teléfono móvil de un cadáver y enterrarlo luego en el jardín. —Erika alzó la bolsa con el móvil—. Se llama ocultación de pruebas.

—¿Cómo sabemos que ellos no lo han puesto ahí? —gritó Elspeth, con la voz quebrada por la emoción.

Erika hizo una seña a los dos uniformados.

—Joseph Pitkin, le detengo bajo la sospecha de ocultar pruebas...

—NO NO, ¡MI HIJO NO! —gritó Elspeth, intentando cerrarles el paso a los agentes.

—... de ocultar pruebas pertenecientes a una investigación de asesinato. Tiene derecho a guardar silencio, pero su defensa podría resultar perjudicada si no menciona al ser interrogado algo que más tarde declare ante el tribunal. Todo lo que diga podrá ser usado en su contra.

—¡Él estuvo con nosotros toda la noche! ¡No salió de casa! —insistió Elspeth, tratando de sujetar a Joseph. Uno de los uniformados la apartó y esposó al chico con las manos detrás—. ¡A mí no me toque! ¡No me agreda! —chilló ella. David miraba la escena con la cara lívida.

—Por favor, agentes. Mi hijo es muy vulnerable —dijo.

—Cojan su teléfono —dijo Erika. Uno de los agentes le metió a Joseph la mano en el bolsillo, sacó un móvil y se lo pasó a Erika, que lo apagó y lo guardó en una bolsa de pruebas—. Quiero que registren esta casa de arriba abajo. Y dado que usted conoce la ley, señor Pitkin, estará de acuerdo en que su hijo me ha dado motivos suficientes para registrarla sin una orden.

—¡Por favor! ¡No lo encierren! ¡Por favor! —gritó Elspeth. David tuvo que sujetarla mientras se llevaban a Joseph.

10

La zona de custodia de la comisaría Lewisham Row estaba en el sótano, separada del resto de las oficinas por una gruesa puerta de acero. Erika había sido agente de policía el tiempo suficiente para recordar que antes la llamaban simplemente «las celdas». Ese término sofisticado, sin embargo, no podía ocultar que aquella era la parte más lóbrega y deprimente de la comisaría: un angosto corredor flanqueado de grandes puertas de acero con mirilla, pintadas de un intenso tono verde guisante.

Ray Newton, el sargento de custodia que estaba de guardia —un agente bajito, rechoncho y medio calvo con un gran bigote—, estaba esperándoles cuando Joseph fue conducido hasta el mostrador por dos uniformados.

—Se le ha practicado un registro completo —explicó Erika— y estamos esperando noticias de un abogado.

—Muy bien, joven —dijo Ray, sacando un portapapeles y ofreciéndole un bolígrafo fijado al mostrador con un recio cordel—. Hemos de rellenar unos documentos, así que los agentes van a quitarle las esposas. No quiero cosas raras. Usted se porta bien conmigo y yo haré otro tanto.

Joseph se encabritó bruscamente y empezó a revolverse, a pesar de que tenía las manos esposadas detrás.

—¡Malditos cabrones de mierda! —gritó, intentando volverse hacia Erika y McGorry.

—¡Basta! —dijo Ray.

—¡Me la han jugado! ¡Yo no he hecho nada! ¡NADA!

—Se lo dejamos a usted —dijo Erika, indicando a McGorry que ya podían marcharse.

Subieron a la planta baja, cruzaron las gruesas puertas y accedieron a la parte principal de la comisaría. Hicieron un alto en las máquinas expendedoras situadas junto a la escalera.

—Es toda una novedad que te llamen cabrón el día de Navidad —dijo McGorry.

—Produce una sensación cálida y festiva, ¿verdad? Como si estuvieras junto al fuego con una copa de ponche caliente.

—¿Quiere que se pase la noche en las celdas comiéndose el coco? —dijo McGorry.

—Quiero esperar a mañana para interrogarle —lo corrigió Erika—. Kay está trabajando arriba para desbloquear los móviles.

Sonó su teléfono y mantuvo una breve conversación con uno de los agentes que seguían en casa de los Pitkin.

—Han encontrado un cuarto oscuro improvisado arriba, en un pequeño armario de la habitación de Joseph, pero no había fotos —dijo al colgar.

—Las quemó antes de que lo atrapáramos —dijo McGorry.

—Kay tiene formación forense para examinar dispositivos electrónicos. Quiero saber qué hay en su móvil y en el de Marissa antes de interrogarle. Esperemos que haya algo.

—Son una familia bastante rara, ¿no? La gente pija siempre es un poco rara. ¿Cómo puedo ser tan idiota para haber enterrado ese teléfono con el estuche personalizado de Marissa?

—Nunca subestime lo idiota que puede llegar a ser la

71

gente. También quiero cotejar sus huellas con las que hemos encontrado en el cilindro de plástico del carrete que se había caído en el callejón.

—¿Qué me dice de todas esas fotos de Marissa Lewis? ¿Cree que ella sabía que Joseph Pitkin se las había sacado? —preguntó McGorry.

—Seguramente pagó una entrada para verla actuar.

—Entonces, ¿por qué quemarlas?

Erika negó con la cabeza. Se sentía exhausta.

—Tenemos que confirmar que el teléfono estaba registrado a nombre de Marissa. También hay que intentar obtener más información sobre Joseph. Si tiene antecedentes, etcétera. —Seleccionó un café en la máquina y permanecieron callados mientras caía la taza y empezaba a llenarse de líquido humeante—. Mandy Trent no se ha mordido la lengua sobre las personas con las que Marissa se relacionaba. Pero no ha mencionado a Joseph. Le diré a Tania, la agente de enlace familiar, que se lo pregunte. —Cogió la taza del dispensador.

—No tenemos lo suficiente para acusarle del asesinato. Y él tiene una coartada —dijo McGorry.

—De su madre.

—No hay ninguna prueba que lo sitúe en la escena anoche.

—Por ahora. Ninguna *por ahora*. Falta aún la autopsia, los análisis forenses y demás.

McGorry bostezó, metió unas monedas en la máquina y seleccionó un café. Erika observó su rostro cansado mientras se llenaba la taza.

—Debería irse a casa y descansar un poco. Quiero que esté aquí mañana cuando lo interrogue.

Ambos dieron un sorbo a la vez e inmediatamente escupieron el líquido en la taza.

—¿Qué demonios es esto?

—Sopa de rabo de buey —dijo McGorry, con una mueca.

—¿Usted ha pulsado el botón del café?

—Sí.

Tiraron las tazas en la papelera que había junto a la máquina. Erika introdujo más monedas y seleccionó café con leche. Cuando se llenó la taza, acercó la nariz.

—¡Esto también es sopa de rabo de buey! ¡Cierran la cantina y no nos dejan más que esta sopa de mierda!

—Deben de haberse equivocado al llenar la máquina —dijo McGorry.

Erika puso los ojos en blanco y tiró la segunda taza a la papelera.

—Pero ¿qué pasa en este país? ¡Sándwiches de patata y sopa de rabo de buey! No he conocido a nadie que tome sopa de rabo de buey. ¡Y, sin embargo, en las máquinas de medio pelo, es la tercera opción después del té y el café!

—También la venden en lata…

—¿Cómo?

—La sopa de rabo de buey. Mi abuela tiene un armario lleno de latas de esas. Le encanta.

Erika lo miró y sonrió.

—Venga, váyase a casa y disfrute de la cena de Navidad. Nos vemos mañana —dijo.

Erika subió a su despacho de la cuarta planta. Era minúsculo, con apenas el suficiente espacio para un pequeño escritorio, una silla y una estantería. Kay estaba trabajando en un portátil con el móvil de Joseph enchufado en el puerto USB.

—Lo siento, la máquina de café está estropeada y no hay nada en la cocina del personal —dijo Erika—. ¿Cómo va?

—El iPhone de Marissa está protegido con una contraseña. Tendrá que enviarlo a la Unidad de Delitos Informáticos y, aun así, es probable que no consigan nada. Es prácticamente imposible piratear un iPhone. También veo por el número IMEI que era un teléfono de prepago.

—Lo cual hará que sean más difíciles de rastrear los registros de llamadas. Mierda.

—La buena noticia es que el móvil de Joseph Pitkin no tiene contraseña. —Kay señaló una ventana de la pantalla con todos los archivos descargados—. Acabo de sacar un montón de archivos de vídeo.

Erika se sintió más animada y cogió una silla. Kay empezó a pinchar los archivos de imagen y vídeo. Algunos de los vídeos eran muy breves: uno de un gato atigrado estirándose en un día de verano en el alféizar de la habitación de Joseph; otro de Elspeth con la cara arrebolada, sacando un enorme pan trenzado del horno Aga; otro del gato atigrado en el jardín, entre las macetas, persiguiendo a una mariposa almirante rojo con ese estilo juguetón y, sin embargo, letal típico de los gatos.

—Qué encantador —dijo Erika. Cuando Kay pinchó el siguiente vídeo, salió del portátil un ruido atronador que las sobresaltó a las dos. Era una música distorsionada y la imagen al principio se veía borrosa, luego se enfocó. Marissa estaba en un pequeño escenario de un club abarrotado. Detrás de ella había una cortina de terciopelo rojo. El vídeo estaba filmado desde bastante atrás y se veían algunas cabezas del público. Marissa tenía su pelo oscuro recogido con rulos y llevaba un carmín de intenso color rojo y unas enormes pestañas. Lentamente se desabrochaba un largo abrigo negro y lo dejaba caer en el suelo. Debajo llevaba un corsé rosa años cincuenta, medias, ligueros y tacones altísimos. El vídeo parecía temblar mientras ella proseguía y se desnudaba hasta quedarse solo con bragas y borlas para los pezones. Finalmente, hacía una reverencia ante los aplausos y se retiraba del escenario entre contoneos.

—Caramba, era buena —dijo Kay.

—Yo creía que su número sería más bien sórdido, pero esto es… bueno, cabaret profesional —dijo Erika. Fueron mirando el resto de las fotos de esa misma noche. Joseph aparecía junto a Marissa entre las mesas del club, ambos posando frente a la cámara; alguien debió haber sacado esas fotos.

—¿Le da la impresión de que ella lo conoce? —preguntó Erika, mientras Kay pinchaba seis instantáneas idénticas de Joseph pasándole el brazo a Marissa por la cintura.

—Él parece el típico fan rarillo que una se quiere quitar de encima. ¿Por qué necesitaba seis fotos? En la sexta, ella parece estar deseando largarse —dijo Kay.

—¿De qué fecha son?

—De hace casi un año. Del pasado mes de enero.

Kay revisó más instantáneas de aquella misma noche: Marissa hablando con otros clientes, posando para sacarse fotos, luego un par de imágenes borrosas mientras se dirigía al bar. Después cambiaba el telón de fondo. Las siguientes fotografías eran oscuras y estaban iluminadas con *flash*.

—¿De cuándo son estas?

—Según el sello de tiempo, del mismo día y la misma hora.

—Parecen tomadas entre bastidores. —Había fotos de algo parecido a un camerino: un camerino vacío, con un gran espejo rodeado de bombillas. Había primeros planos de un perchero de ropa de cabaret, de unas bragas negras de encaje tiradas en el suelo, de una mano sujetándolas ante la cámara. Tenían un diamante cosido en la tela.

—Honey Diamond —dijo Erika—. Ese símbolo del diamante estaba bordado en los trajes de cabaret de Marissa.

Inesperadamente, las fotos daban paso a un vídeo de

la casa de Marissa Lewis. Estaba filmado de noche, desde considerable altura, enfocando hacia abajo la ventana del dormitorio de Marissa. Empezaba de modo tembloroso, y se oía el ruido del viento distorsionando el micrófono del móvil. Luego Marissa aparecía nítidamente, deambulando por la habitación con una toalla. Iba al tocador, cogía un cepillo y se lo pasaba por el pelo húmedo. A continuación, dejaba caer la toalla y se la veía totalmente desnuda. El vídeo hacía un zum, desenfocándose. Al enfocarse de nuevo, Marissa aparecía asomada a la ventana, mirando directamente a la cámara.

«Mierda», mascullaba la voz de Joseph, por encima del ruido del viento. Aun así, continuaba enfocándola. Ella permanecía completamente inmóvil, mirando. Luego se cogía los pechos y deslizaba lentamente las manos hacia abajo, deteniéndose por encima del vello púbico. Entonces meneaba un dedo y corría las cortinas. La imagen permanecía fija en las cortinas un momento antes de que concluyera el vídeo.

—¿Ella sabía que Joseph la estaba mirando? —preguntó Kay.

—Sabía que alguien la miraba —contestó Erika.

Kay pulsó sobre otro vídeo que mostraba la misma toma de noche. Esta vez, el dormitorio estaba profusamente iluminado y Marissa entraba con un hombre alto de mediana edad. Ella se aseguraba de que ambos se situaran cerca de la ventana y de que la cámara captara la cara de él. Kay puso el vídeo en avance rápido mientras pasaban a la cama y empezaban a besarse y desnudarse. Ese vídeo era el más largo de los que contenía el móvil, duraba diez minutos en total, y la cámara hacía un zum mientras la pareja mantenía relaciones sexuales.

—Hemos de conseguir una imagen nítida de la cara del hombre y averiguar quién es. ¿Cuándo se filmó el vídeo?

—El 14 de diciembre de este año. ¿Cree que ella sabía que los estaban filmando?

—O quizá le pidió a Joseph que lo hiciera —dijo Erika, restregándose los ojos cansados y sentándose en su silla—. ¿Qué impresión le ha producido el chico?

—Bueno, en el poco rato que yo he estado allí… parecía asustado, aferrado a su madre.

—Hasta ahora, cumple todos los requisitos. Estaba obsesionado con Marissa. La acosaba y espiaba. Le robó el móvil y fotografió su cadáver. Pero necesito los resultados forenses. Necesito una prueba de ADN para pillarlo y conseguir un arresto.

En la sala de custodia del sótano de Lewisham Row, reinaba el silencio. Todas las puertas de la larga hilera del corredor estaban abiertas, esperando a los delincuentes que todavía podía ofrecer la noche de Navidad. Todas salvo la del fondo, que estaba cerrada. Ray, el sargento de custodia, se levantó de su escritorio y fue a hacer su ronda de cada quince minutos. Sus zapatos lustrados chirriaron en el suelo del corredor. Abrió la mirilla metálica de la puerta cerrada y enfocó el interior con su linterna. Joseph Pitkin yacía sobre la cama de la esquina.

—¿Todo bien, chaval? —dijo.

Joseph se encogió, volviéndose hacia la pared.

—Sí, de maravilla —musitó. Cuando la mirilla se cerró con un golpe, se encogió instintivamente. Luego se removió sobre el lecho en la oscuridad, tratando de ponerse cómodo, mientras unas lágrimas silenciosas rodaban por sus mejillas.

11

 $\mathcal{A}$ seis kilómetros, en Sydenham, un viento frío aulla-
ba por Walpole Road, amontonando la nieve contra los
muros de las casas adosadas. Diana Crow salió del piso
de su amiga Fiona poco después de las once e hizo una
mueca al notar el frío. Se había quedado más tiempo de
lo previsto, pero Fiona se había empeñado en que viera
el final de la película navideña.

Diana bajó la cabeza y se apresuró por la calle oscura
y nevada hacia la avenida principal. Pese al frío, notaba
la cara caliente después de las cuatro copas de jerez dulce que se había tomado. Esperó a que pasara un pequeño
Fiat antes de cruzar. Había nevado con fuerza durante
todo el día y la acera y la calzada se habían acabado con-
fundiendo. Avanzó con cuidado y, al llegar al otro lado,
redujo el paso y tanteó la nieve para ver dónde empezaba el bordillo. Subió a la acera y se estremeció. Había
un gran silencio. Se veían luces en todas las ventanas,
pero las cortinas estaban corridas. Su casa quedaba solo
a unos minutos a pie. Fiona le había dicho que llamara
un taxi, pero ella había pensado que era un despilfarro
absurdo pagar por un trayecto de treinta segundos, para
solo tres calles.

Al pasar por la estación de tren, vio que las farolas
estaban apagadas y que la explanada de la entrada se ha-

llaba sumida en la oscuridad. Ahora no pasaban coches por la calle. Aceleró el ritmo al acercarse al paso a nivel. El aire estaba húmedo, impregnado de hedor a orina, y se subió las solapas del abrigo para taparse la boca. El pavimento del paso a nivel estaba seco y sus pisadas resonaban en el silencio. La acera del otro lado, iluminada por la luz anaranjada de una farola, parecía muy lejos. Se apresuró aún más, y ya casi había llegado a la luz cuando una de las oscuras paredes pareció abultarse repentinamente y cerrarle el paso.

Se detuvo, no podía moverse. Más tarde se preguntaría por qué no había echado a correr —estaba a menos de sesenta segundos de su puerta— y por qué no se había resistido ni había gritado pidiendo ayuda. Por el contrario, se quedó allí paralizada de pavor mientras una figura alta se aproximaba, alzándose frente a ella. Se movía con un leve crujido y, cuando sus ojos se adaptaron mejor a la oscuridad, vio que llevaba una máscara de gas. Los dos grandes círculos para los ojos parecían vacíos y el material de goma se extendía sobre su cabeza como una capucha. Del tambor para respirar que le colgaba por delante salía vapor. Había unos cuadrados blancos pintados en ese tambor que daban la impresión de una grotesca boca sonriente. El hombre desprendía un leve hedor químico a medida que se aceleraba su respiración, y Diana vio entonces que tenía el abrigo abierto y que estaba exhibiéndose, masturbándose con una mano enguantada.

Ella abrió la boca para gritar, pero él la agarró de la garganta antes de que pudiera hacerlo y la estampó contra la fría pared de ladrillo. Con una mano vigorosa, cubierta con un guante de cuero, le fue apretando cada vez más el cuello. Todo transcurrió en silencio. Diana se ahogaba, tenía arcadas. Estaba deseando desmayarse.

Justo cuando los márgenes de su visión empezaron a oscurecerse, él aflojó su tenaza para que respirase; luego volvió a apretar.

Fuera del paso a nivel, la calle seguía vacía. Continuaba nevando. Todo estaba tranquilo y silencioso.

12

*E*rika llegó tarde a su piso y lo encontró helado. En los dos años que llevaba allí no había logrado averiguar cómo funcionaba el temporizador de la caldera. Lo primero que hizo al entrar fue encender la calefacción, y no se quitó el abrigo hasta que empezó a caldearse el ambiente.

Luego llenó la bañera con agua muy caliente, casi demasiado para soportarlo. Esa sensación de estar escaldándose le permitió aislarse de todo y olvidarse un poco del trabajo. Pero aun así no podía quitarse de la cabeza la imagen del cuerpo de Marissa Lewis tendido en la nieve. Una escena criminal siempre cuenta una historia, y el pequeño jardín de Coniston Road hablaba de una lucha violenta: la enorme cantidad de sangre que cubría el cadáver y la nieve de alrededor; su zapato caído a un lado; su neceser roto, con el contenido desparramado sobre la nieve; sus llaves colgando de la cerradura de la puerta. Si hubiera llegado unos segundos antes, ¿habría podido girar la llave y entrar en su casa sana y salva?

A Erika le costaba encontrar el equilibrio entre apiadarse de una víctima de asesinato y mantener una actitud distanciada. Para no volverse loco, era más fácil deshumanizar un cadáver y considerar a la persona como un objeto, como una prueba más. Pero ella era tan incapaz de hacer eso como de volver del trabajo y llevar una vida normal. No tenía a nadie que estuviera esperándola. Desde la muerte de Mark, solo había tenido una relación con un compañero, el inspector James Peterson, y durante una temporada él había sido la persona que la esperaba en casa; o, más exactamente, era ella la que iba a su casa, donde miraban la tele, pedían comida para llevar y se reían juntos. Luego Peterson había resultado gravemente herido en acto de servicio: un disparo en el estómago, estando a las órdenes de Erika, en el desenlace de un caso de secuestro y asesinato. Las dificultades que había experimentado para recuperarse y volver al trabajo habían abierto una brecha entre ambos y dado al traste con una relación que parecía prometedora. Y ella había vuelto a quedarse sola, otra vez con la única compañía de sus pensamientos durante noches interminables.

Le vino a la cabeza la imagen del diente de Marissa Lewis empotrado en el poste de ladrillo de la verja. Cerró los ojos, pero aún seguía allí: el diente roto casi hasta la raíz, embadurnado de carmín rojo. Abrió los ojos otra vez y puso más agua caliente en la bañera. Sus piernas normalmente paliduchas estaban rojas del calor. En su imaginación, volvió a ver la foto tomada desde lo alto del árbol de las piernas de Marissa salpicadas de sangre. Los pliegues de su abrigo largo abierto sobre la nieve. Luego recordó la imagen de la escena, con Isaac agachado junto al cadáver. La fina tela del vestido estaba alzada y dejaba a la vista las bragas de Marissa. Unas bragas impecables, sin manchas de sangre, por las que asomaba una franja de vello púbico.

Erika quitó el tapón y salió de la bañera, envolviéndose con una toalla. Se apresuró a cruzar la sala de estar, donde tenía el portátil y el expediente del caso sobre la mesita de café. Las luces estaban apagadas y las cortinas seguían abiertas. Volvía a nevar, y los copos producían un sordo murmullo sobre el cristal. Se sentó ante el portátil y revisó las fotos tomadas por Joseph. Primero, las que había sacado encaramado en el árbol; luego, los primeros planos.

—Maldito pervertido —musitó, comparando dos ángulos diferentes y aumentando el tamaño de la imagen—. Le has levantado la falda cuando has bajado del árbol...

El timbrazo del teléfono le hizo dar un respingo. Miró la hora y vio que acababan de dar las once. Era Edward, preguntando si había disfrutado de la comida navideña.

—Al final, no he podido ir. Me han llamado de una escena criminal —dijo—. Un caso muy triste. Una chica joven asesinada en la puerta de su casa.

—Vaya. ¿Quieres hablar de ello?

—No, la verdad. Es demasiado sombrío y truculento para el día de Navidad. ¿Tú has pasado un buen día?

—Pues al final he celebrado una pequeña fiesta —dijo él, riendo—. Kelly, el amigo que vive al final de la calle, ha venido con su madre, Shirley. Han traído una lasaña enorme y el Monopoly. Un Monopoly de Mánchester. ¿A que no sabes cuál es la calle más cara?

—¿Coronation Street?

—No. Yo pensaba lo mismo. Es el complejo Lowry, en Salford Quays. Tiene el mismo precio que Park Lane en la versión de Londres. No creo que se pueda ganar al Monopoly sin comprar las mejores propiedades.

—No te veo especulando con propiedades inmobiliarias.

—Pues así es como he ganado. ¡He acabado convertido en un auténtico magnate!

Ahora sonaba normal, nada que ver con el hombre desorientado de esa misma mañana. Se oía de fondo la televisión.

—Me alegro de que hayas pasado un buen día —dijo Erika.

—Acabo de volver del cementerio. Estaba nevando,

pero por encima de las montañas el cielo estaba despejado y se veía la luna. ¿Está bien que haya pensado que era precioso?

—Claro que sí.

—No quería que Mark estuviera solo el día de Navidad... —Su voz tembló y se quebró—. Es tan duro no tenerlo aquí.

—Lo sé —dijo ella, secándose los ojos.

—No podemos hacer nada, ¿no?

—No.

Hubo un largo silencio, interrumpido por una risita procedente de la televisión de Edward.

—En fin, cielo, solo quería ver cómo estabas y darte las buenas noches.

—Gracias.

—Feliz Navidad. Te volveré a llamar pronto.

—Feliz Navidad —dijo ella. Las risas de la televisión se interrumpieron y Erika volvió a quedarse en el silencio de su piso, con el golpeteo de la nieve contra los cristales. Cerró las cortinas y encendió las luces. Su teléfono volvió a sonar. Esta vez era Kay.

—Disculpe que llame tan tarde, señora, pero he encontrado algo entre los archivos del móvil de Joseph Pitkin.

—No importa. ¿Aún está trabajando? —preguntó Erika, impresionada.

—Es que estaba repasando los archivos descargados y he encontrado algunos en el disco duro que habían sido borrados. He logrado recuperar varios. Son inquietantes.

—¿Pornografía?

—No. Fotos y un vídeo de Joseph. Se los estoy enviando.

Erika colgó y abrió el *email*. Había seis fotografías. Joseph aparecía desnudo, tendido boca arriba sobre una mesa de madera y atado con correas de cuero por el cuello, los brazos y los muslos. Tenía los ojos enrojecidos y desorbitados de pavor. La mano de un hombre lo agarraba de la garganta, haciendo que los tendones de su cuello se tensaran. Erika abrió el archivo de vídeo. Mostraba la misma escena que las fotos y parecía filmado con un teléfono móvil.

—¡Por favor, por favor! Suéltame. No diré nada. ¡No lo contaré! —suplicaba Joseph, guiñando los ojos ante la intensa luz de la cámara del móvil.

—No, no lo contarás. ¿O quieres que envíe este vídeo a toda la gente que conoces? —decía una voz que había sido distorsionada electrónicamente. La mano volvía a aparecer en el encuadre, agarraba los genitales de Joseph y se los retorcía. Él empezaba a dar alaridos—. Tengo tu dirección —decía la voz—. Tengo tu teléfono. Si dices algo, le envío esto a todos tus contactos… Amigos, familia. A todo el mundo.

El ángulo de la cámara viró de golpe para mostrar una mesa con una hilera de juguetes sexuales. La mano del hombre cogió el más grande y se acercó a Joseph. Él intentó cerrar las piernas, pero las tenía separadas y atadas a la mesa.

—¡NO! —gritó—. ¡NO!

Erika silenció el sonido y tuvo que obligarse a sí misma a mirar el resto del vídeo.

13

Erika llegó a la comisaría Lewisham Row unos minutos después de las ocho. Las obras alrededor del centro de Lewisham, que habían empezado cuando ella había sido destinada al sur de Londres, estaban prácticamente terminadas. Unos grandes bloques de apartamentos empequeñecían ahora el edifico de ocho plantas de la comisaría. Las grúas seguían alzándose allí, en medio de la mañana nevada, y sobre una de ellas había un árbol de Navidad encendido.

Erika apenas había dormido. Las imágenes de Joseph la habían atormentado en sueños. En las fotos parecía más bien la víctima, pero ella debía interrogarlo sobre su papel en el asesinato de Marissa Lewis; y, además, aún había muchos datos que no tenía: los resultados de la autopsia, las pruebas de ADN, el arma homicida que no había sido encontrada. Aunque le incomodara hacerlo, podía usar las fotos como palanca.

A las nueve de la mañana, Joseph fue conducido a la sala de interrogatorio número uno por dos agentes uniformados. Ahora no estaba esposado. Se le veía pálido, con cercos oscuros bajo los ojos. Un abogado de aire soñoliento con un traje a rayas desfiló a su lado. No parecía muy contento de que lo hubieran obligado a trabajar el Boxing Day. Se presentó como Henry Chevalier y tomó asiento junto a Joseph.

Erika se sentó en el lado opuesto de la mesa con un McGorry de aspecto igualmente cansado, a quien Joseph miró con odio.

—Son las 09:04 del 26 de diciembre de 2017 —dijo Erika—. Se hallan presentes en el interrogatorio la inspectora jefe Erika Foster, el agente John McGorry, Joseph Pitkin y su representante legal, Henry Chevalier.

Henry se inclinó y le susurró algo al oído a Joseph, que no reaccionó y se limitó a asentir. Erika abrió una de las carpetas grises del montón que había depositado sobre la mesa y sacó copias en papel de las fotos del carrete reveladas.

—Joseph, ¿podría decirnos si tomó usted estas fotos? —dijo, extendiéndolas sobre la mesa. Durante una fracción de segundo, Joseph las miró con sorpresa; luego se echó hacia atrás y cruzó los brazos.

—Mi cliente ha decidido no responder a esa pregunta —dijo Henry.

Erika prosiguió:

—Estas fotos proceden de un carrete sin revelar que hallamos en un cilindro de plástico en el callejón situado detrás del jardín de sus padres. Creo que se le cayó del bolsillo al trepar para saltar el muro. —Joseph frunció el ceño—. Sacamos las huellas del cilindro, y un pulgar y un índice coinciden con los suyos. Se lo vuelvo a preguntar. ¿Tomó usted estas fotos?

Joseph miró a Henry, que asintió.

—Sí, las tomé yo.

—Fotografías de un cadáver —dijo Erika.

—Ya vemos las fotos —dijo Henry. Erika cogió una, un primer plano de la cara de Marissa salpicada de sangre, con los ojos abiertos. Paralizados de terror.

—Esta foto está tomada desde lo alto del árbol situado enfrente de la casa de Marissa. —Erika la cogió y se la mostró a Joseph; él miró para otro lado—. Como ve, tiene la falda sobre los muslos. —Cogió otra—. Pero en esta foto, tomada de cerca, le han alzado el vestido para que se vea su ropa interior. ¿Tocó el cuerpo, Joseph? —Él negó con la cabeza—. También hemos recuperado vídeos de su teléfono móvil que demuestran una obsesión enfermiza por Marissa Lewis. Usted la filmó de forma encubierta mientras ella estaba en su dormitorio y, en una ocasión, cuando mantenía relaciones sexuales con otro hombre.

Joseph ahora temblaba. Se había quedado lívido.

—Yo no la maté.

—Entonces, ¿qué hizo? —preguntó McGorry, arrellanándose en la silla y cruzando los brazos—. ¿Toquetearla mientras yacía muerta? ¿Aprovechó la ocasión para meterle los dedos en las bragas cuando ya no podía oponerse?

—Agentes, agradecería un modo de interrogar más respetuoso —dijo Henry.

Erika recogió las fotos y las guardó. Abrió otra carpeta.

—Aquí tengo sus antecedentes penales. Pasó seis semanas en un centro de menores a los catorce años. Atacó a un chico en el colegio con una botella rota. El cirujano consiguió salvarle el ojo.

Erika alzó la fotografía de un chico de pelo moreno. Tenía una fea sutura morada que arrancaba de la ceja izquierda y cruzaba todo el párpado.

—Me estaba defendiendo. Él me pegó —dijo Joseph.

—Entonces, ¿por qué no devolverle el golpe? Usted, por el contrario, rompió una botella y se la estampó en la cara. Una reacción más bien propia de un demente —dijo McGorry.

—¿Puedo preguntar si piensan acusar a mi cliente? —dijo Henry—. Y en caso afirmativo, ¿de qué piensan acusarlo? Él cumplió la condena por lo que hizo. También tiene una coartada para la hora en que Marissa Lewis fue asesinada.

—De su mamá y su papá —dijo Erika.

—El padre de mi cliente es un antiguo letrado de la Corona con una reputación impecable. Él afirma que Joseph permaneció en casa toda la noche y no salió hasta la mañana siguiente.

—¿Duermen en la misma habitación?

—Esa es una pregunta absurda.

—¿Ah, sí? La escena del asesinato estaba a menos de dos minutos de su casa. Y él ya ha demostrado que le gusta saltar por el muro trasero. Podría haber ido y vuelto en un período de tiempo muy breve.

—«Podría» es la palabra clave. Agente, ¿tienen alguna prueba concreta?

—Hemos tomado muestras de ADN del cadáver de la víctima. Y tengo agentes registrando la casa de los Pitkin. Es solo una cuestión de tiempo —dijo Erika.

—Sí, le quedan once horas.

—Tengo el derecho de extender el período de custodia durante otros dos días.

—Yo no se lo aconsejaría —dijo el abogado en voz baja, con gélida firmeza. Sus ojos la perforaron desde el otro lado de la mesa.

—¿Es una amenaza?

—Claro que no —dijo él, con una sonrisa postiza—. ¿Acaso cree que iba a amenazarla en una sala llena de cámaras, mientras nuestra conversación se está grabando? ¿No estará poniéndose paranoica, inspectora jefe Foster?

—No. Seguramente es solo la falta de cafeína —respondió Erika, sonriendo.

—Nuestra máquina de café está averiada —dijo McGorry—. Sea cual sea el botón que aprietes, sale sopa de rabo de buey.

Henry puso los ojos en blanco.

—¿Qué relevancia tiene eso?

Ellos no le hicieron caso. McGorry miró a Erika, que cogió la tercera y última carpeta del montón y sacó las fotografías de Joseph desnudo y amarrado a la mesa, así como una foto fija del archivo de vídeo. Las extendió sobre la mesa y luego ambos se arrellanaron en sus sillas.

No podían imaginar cuál sería la reacción. El poco color que le quedaba a Joseph había abandonado su rostro y las manos empezaron a temblarle de forma incontrolada.

—Espere. ¿Por qué no se me habían mostrado estas fotos? —dijo Henry.

—Hemos recuperado estas fotografías y un vídeo explícito de su teléfono móvil, Joseph —dijo Erika—. ¿Quién es el hombre que le hizo esto? ¿Fue él quien le mandó los archivos?

Joseph meneó la cabeza, se levantó de golpe, haciendo que la silla cayera hacia atrás con estrépito, y vomitó espectacularmente sobre la mesa. Todos saltaron hacia atrás. Erika consiguió por los pelos apartar dos de las carpetas.

—¡Cielo santo! —gritó Henry, retrocediendo ante el montón de papeles salpicados que sujetaba y tirándolos por fin al suelo.

Joseph permanecía inmóvil, encorvado hacia delante, con un largo hilo de babas colgándole de la boca. Todos guardaban silencio, consternados. De repente, él se lanzó hacia Erika mostrando los dientes.

—¡Maldita zorra! —gritó. McGorry se adelantó y lo sujetó de los brazos—. ¿De dónde las has sacado? ¿Cómo? ¿Cómo las has conseguido? ¡Él no tiene nada que ver con esto! ¡NADA! ¡Me matará!

—¿Quién? ¿Quién le matará? —dijo Erika, apartándose cuando Joseph empezó a lanzarle patadas—. ¡Necesitamos ayuda! —gritó, volviéndose hacia la cámara montada en la esquina de la sala. Al cabo de unos segundos, dos uniformados entraron corriendo y arrastraron a Joseph hacia la puerta—. ¿Quién? ¿Quién le matará? Dígame su nombre y todo esto habrá terminado. —Sacaron a rastras a Joseph, que seguía gritando y pateando—. ¡Dígame su nombre, yo puedo protegerle! —La puerta se cerró violentamente.

—Jefa —dijo McGorry, poniéndole la mano en el brazo—. El interrogatorio ha terminado.

Erika miró a McGorry y al abogado, luego el estropicio que había sobre la mesa, y recuperó el dominio de sí misma.

—Sí, cierto.

—Cielo santo —repitió Henry, recogiendo el maletín que había dejado en un rincón y mirándose la manga de la chaqueta, que había quedado salpicada de vómito—. ¡Cielo santo, joder! —Y salió sin más. Erika y McGorry aún seguían consternados.

—Hay algo que sabemos con seguridad. Se dio una gran comilona por Navidad —dijo él, arrugando la nariz.

14

Cuando salieron al pasillo se encontraron a Kay, que había estado mirando desde la sala de observación de la puerta contigua. Traía un montón de toallas de papel.

—Pero ¿qué demonios ha pasado? —preguntó McGorry, cogiendo una y secándose la manga del traje—. Puaj, solo me faltaba esto hoy. —Con mucho cuidado, se quitó la chaqueta.

—Lo he pillado. Le he dado en el punto flaco —dijo Erika. Cogió con aire ausente unas toallas de papel y solo entonces reparó en que había salido indemne.

—No sabemos si esas fotos y el vídeo tienen nada que ver con el caso de Marissa Lewis. Parece la típica venganza porno —dijo Kay.

—Tengo que deshacerme de esta chaqueta. Solo será un segundo, jefa —dijo McGorry, sujetándola con el pulgar y el índice y alejándose a toda prisa.

—La venganza porno es cosa de amantes despechados, para ponerse en evidencia. No. El que aparece en ese vídeo le está chantajeando para que no hable —dijo Erika.

—No podemos usar como palanca un trauma del pasado.

—He estado tan cerca…

—Pero ¿cómo? ¿Cómo podemos estar tan cerca de algo que ignoramos por completo, señora?

Erika se volvió hacia ella.

—Encárguese de que limpien bien la sala de interrogatorio —le dijo, devolviéndole las toallas—. Y no me llame «señora».

Erika volvió a su despacho. Hizo unas llamadas a Isaac y al Departamento Forense, pero ambos le dijeron que no podrían tener nada hasta el día siguiente. Luego llamó al agente encargado del seguimiento de las entrevistas puerta a puerta en Coniston Road, quien le dijo que todavía no había sido posible contactar con Don Walpole e Ivan Stowalski, los dos hombres que habían estado enredados con Marissa. Sí tenía, en cambio, el número de su amiga, Sharon-Louise Braithwaite, la que trabajaba en la peluquería. Erika le dio las gracias y anotó el número. Ya iba a llamarla cuando sonó un golpe en la puerta.

—¿Sí?

McGorry asomó la cabeza en el despacho.

—Bueno, jefa. El médico ha examinado a Pitkin. No tiene nada físicamente. Presión sanguínea normal, temperatura normal, ninguna infección. Pero ha recomendado al sargento de custodia que se tome un par de horas de descanso para que pueda calmarse antes de que intentemos interrogarlo de nuevo. Está fuera de sí.

Erika miró su reloj. Ya casi era mediodía.

—Me quedan cinco horas antes de tener que decidir si lo mantenemos en custodia otro par de días o no. Y no estoy más cerca ahora de poder formular una acusación… Escuche, puede pasar; no tiene que quedarse en el umbral —le soltó. McGorry entró en el despacho y cerró la puerta—. Muy bien, una pregunta directa. ¿Usted cree que fue él quien lo hizo?

McGorry se encogió de hombros.

—No sé si tiene lo que hay que tener para eso. La persona que lo hizo se volvió completamente loca asestándole puñaladas. Se habría quedado cubierta de sangre. ¿Y qué me dice del rastro de sangre desde la escena? Él no tiene coche. No hemos encontrado el arma homicida.

—¿Quién cree que le está chantajeando con las fotos?

—Podría ser un hombre o una mujer. A juzgar por su reacción, creo que es un hombre. En las fotos se ve claramente que Joseph no es un participante voluntario; o si lo era al principio, ya no lo seguía siendo cuando estaba atado y desnudo. El otro lo tenía dominado físicamente. Se nota que está aterrorizado. Y claro, ha vomitado por toda la sala de interrogatorio cuando ha visto que teníamos las fotos y el vídeo.

—Podría ser que hubiera estado trabajando como chapero —dijo Erika—. Pero no, la familia tiene dinero.

—Y él estaba inscrito en la oficina de empleo.

—Hay demasiados interrogantes en su vida; y es cierto lo que usted dice, se le veía muy asustado en el vídeo. Debemos andarnos con cautela. Sea quien sea esa persona, tiene la capacidad de aterrorizarlo.

15

Cuatro plantas más abajo, en la sala de custodia, Joseph yacía sobre un catre, bajo la cruda luz de la celda, mirando fijamente la pequeña ventana. Tenía la cara lívida y estaba casi paralizado de miedo. Lo había visto un médico, lo habían limpiado y luego habían vuelto a encerrarlo. Llevaba unos tejanos oscuros, desgarrados en las rodillas, y un grueso suéter oscuro. El cinturón y los zapatos se los habían quitado.

Oía voces en el corredor. Habían detenido y encerrado a un grupo de jóvenes que estaban armando alboroto, gritando e insultando al sargento de custodia.

«¿Cómo han conseguido esas fotos? —pensó—. Yo las borré. Él me dijo que, si mantenía la boca cerrada, nadie las vería».

Volvió a ver la cara del hombre a quien él conocía como «T»: una cara ancha y atractiva con la frente despejada, ojos penetrantes. Él había creído que eran amigos y T le había demostrado su confianza enseñándole lo que tenía en el sótano.

—Aquí es donde juego —le había dicho.

El sótano era un lugar oscuro, con el techo bajo y desnudo y suelo de hormigón manchado. El aire estaba caliente y apestaba a sudoración. Había cepos de madera, una jaula y correas de cuero. Las paredes estaban cubiertas de recortes pornográficos sacados de revistas. A Joseph no le chocó la desnudez ni el sexo. Lo que lo dejó helado fueron las caras de las mujeres y los hombres sometidos a dominación que aparecían en las fotografías. Se veía auténtico temor en sus ojos; algunos sangraban.

—¿Son de verdad? —había preguntado.

T había asentido, pasándose las manos por la bragueta, y se había acercado.

—Tengo que irme —había dicho él, yéndose precipitadamente hacia la puerta.

—Quédate a tomar una copa más —dijo T, agarrándolo por la parte posterior de la camisa y reteniéndolo con fuerza. Él no quería parecer asustado y, para suavizar la situación, accedió. Esa última copa tenía algo dentro y luego se había despertado atado y desnudo. Incapaz de moverse.

No sabía cuánto había durado aquello. El temor de que iba a morir ya había sido horrible de por sí, pero mirar a los ojos de una persona que no hacía caso de tus gritos, que parecía excitarse con tu dolor, había resultado terrorífico. La última imagen que se le quedó grabada a fuego fue la de la máscara de gas. Aún era capaz de sentir aquel hedor: el sudor repulsivo mezclado con el olor a goma y a nitrito de amilo.

Fue estrangulado hasta perder la conciencia muchas veces, y despertó cuando T lo estaba reanimando con el boca a boca. No recordaba cuándo le había sacado las fotos, pero sí recordaba el vídeo... La intensa luz de la cámara del teléfono. Había recibido los archivos por *email* al día siguiente con una nota:

Tengo estas fotos y el vídeo a buen recaudo. Mientras mantengas la boca cerrada, seguirán así.

T.

Y ahora la policía lo sabía; y si lo sabían, seguirían la pista. ¿También tenían la nota? ¿Se lo contarían a sus padres? ¿Y quién más se enteraría? Joseph metió las manos entre los muslos y empezó a sollozar y a acunarse. Un terror ciego volvió a recorrer su cuerpo. Dio una arcada, pero ya no le quedaba nada en el estómago, solo bilis. Extendió la mano para secarse la boca y sus dedos tropezaron con la rodilla desgarrada de sus tejanos.

Dio un respingo cuando la mirilla se abrió repentinamente y el ruido del corredor se volvió más nítido. Los chicos estaban gritando otra vez, pero ahora desde el interior de sus celdas.

—¿Todo bien, chaval? —dijo el sargento de custodia. Joseph se dio la vuelta en la cama y levantó la mirada, obligándose a asentir. La mirilla volvió a cerrarse ruidosamente y los gritos se amortiguaron un poco. Entonces se puso a trabajar con los dedos, ensanchando el desgarro de los tejanos y arrancando una larga tira de tela.

El alboroto se había disipado en el corredor y todos los detenidos estaban encerrados en sus celdas cuando el sargento de custodia hizo su siguiente ronda quince minutos después. Al abrir la mirilla de Joseph Pitkin, no vio dónde se había metido. El catre estaba vacío.

—¿Estás bien, hijo? —preguntó, enfocando con la linterna el inodoro y el lavamanos de acero de la esquina. La mirilla estaba en la parte superior de la puerta, así que cuando vio la tira de tela enganchada en la pequeña junta que formaba la bisagra de la mirilla, sintió pánico. Introdujo la mano dentro y palpó la tensa y delgada tira de tela y luego la cabeza de Joseph Pitkin.

—¡Mierda, mierda! —gritó. Cruzó corriendo el corredor hasta su escritorio y pulsó el botón de emergencias.

Mientras resonaban los ecos de la alarma por el corredor, cogió las llaves y volvió a toda prisa a la puerta. Una vez que la hubo abierto, tuvo que empujar para desplazar el peso del cuerpo que la bloqueaba. Su compañera, una agente cincuentona, llegó disparada para ayudarle justo cuando él lograba abrir la celda, pero enseguida retrocedió. Joseph colgaba de la parte posterior de la puerta, a un palmo del suelo, suspendido del cuello con una tira de tela de los tejanos. Tenía la cara amoratada y los ojos inyectados en sangre y abiertos de par en par.

—¡Bájelo! ¡Deprisa, bájelo de ahí! —gritó el sargento. La agente había tenido la precaución de traer unas tijeras y cortó el nudo improvisado. El sargento tendió a Joseph y le aflojó el lazo de tela. Su compañera permaneció en silencio mientras él le practicaba una maniobra de reanimación durante varios minutos, presionando el pecho de Joseph e insuflándole aire por la boca a intervalos regulares.

Ella sabía que el chico estaba muerto. Ya lo había visto muchas otras veces.

16

*L*a comisaria Melanie Hudson era una mujer de poco más de metro cincuenta, con el pelo rubio corto y unos suaves ojos grises; pero esa suavidad y ese reducido físico ocultaban una férrea determinación.

Estaba acomodándose para pasar una tarde mirando la televisión con una caja de bombones, en compañía de su marido y su pequeño hijo, cuando la avisaron de que un joven detenido había muerto en su comisaría.

Se dirigió directamente a Lewisham Row y consiguió llegar a la escena cuando estaban sacando el cuerpo de Joseph Pitkin.

Escuchó la declaración de los dos agentes de custodia y luego subió a su despacho. Al doblar la esquina y entrar en el pasillo, encontró a Erika esperando en las sillas que había fuera.

—¿Ha estado aquí todo el rato a oscuras? —preguntó, encendiendo las luces.

—Me ayuda a pensar.

La comisaria dejó un momento el bolso en el suelo y abrió la puerta del despacho. Erika la siguió adentro.

—Empiece desde el principio y cuéntemelo todo —dijo, señalando la silla frente a su escritorio.

Erika le resumió todo lo sucedido, desde que había sorprendido a Joseph observando la escena del crimen en Coniston Road hasta que habían procedido a detenerlo cuando encontraron las fotos y el vídeo.

—Quiero revisar todos los vídeos que tenga de las entrevistas e interrogatorios. También quiero un informe completo suyo por escrito. Y otro de McGorry. ¿Hay algo que quiera decirme?

Erika bajó la vista al suelo.

—El padre de Joseph es un abogado retirado… Cuando perseguimos al chico y lo atrapamos por fin, McGorry se vio envuelto en un forcejeo, bueno, en una pelea, con él. Estaba intentando que no escapara… Y lo sujetó por la correa de la cámara que tenía alrededor del cuello.

—Defina «sujetó» —dijo Melanie.

—El padre, David Pitkin, dijo que consideraba que aquello era una llave de estrangulamiento.

—¿Fue una llave de estrangulamiento?

—Ocurrió en el calor de la pelea. Joseph estaba lanzando puñetazos y se había puesto encima de McGorry. Él actuó en defensa propia.

—Pero ¿fue una llave de estrangulamiento?

Erika se rascó la cabeza.

—Sí. Maldita sea, sí.

—¿Durante cuánto tiempo?

—No lo sé. Unos segundos…, diez segundos.

—Usted sabe que habrá una investigación a fondo sobre los motivos por los que Joseph Pitkin se colgó. Estaba en vigilancia por peligro de suicidio.

—¿Por qué esas rondas de vigilancia son cada quince minutos? En quince minutos se pueden hacer un montón de cosas. ¡Arrancó unas tiras de tela de los tejanos, por el amor de Dios! —Erika se secó las lágrimas de las mejillas. Luego se incorporó y cogió un pañuelo de papel—. Quiero informar a los padres.

—No. No es buena idea.

—Estaba detenido por orden mía.

—Estaba detenido porque usted tenía pruebas contundentes para detenerlo e interrogarlo. Usted ha mantenido también una relación conflictiva con la familia; necesitan a alguien imparcial. Iré yo misma con el enlace familiar y les informaré.

—Yo ignoraba que tuviera problemas mentales. No tengo su historial médico, pero un doctor lo examinó después de ese primer interrogatorio explosivo y dio su visto bueno para que volviera a ser interrogado tras un descanso. No llegamos a ese punto, desgraciadamente. Y él era una pieza clave de mi investigación…

—Bueno, quiero que se tome el resto del día libre —dijo Melanie.

—¿Estoy fuera del caso?

—No. Tengo que ver la grabación del interrogatorio, y hablar con el sargento de custodia y los agentes que se encargaron de detenerlo. También tengo que leer su informe escrito con todos los detalles. Y debo hablar con McGorry.

Erika se levantó.

—De acuerdo.

—Espere. Siéntese.

Ella volvió a tomar asiento.

—¿Qué?

—Voy a decirle algo que no le va a gustar, pero quiero que me escuche bien.

—Diga.

—Usted ha pasado por un montón de cosas este año, Erika. Hace apenas una semana que terminó un caso de asesinato y secuestro.

—Diez días… —Erika cerró los ojos. Había sido un caso angustioso relacionado con una joven pareja, Nina Hargreaves y Max Kirkhman, que había cometido una serie de robos y asesinatos por todo el país. La prensa, inevitablemente, lo había convertido en una historia de tipo Bonnie and Clyde, y luego el comandante Marsh había hecho una nefasta declaración ante la prensa, denunciando a los dos asesinos.

Marsh se había creído muy astuto al darles un ultimátum, pero lo que les había dado en realidad era una cara y un nombre. Nina y Max no habían tardado en investigar sobre su vida privada, averiguando que la esposa de Marsh procedía de una familia adinerada y que tenían dos hijas gemelas.

A continuación, habían atacado a Marcie cuando estaba sola en casa y Nina Hargreaves se había hecho pasar en la guardería por la nueva niñera de las dos pequeñas. Fue entonces cuando el caso pasó a convertirse en un secuestro en toda regla. Contra el consejo de todo el mundo, Marsh y Marcie pagaron un rescate de doscientas mil libras, pero la historia solo había concluido cuando Erika logró rastrear a Nina y a Max hasta donde tenían retenidas a las dos gemelas, en una zona remota de Dartmoor, en el sur de Inglaterra.

El baño de sangre que se produjo allí, cuando Max y Nina se volvieron el uno contra el otro, todavía lo tenía grabado Erika en la memoria. Ella había rescatado a las niñas, que estaban indemnes físicamente, aunque las secuelas emocionales requerirían mucho tiempo para sanar del todo.

—¡Erika!

Abrió los ojos. Melanie la miraba con preocupación.

—¿Qué le ocurre?

—Perdone. Estoy cansada y todavía algo conmocionada. No solo resulta trágico que alguien tan joven se quite la vida; es que además era un testigo clave.

Melanie sacó una tarjeta de su cartera y se la dio a Erika.

—«Doctor G. Priestley, Psicólogo Clínico» —leyó ella en voz alta. Alzó la mirada hacia Melanie.

—¿Esto es para mí?

—Sí.

—¿Cree que estoy loca? ¿Desequilibrada?

Melanie alzó la mano.

—No, no lo creo. Y antes de que sigamos, quiero añadir que el doctor Priestley es mi médico. Lo veo una vez a la semana.

—¿Terapia?

—Sí.

Erika no sabía qué decir y volvió a bajar la vista a la tarjeta.

—Pero ¿qué es esto? ¿Una derivación a un psicólogo? O sea, que resuelvo otro caso, acabo con dos asesinos múltiples y rescato a las hijas del comandante de distrito... ¿y en lugar de ser felicitada, me mandan a terapia?

—No, Erika. Estoy hablándole como amiga, como compañera, en privado. Esto no tiene nada que ver con el cuerpo, ni con ningún caso, ni con el suicidio de Joseph Pitkin. Usted es una de mis mejores agentes y confío en que volverá en breve y seguirá trabajando en este caso de asesinato, pero esto es lo que quiero que haga ahora. Es mi deber informar cuando alguno de mis agentes tiene dificultades por la presión del trabajo.

—¿Va a informar sobre mí?

—¡No! ¡Escuche lo que estoy diciendo, maldita idiota!

Erika levantó la vista y sonrió.

—Perdone... —empezó Melanie.

—No, no importa. Prefiero que me llamen maldita idiota que aguantar una sarta de chorradas con lenguaje corporativo... —Volvió a mirar la tarjeta—. ¿Este es su terapeuta?

—Sí.

—¿Le importa que le pregunte por qué usted...?

Melanie inspiró hondo y se arrellanó en su silla.

—Mi primer embarazo fue de gemelos. Pasé la gestación completa, celebré la fiesta prenatal, tenía a toda la familia y a mi marido esperando con excitación en la sala de partos para sostener en brazos a nuestros bebés... Pero los dos nacieron muertos. —Volvió a inspirar hondo y se secó una lágrima—. Los médicos no sabían por qué. Yo no tenía antecedentes familiares de muerte prenatal. Había pasado un embarazo de manual. La falta de motivos que explicaran lo ocurrido resultó demoledora. Perdí la fe, y casi perdí todo lo demás. Aquello estuvo a punto de destruirme.

—Lo siento mucho. ¿Cuándo fue eso?

—Hace diez años, pero el camino para volver a la normalidad fue muy largo. Desde luego, no creo que nunca me recupere plenamente de aquello, pero ahora tengo una buena vida. Así que le hablo como amiga, sin juzgarla. No se acabe quemando y desmoronando, Erika. Este trabajo no merece tanto. No voy a decirle cómo debe vivir su vida, pero, créame, no estoy contra usted. Como le he dicho, es una de mis mejores agentes y quiero que siga siéndolo. Quiero que continúe haciendo lo que hace, pero debe asegurarse de que se encuentra en el estado mental adecuado.

Erika volvió a mirar la tarjeta.

—¿Puedo pensármelo?

—Claro, pero tampoco se lo piense demasiado tiempo. Mientras tanto, váyase a casa y duerma un poco. Ya la llamaré. Y dígale a McGorry que entre.

Erika salió del despacho y cerró la puerta. McGorry y el sargento de custodia estaban aguardando en las sillas del pasillo. Ambos parecían conmocionados.

—¿Cómo ha ido? —preguntó McGorry, resoplando.

—Bien. Simplemente diga la verdad, cuéntelo tal como sucedió. He tenido que mencionar lo de la llave de estrangulamiento. He dicho que fue en defensa propia. Lo explicaré todo con detalle en mi informe.

—Los tejanos, los tejanos… —masculló el sargento de custodia, meneando la cabeza con incredulidad.

—Usted ha hecho su trabajo —dijo Erika.

—Pero no ha sido suficiente —respondió él.

Ella le puso un momento la mano en el brazo y, con un gesto de saludo, los dejó allí y abandonó la comisaría. Al subir al coche, vio que los regalos de Navidad para las gemelas seguían en el asiento trasero. Arrancó el motor y se dirigió a la casa del comandante Marsh.

$\mathcal{M}$arsh vivía en una calle elegante de grandes casas adosadas, cerca de Hilly Field, que gozaba de una impresionante vista del horizonte de edificios de Londres. El sol acababa de asomar entre las nubes, dándoles un tono dorado a las calles nevadas, cuando Erika encontró un hueco para aparcar justo delante. Ella confiaba en que los Marsh hubieran salido, así podría dejar los regalos en el porche, pero finalmente inspiró hondo y utilizó el gran llamador de hierro, que resonó con fuerza contra la puerta de madera.

Al cabo de un momento, salió a abrir Marsh. El comandante era un hombre apuesto de cuarenta y tantos, con el pelo rubio cortado casi al rape. Se le veía pálido y demacrado, y parecía haber perdido un montón de peso.

—Erika —dijo, sorprendido.

Ella le mostró los regalos.

—Ya sé que llego con un día de retraso, pero quería darles esto a las niñas y disculparme por no haberme presentado.

Marsh iba a decir algo, pero Marcie apareció por el pasillo.

—¡Al final ha venido! Feliz Navidad —dijo, dándole un abrazo a Erika—. ¿Cómo está?

Marcie era una mujer guapa, pero también había

perdido mucho peso. El pelo, normalmente negro y lustroso, lo llevaba ahora largo y lacio, y se había puesto una gran cantidad de maquillaje pálido que no lograba disimular del todo los morados de los ojos y la inflamación de la nariz rota, todavía en proceso de curación tras el ataque.

—Estoy bien —dijo Erika, sintiéndose incómoda. Ella y Marcie tenían una larga historia. Su relación nunca había sido fácil hasta que Erika había rescatado a sus dos pequeñas.

—Venga, pase, que hace frío —le dijo Marcie, frotándole los hombros—. Este abrigo no es muy grueso. ¡Le iría mejor una chaqueta de cuero con este tiempo!

La llevaron a la sala de estar, donde hacía un calor sofocante. Había un fuego llameante en la chimenea y al lado un gran árbol de Navidad. El padre de Marcie, Leonard, daba cabezadas en un sillón de la esquina, y el padre de Marsh, Alan, estaba dormido en otro sillón junto al árbol.

—Siéntese —dijo Marcie—. Estoy preparando un bufet. Tengo fiambres y queso, y un poco de sopa *stilton* con brócoli.

—Perfecto —dijo Erika.

—¿Le sirvo una copa? ¿Champán? —dijo Marsh.

—Paul, baja la voz. ¿No ves que están durmiendo? —le regañó Marcie con un susurro teatral.

—Hablo con el mismo tono que tú —cuchicheó él.

—No, maldita sea, has levantado mucho la voz… Ven a ayudarme con la comida. Discúlpenos, Erika.

Ambos salieron del salón. Ella miró a los dos ancianos, que dormitaban con la cara arrebolada. El padre de Marcie, Leonard, estaba bronceado y bien vestido, con unos pantalones azules de estilo informal y una camisa a cuadros con pañuelo al cuello. Alan iba más desaliñado, con unos viejos tejanos y un jersey de lana amarillo. Leonard se removió en el sillón, tosió y tardó un momento en orientarse. De un modo algo cómico, miró dos veces a Erika antes de reconocerla.

—Hola.

—Hola.

—La conozco, ¿verdad? Usted es la agente de policía —dijo. Tenía un acento elegante y engolado—. Ulrika, ¿no?

—Erika Foster, inspectora jefe.

Él se incorporó trabajosamente, se acercó y le tendió la mano con una sonrisa. El blanco impecable de su dentadura postiza contrastaba artificiosamente con su piel bronceada. Se estrecharon las manos y, de repente, él se inclinó y la besó en ambas mejillas.

—Estamos muy agradecidos por lo que hizo por Paul y Marcie y las niñas. Gracias —dijo, todavía sacudiéndole la mano.

—Solo hice mi trabajo.

—Un asunto espantoso. Vi el reportaje en las noticias; tuvieron que difuminar las fotos del cadáver de Max Kirkham.

—Sí...

Leonard aún no le había soltado la mano.

—Paul me ha dicho que la chica le disparó una bengala que le voló la cabeza y esparció el cerebro por todas partes, ¿no? ¿Cree que las gemelas lo vieron?

—Sí, creo que sí.

—Mi padre sobrevivió a las trincheras durante la Primera Guerra Mundial. Sufrió un trauma de guerra, naturalmente. Recordaba cómo la metralla les había volado la mitad de la cabeza a muchos chicos jóvenes... Claro que hoy en día nos recomiendan a todos hacer terapia; entonces sufrían en silencio...

Alan se despertó. Tardó un momento en volver en sí, chasqueando los labios y restregándose los ojos. Era una versión avejentada de Marsh, con la cara curtida y un tupido pelo gris corto.

—Alan, esta es Ulrika…, ¡la agente que atrapó a esos bastardos asesinos!

—Hola. Es Erika —dijo ella, soltando la mano de la tenaza de Leonard.

—Ulrika… Ese es un nombre sueco. ¿Usted no daba el parte meteorológico? —preguntó Alan muy serio.

—¿El parte meteorológico?

—El pobre viejo está perdiendo la chaveta —murmuró Leonard, dándose unos golpecitos en la sien.

—¡Lo he oído! —dijo Alan—. ¿Es la enfermera del distrito?

Por suerte, Marsh reapareció en el salón con una bandeja con copas de champán.

—Papá, esta es Erika. Erika Foster. Nos formamos juntos en Mánchester —dijo. Alan asintió, pero no parecía enterarse.

—¿Estaba usted en el almuerzo? ¿Ella estaba en el almuerzo, Paul?

—No, papá. Erika acaba de llegar —dijo Marsh, hablando despacio y levantando la voz. Se hizo un silencio algo incómodo. Leonard cogió el mando y encendió la televisión. Entre un gran alboroto, apareció en la pantalla una escena de *Sonrisas y lágrimas*. Los niños Von Trapp desfilaban por las escaleras. Vamos a la cocina —le dijo Marsh a Erika en voz baja.

Ella sonrió mirando a los dos ancianos, ahora absortos en la película.

—Disculpe. Papá está un poquito confuso últimamente. Ha sido una Navidad bastante exasperante. Tengo que repetírselo todo —dijo Marsh mientras cruzaban el pasillo—. Leonard está bien, simplemente no escucha. Vive en su propio mundo.

—¿Quién no escucha? —preguntó Marcie cuando entraron en la cocina. Estaba preparando un precioso bufet en una mesa alargada.

—Tu padre.

—Al menos el mío sabe qué día es.

—Eso es un poco cruel —dijo Marsh.

—Es una simple observación. Debería estar en una residencia. Resulta muy estresante tenerlo aquí. A mi padre no le pasa nada. Por si no lo recuerdas, ayer ganó en el Trivial Pursuit.

Erika bajó la mirada a su copa de champán, deseando alejarse de la línea de fuego.

—No afirmo que esté igual que el mío. Solo digo que es un cabezota, y su manera de hablarle a tu madre no me...

—Ella puede ser igual a veces.

—¿Por qué ha salido, si no? ¡Ojalá yo también hubiera salido!

Marcie lo miró. Tenía lágrimas en los ojos.

—Quizá debería irme —dijo Erika.

—No, quédese, por favor —dijo Marcie, secándose los ojos con un pañuelo de papel. Marsh permaneció junto a ella, tratando de dominarse.

Sophie y Mia entraron en la cocina, disolviendo la tensión. Eran dos niñas pequeñas idénticas de cuatro años, con vestidos de terciopelo morado a juego, gruesos leotardos crema y unas cintas de color rosa en sus largas melenas negras. Al ver a Erika, se acercaron sin decir palabra y la abrazaron. Ella dejó la copa y se agachó para abrazar a las dos crías, aspirando el olor de su pelo. En la cálida y reluciente cocina, todo lo ocurrido parecía algo surrealista, muy lejano en el tiempo.

—Estamos muy contentas de verte —dijo Sophie, llevando la voz cantante.

—Yo también me alegro de veros —dijo Erika. Las tres se miraron. Mia asintió con solemnidad; sus grandes ojos castaños eran muy expresivos. Erika se sintió fatal por haberse perdido la comida del día anterior.

—Os he traído regalos a las dos. Llegan un poco tarde, pero feliz Navidad. —Les dio las dos bolsas a las niñas, que sacaron los paquetes y rompieron el envoltorio con excitación. El primero contenía el Blingles Glimmer Studio, para crear tus propias pegatinas brillantes, y el segundo, un juego Fashion Headbands de cintas para el pelo, con opciones para hacerte tus propias cintas de distintos colores, con flores y purpurina—. Son dos cosas diferentes, pero he recordado que a vosotras os gusta compartirlo todo —dijo Erika.

Las gemelas parecían realmente maravilladas.

—Eh, niñas. ¿Qué se dice? —dijo Marcie.

—¡Gracias, Erika! —dijeron ellas al unísono.

—¿No os los han regalado ya por Navidad? Mi sobrino y mi sobrina tienen más o menos vuestra edad y me han dicho que son muy buenos.

—No, no los tenemos, ¡y son los mejores regalos que nos han hecho nunca! —exclamó Mia, dándole otro abrazo.

Las niñas miraron a Marcie.

—Mami, trae aquello —dijo Sophie. Marcie fue a la encimera de la cocina y cogió un paquetito de regalo. Se lo dio a Sophie y luego Mia lo sujetó también por un lado y ambas se lo entregaron a Erika.

—Nosotras te hemos comprado esto —dijo Mia.

Erika quitó el envoltorio. Era un pequeño estuche de joyería. Al abrirlo, vio que había un colgante con una crucecita de plata. Marcie cogió el estuche y desenganchó el colgante; Mia le levantó a Erika el pelo de la nuca para que pudieran ponérselo.

—Es un regalo precioso —les dijo a las niñas, mirando luego a Marcie y a Marsh. Ellos sonrieron. Las gemelas se sacaron del bolsillo del vestido sendos iPhones nuevos y fueron pasando con sus manitas las pantallas con destreza.

—Son los regalos de mami y papi —dijo Sophie—. Quieren que estemos siempre en contacto con ellos, por lo que pasó.

Ambas alzaron los teléfonos para mostrarle las fotos que le habían sacado con el colgante. Se la veía demacrada, más blanca que la nevera que aparecía al lado.

—Estás muy guapa —dijo Sophie.

—Pero parece que deberías comer un poco —dijo Mia. Por suerte, ese comentario aligeró el ambiente y todos se echaron a reír.

—Niñas, a lavaros las manos —ordenó Marcie.

Erika esperó hasta que hubieron salido.

—¿Cómo están? —preguntó.

Marcie y Marsh se miraron.

—Sorprendentemente bien, dadas las circunstancias —explicó Marcie—. Sophie es mucho más fuerte. Ha sido ella la que ha cuidado de Mia.

—No paran de esconderse por los rincones para hablar con un lenguaje de su propia invención —dijo Marsh.

—No existe un manual sobre lo que hay que hacer. Voy a llevarlas a un terapeuta después de Año Nuevo —dijo Marcie.

—¿Y ustedes dos? —preguntó Erika. Ellos se miraron, como si acabaran de descubrir que eran una pareja. Ambos titubearon.

—Tomándonos las cosas día a día —dijo Marsh, dándole unas palmaditas a Marcie en el brazo. Ella se apartó.

—Venga, vamos a comer.

Erika se dirigió a casa en coche bastante tarde. El regalo de las niñas la reconfortaba y no paraba de llevarse la mano al cuello para tocarlo. Por una vez, sintió alivio al entrar en su piso vacío. En casa de los Marsh el ambiente estaba cargado de hostilidad, y pese a lo grande que era, resultaba claustrofóbica con todos los invitados.

Estaba sirviéndose un vodka con hielo cuando sonó su teléfono. Era Melanie.

—He revisado todo lo relacionado con Joseph Pitkin y, en estos momentos, lo único que puedo decir es que fue un trágico accidente.

—De acuerdo. ¿Ha informado a los padres?

—Sí. Como era de esperar, están destrozados.

—¿Me culpan a mí?

Melanie suspiró.

—No voy a responder a esa pregunta. Pero obviamente ven la situación de un modo muy diferente.

—¿Les ha preguntado por las fotos y la nota?

—No, Erika. No se lo he… —Melanie se quedó callada un momento—. Necesito que vuelva mañana al trabajo, de todos modos. Voy a proporcionarle un equipo más grande para el caso de Marissa Lewis. Aproveche la noche para dormir bien.

Cuando Melanie hubo colgado, Erika fue a la ventana de la sala de estar. Con las luces apagadas, contempló la calle oscura y nevada. Un zorro entró en el cerco de luz anaranjada de una farola, deteniéndose sobre la nieve. Su cuerpo lustroso parecía ondear bajo la luz. Estaba aguardando, estudiando su edificio para ver si podía saquear los cubos de basura. Erika siguió observándolo desde las sombras.

—Vamos. No hay peligro, lánzate —murmuró. El zorro entró lentamente en el aparcamiento y pasó junto a los bultos blancos de los coches cubiertos de nieve en dirección a los cubos de basura, que sin duda debían estar rebosantes de sobras de comida—. Eso es.

Sonó un crujido arriba y se encendió la luz de una ventana, iluminando un gran recuadro del aparcamiento. El zorro se volvió y salió disparado, desapareciendo entre las sombras.

18

Las noches de invierno en los barrios residenciales de Londres siempre le resultaban excitantes al hombre que se llamaba a sí mismo «T». Salía de casa al amparo de la oscuridad, todo vestido de negro, con la máscara de gas de cuero metida en uno de los grandes bolsillos de su abrigo largo.

La zona del sur de Londres se extendía a lo largo de muchos kilómetros y cada vez tenía la suerte de encontrar un sector que no conocía entre las hileras e hileras de casas adosadas, en los callejones oscuros, en los pequeños parques recoletos y los tramos de maleza. Las áreas suburbanas del sur de la ciudad carecían en su mayor parte de cámaras de vigilancia. Y las estaciones de tren solo las tenían en las partes iluminadas.

Él creía que su cara era una auténtica máscara: una cara corriente, no exactamente como la del típico vecino que te cruzas cada día, pero sí lo bastante aceptable. Después de todos los meses que llevaba haciendo aquello, la única idea que tenía la policía sobre su aspecto era que usaba una máscara de gas.

Siempre le llamaba la atención lo poco que la gente captaba de lo que estaba a plena vista. Los oficinistas eran verdaderos expertos en no ver nada. Solo querían llegar al trabajo y luego volver a casa. Raramente se relacionaban con nadie. Parecían andar con anteojeras. Casi como si temieran involucrarse en el mundo que les rodeaba. Era más bien a los desempleados, a los borrachos y a los vagabundos a los que había que vigilar. Ellos estaban sintonizados de otro modo con su entorno, no se limitaban a pasar de A a B. Estaban varados en el aquí y ahora, obligados a buscar los medios para sobrevivir en un paraje inhóspito. Eran perspicaces, capaces de detectar de inmediato a quién podrían sacarle unas monedas o un cigarrillo, o venderle droga.

Lo bueno para T era que nadie se fijaba en los vagabundos. Nadie que importara, en todo caso. Habría sido mucho más fácil escoger a una persona sin techo. Ofrecerle unos pavos para que lo siguiera a un rincón oscuro. Por un billete de cinco, podría hacer casi lo que quisiera, dependiendo de lo desesperada que estuviera la víctima.

Pero así no sería divertido. Era el miedo lo que le gustaba, encontrar a alguien pulcro y de clase alta, a una persona respetable, agradable y elegante que pagara sus impuestos, y arrancarla de su confortable burbuja. En sus caras, cuando las acorralaba, siempre había una expresión que venía a decir: «Este tipo de cosas a mí no me pasan. Le pasan a otra gente. A la mala gente. Yo soy una buena persona».

La máscara de gas tenía una función práctica, pero además le aportaba un placer sensorial. El contacto de la tensa capucha de cuero, el olor a macho cabrío de su propio sudor mezclado con el de la piel animal. El modo que tenían los gruesos cristales para los ojos de distorsionar su visión, ampliando ligeramente el rostro de sus víctimas.

Esta noche iba a ser solo un espectador. La nieve proporcionaba una capa extra de protección. Ruidos amortiguados. Observaría y aguardaría. Él nunca sabía cómo se llamaban, pero le gustaba conocer sus rutinas. Ese era otro aliciente. Averiguar cuándo salían de casa, a qué hora iban al trabajo y a qué hora volvían a casa. Las personas eran criaturas de costumbres. Incluso en Navidad.

Si descubrías sus rutinas, lo demás era fácil.

$\mathcal{A}$ la mañana siguiente, Erika llegó pronto a Lewisham Row y bajó a la diminuta cocina de la planta baja, junto a los vestuarios de los agentes uniformados. Estaba mirando un armario abierto lleno de tazas cuando entraron dos jóvenes agentes, un hombre y una mujer, todavía con chalecos anticortes.

—Buenos días, señora —dijeron al unísono, al parecer sorprendidos de verla.

—Buenos días. ¿Cómo funciona lo de las tazas? ¿Cada una pertenece a alguien?

El agente, un chico más bajo que Erika, cogió dos tazas y le pasó una a su compañera, que por su parte no parecía atreverse a mirarla a los ojos.

—Nadie usa las floreadas, señora —dijo él.

Erika cogió una taza del armario y aguardó junto al hervidor. Cuando el aparato terminó de calentar el agua y se apagó, se produjo un silencio incómodo. Nadie se movió.

—Venga, ustedes primero. Se lo han ganado —dijo Erika. El joven agente agregó unas cucharadas de té de un recipiente y llenó las tazas de agua—. ¿Ha sido una noche dura?

Él asintió.

—La pesadilla habitual a la hora de echar a la gente de

los pubs. Los adolescentes suelen estar más borrachos y violentos durante las fiestas.

—Y nos han llamado tres veces personas que creían haber visto al hombre de la máscara de gas —dijo la agente.

—¿El hombre de la máscara de gas? —dijo Erika.

—Sí. Ha salido en las noticias locales en las últimas semanas. ¿No se ha enterado?

—No, estaba muy ocupada con otro caso.

—Un tipo con una máscara de gas ha estado asaltando a gente, tanto hombres como mujeres. Suele actuar en las estaciones de tren, a primera hora de la mañana, o bien muy tarde, cuando ya ha salido el último tren.

—¿Cuántas víctimas ha habido?

—Cinco, desde mediados de noviembre.

—¿Las viola?

—No a todas. A las dos primeras las estranguló hasta que se desmayaron; cuando despertaron, él se había ido. Ayer por la mañana emitieron en las noticias locales un llamamiento pidiendo información, después de que una mujer fuera atacada el día de Navidad cerca de la estación de Sydenham.

—La atacó cuando estaba a menos de un minuto de su puerta —dijo el agente.

—Así que hemos recibido llamadas toda la noche de gente que creía haber visto u oído algo. Eran todas falsas alarmas —añadió ella.

Los dos agentes se retiraron con sus tazas de té. Justo entonces entró en la cocina la inspectora Moss, ataviada con un enorme abrigo. Era una mujer baja y maciza, con el pelo de intenso color rojo —ahora salpicado de nieve medio derretida— y una cara más bien pálida cubierta de pecas.

—Buenos día, jefa. ¿Qué tal las Navidades? —Moss se desabrochó los botones del abrigo y cogió una taza.

—Han sido…

—Trabajó, ¿verdad?

Erika asintió.

—En el caso de asesinato que voy a explicarles enseguida.

—¿Estuvo bien la comida?

Erika negó con la cabeza.

—Disfruté de mi primer y último «sándwich navideño».

Moss hizo una mueca.

—Yo de mi primer y último batido de *pudding* navideño. Y mi hermano Gary vino a pasar unos días a casa con su esposa y sus hijos.

—¿Cuántos eran en total?

—Bueno, esposa solo tiene una.

—Muy graciosa.

—Y tres niños.

—¿Se llevan bien con Jacob?

Moss se restregó los ojos y llenó su taza de agua hirviendo.

—Sí. Lo que pasa es que no se llevan bien entre ellos. Están en esa edad: siete, ocho, nueve. Fue un desmadre. Nuestra casa es demasiado pequeña. Y durante la comida de Navidad, los niños hicieron la pregunta inevitable.

—¿Sobre Papá Noel? —dijo Erika.

Moss sonrió y revolvió la leche en su café.

—Ja, ja. No. Sobre las lesbianas. O sea, sobre Celia y yo. Por qué estamos casadas, cómo nos casamos, cómo tuvimos a Jacob. Celia se las arregló para responder, por supuesto, pero hicieron un montón de preguntas. Ni siquiera llegamos a contarnos los chistes de las galletas navideñas. Todo bien, pero no era la conversación que me esperaba.

Erika iba a decir algo más cuando un alto y atractivo agente negro entró en la cocina. Al verlas, se quedó parado un momento.

—Ah. Buenos días —dijo, recobrando la compostura. Era el inspector Peterson.

Moss los miró a uno y a otro, buscando algo que decir.

—Maldita sea. ¡Al fin ha vuelto al trabajo!

Él asintió y mostró su placa, dirigiéndoles una gran sonrisa que le daba un aire bobalicón a su rostro más bien serio.

—Tiene mucho mejor aspecto —dijo Erika. Estaba sorprendida de verle. Agradablemente sorprendida, advirtió—. ¿Ha pasado unas buenas vacaciones de Navidad?

—No eran unas vacaciones, en realidad, sino más bien una cuenta atrás para poder volver al trabajo... Pero han resultado..., bueno, unas de las mejores Navidades de mi vida...

—¿Le importaría explicarse? —dijo Erika, preguntándose si habría conocido a alguien y arrepintiéndose de no haberlo preguntado directamente.

—Este es oficialmente mi primer día de vuelta al trabajo —dijo él, cambiando de tema. Luego hubo un silencio incómodo.

—Ha escogido un día perfecto. Voy a informarles en cinco minutos en el centro de coordinación. No se retrasen —dijo Erika, cogiendo su taza y saliendo de la cocina.

Moss y Peterson permanecieron en silencio unos momentos. Ella fue a la puerta y comprobó que Erika ya no podía oírles.

—¿La has visto durante las Navidades? —preguntó.

—No.

—¿Va a haber buen rollo entre vosotros? No quiero quedarme en medio entre las dos personas que mejor me caen.

—¿Yo soy una de ellas? —dijo él con una sonrisa.

—A veces. Depende. Deberías haberla llamado el día de Navidad. Ya sé que habéis roto, pero al final ella acabó trabajando y se suponía que iba a tomarse el día libre… Ya la conoces, es un ave solitaria. Y lo digo en el mejor de los sentidos. La invité a venir a mi casa, pero ella no quería entrometerse.

—Yo pensaba ir a verla y entonces… pasó algo —dijo Peterson—. Aún lo estoy procesando. —Sonrió, meneando la cabeza.

—Deduzco por tu cara que fue algo bueno, ¿no? —dijo Moss.

Él fue a la puerta y la cerró.

—Prepárame una taza de café y te lo cuento —dijo.

20

La sesión informativa se celebró en el centro de coordinación más grande de la planta baja de la comisaría.

Erika se situó frente a un mapa de Londres enorme, de tres metros cuadrados, donde el laberinto de calles se fundía por debajo de la North y la South Circular y la M25 formando círculos concéntricos cada vez más amplios en torno al centro de Londres; todo ello atravesado por el trazo azul del Támesis serpenteando a lo largo de la ciudad. Veinte agentes y miembros del personal civil de apoyo habían sido convocados para trabajar en el caso Marissa Lewis, y era la primera vez desde el día de Navidad que se reunían todos.

El equipo incluía a algunos policías que habían trabajado anteriormente con ella: el sargento Crane, un agente de cara agradable y pelo rubio rojizo ralo; Moss y Peterson, que, según advirtió Erika, aún no habían vuelto de la cocina; y McGorry y Kay, que estaban ordenando los papeles de sus mesas y la saludaron con una sonrisa cuando pasó por delante. Los agentes Knight y Temple estaban trabajando con el agente Singh, un policía de aguda inteligencia, para reunir toda la información disponible en la pizarra blanca.

La comisaria Hudson se deslizó en la sala y cerró la puerta, sentándose en el pico de una mesa del fondo. También ella le dirigió un gesto y una sonrisa.

—Buenos días a todos —empezó Erika—. Espero que

hayan pasado unas buenas Navidades. Por desgracia, se terminan demasiado deprisa… —Se acercó a una fotografía de carné de la víctima, sacada de su pasaporte—. Marissa Lewis, de veintidós años, fue asesinada en el umbral de su casa en Coniston Road, en el sur de Londres. Aún estoy esperando los detalles de la autopsia, pero se estima que la muerte se produjo en las últimas horas de la Nochebuena… —La puerta se abrió, y Moss y Peterson entraron con sus tazas de café. Ambos pronunciaron una disculpa solo con los labios y ocuparon sus sillas junto a la fotocopiadora, bajo la larga hilera de ventanas que daban al pasillo—. Gracias por sumarse a la reunión. No sabía que costara tanto tiempo preparar un café instantáneo.

—Perdone, jefa —dijo Moss, mortificada. Peterson bajó la mirada a su taza con aire culpable.

Erika prosiguió.

—Marissa Lewis fue acuchillada repetidamente con una afilada hoja dentada. —Señaló las fotografías que había en la pizarra, deteniéndose en los primeros planos de las heridas que presentaba el cadáver—. Por el momento, no tenemos el arma homicida. Pero sí sabemos por los primeros informes forenses que la escena del crimen se redujo a la zona del pequeño jardín delantero. No había restos de sangre ni salpicaduras en el interior de la casa. Estamos esperando resultados más detallados de los forenses, así como de la autopsia…

—¿Eso descarta la posibilidad de que la madre de Marissa estuviera implicada? —preguntó McGorry.

—No. Solo significa que, si ella hubiera matado a Marissa, se habría lavado y deshecho de toda la ropa que llevara puesta antes de volver a entrar en la casa. Nadie está descartado en esta fase inicial de las investigaciones. Todo el mundo es sospechoso.

Erika siguió explicando todo lo que había ocurrido con Joseph Pitkin y su suicidio el día anterior en la celda de custodia. Hubo un momento de silencio. Los suicidios en esas circunstancias constituían un terrible recordatorio de lo vulnerables que eran los presos.

—En esta fase, estamos considerando todavía a Joseph Pitkin como una persona de interés en el caso. Creo que debemos armarnos con más pruebas antes de pedirle más información a su familia. Tenemos fotos y un vídeo sacados de su móvil que demuestran que mantenía cierta relación con la víctima. En varias ocasiones, casi siempre de noche, la filmaba a hurtadillas cuando ella estaba en su habitación. Creo que en un momento dado Marissa se dio cuenta de que la filmaba. Debemos averiguar si ella estaba alentándole a hacerlo o si tenía algún motivo para dejar que lo hiciera. Hay un vídeo en el que ella aparece manteniendo relaciones sexuales con un hombre que encaja con la descripción de un vecino llamado Don Walpole.

Erika señaló varias fotos fijas sacadas del vídeo que estaban colocando en la pizarra en ese momento.

—Don Walpole es un hombre casado de poco más de cincuenta años y se cree que había tenido una relación con Marissa cuando ella era adolescente. Él también vive en Coniston Road. Otro vecino de la misma calle, Ivan Stowalski, estuvo enredado con Marissa en una relación de carácter sexual. Tiene treinta y tantos y es polaco, pero vive en el Reino Unido con su esposa. Marissa era bailarina de cabaret y actuaba en los clubs de Londres. También cuidaba de una mujer mayor que vive en Hilly Fields, prácticamente a la vuelta de la esquina…

Mientras Erika hablaba, los agentes Knight y Temple ayudaban al agente Singh a fijar en la pizarra las fotos del caso.

—La madre de Marissa es también una persona que me gustaría que investigáramos atentamente. Nos dijo que duerme arriba, en el dormitorio trasero, y que fue allí donde durmió en Nochebuena. Pero, cuando registramos la casa, vimos que esa habitación no había sido utilizada desde hacía tiempo. La cama estaba cubierta de ropa vieja y con una capa de polvo. Encontramos ropa de cama en el sofá de la sala de estar, que queda justo al otro lado de la ventana mal aislada y de un solo cristal junto a la que Marissa fue apuñalada.

Erika hizo una pausa para que todos asimilaran estos datos. Luego prosiguió.

—Los días de Navidad y Boxing Day han ralentizado la investigación, dificultando nuestra capacidad para hacer un recorrido puerta a puerta. Gracias a todos los agentes aquí presentes que hablaron con los vecinos, pero vamos a tener que volver y repetir el proceso de nuevo. Me gustaría conocer los antecedentes de Marissa Lewis y de los vecinos que he mencionado, y de cualquier persona que descubran que formaba parte de su vida. Amigos, familiares, compañeras, clubs de cabaret. Todavía estamos trabajando en su iPhone para acceder a su correo y sus redes sociales. Hemos pedido sus registros telefónicos. También hicimos ayer una solicitud para obtener todas las imágenes de las cámaras de seguridad que cubren los alrededores de Coniston Road y el trayecto desde la estación Brockley. Hemos de averiguar si después de su actuación en Nochebuena tomó el tren para volver a casa, que era el medio de transporte que solía usar. El sargento Crane se encargará ahora de repartir las tareas. Hemos de empezar por el principio y ponernos al día después de las vacaciones.

Toda la sala cobró vida de inmediato. Erika se acercó a Moss y a Peterson.

—Disculpe otra vez, jefa —dijo Moss.

—Bienvenido al trabajo, James —dijo Erika, al parecer pillándolo desprevenido.

—Gracias —dijo él, poniéndose de pie.

Muchos agentes y miembros del personal de apoyo se acercaron para darle unas palmaditas en la espalda antes de dispersarse a lo largo del centro de coordinación.

—Tiene buen aspecto. Quiero decir que ha recuperado mucho peso —dijo Erika, corrigiéndose—. Ahora ya parece el de antes.

—Todavía necesito ganar unos kilos más —dijo él, abriéndose la chaqueta y subiéndose los pantalones—. Pero me vuelvo a sentir normal. —Se dio una palmada en el estómago, que tenía completamente plano.

—¡No hace falta alardear! ¡Nos está avergonzando a todos! —dijo Crane con una sonrisa, tocándose su barriga cervecera.

—¡Eso lo dirá por usted! —replicó Moss, llevándose la mano a su amplio estómago—. Lo mío es estructura ósea.

—Vale, vale. Vamos a centrarnos —dijo Erika—. Me figuro que, como acaba de llegar, preferirá quedarse en su mesa y aterrizar poco a poco.

Peterson asintió.

—Necesitaré una nueva contraseña para acceder a Holmes; me han dicho que la mía ya no sigue activa dado que he estado tanto tiempo fuera.

—Bien. Pídale a Crane que llame para solucionarlo. —Erika le sonrió y él le devolvió la sonrisa. Sus ojos se encontraron por un momento; luego Peterson apartó la mirada—. Moss, quiero que me acompañe; usted, James, encárguese de hacernos un perfil de Marissa Lewis y póngase a trabajar para desentrañar los enredos de su vida.

Él asintió y se alejó hacia su mesa, dejando solas a Erika y a Moss. Esta la había estado observando.

—¿Qué?

—Nada. Las cosas parecen andar bien entre ustedes, lo cual es… Genial. ¿A dónde vamos?

—Quiero hablar con la mejor amiga de Marissa.

21

*E*rika concertó una cita con Sharon-Louise en el pub Brockley Jack, un poco más abajo de la peluquería donde trabajaba y que aún seguía cerrada el 27 de diciembre. Estaba nevando otra vez mientras circulaban por Crofton Park, pero la temperatura había subido algo, derritiendo la nieve de la calzada. Dejaron atrás la estación de tren, un supermercado Co-Op y varias tiendas antes de divisar el rótulo del Goldilocks Hair Salon.

—¿Por qué las peluquerías tienen siempre este tipo de nombres con juegos de palabras? —dijo Moss, atisbando la chabacana decoración en blancos y dorados del interior del local—. Cuando era joven solía ir a Herr Kutz, pero el dueño no era alemán. Y durante mi formación en Hendon, había una llamada Curl up and Dye.*

—¿Qué importancia tiene eso?

—¿En Eslovaquia no hay peluquerías con nombres de doble sentido?

—No.

—La clientela de estos salones de belleza suele ser de clase baja; lo cual no tiene nada de malo, por supuesto:

---

* *Goldilocks* significa «favorable», pero también «ricitos de oro». *Herr Kutz*, «señor Kutz» en alemán, suena como *Her Cuts*, «su corte». *Curl up and Dye* significa «rizar y teñir», pero también, cambiando *dye* por *die*, «acurrúcate y muere». *(N. del T.)*.

son mujeres a las que les gusta cuidarse. Pero seguro que a muchas de ellas les encanta el chismorreo, no como a las clientas de las peluquerías pretenciosas del centro de Londres.

—¿Usted cree que a Sharon-Louise le gusta cotillear?

—Las peluqueras se enteran de todo —dijo Moss—. ¿Usted no acaba hablando más de la cuenta cuando le cortan el pelo? Yo me siento obligada a seguir la conversación.

—Cuando yo voy a cortarme el pelo, cosa que no ocurre a menudo, les pido que no me hablen —dijo Erika.

—La creo capaz —musitó Moss, sonriendo.

Erika solo advirtió en el último momento que una anciana estaba empezando a cruzar y tuvo que pisar el freno a fondo, con lo cual las dos se fueron bruscamente hacia delante. El coche se detuvo con un chirrido de neumáticos a menos de un palmo de la mujer, que, impávida, siguió empujando su desvencijado carrito de la compra por el paso de peatones. Tenía un largo pelo gris y, por un momento, a Erika se le aceleró el corazón pensando que era Elspeth Pitkin. Pero cuando la mujer se volvió, se dio cuenta de que era mucho más vieja, con la boca metida para dentro de las personas sin dentadura.

—Uf, por los pelos —dijo Moss.

La anciana llegó a la otra acera y subió el bordillo. A Erika le vino a la cabeza la imagen de Joseph colgado en su celda, con el nudo de tela tensado alrededor del cuello y la cara cérea e hinchada. Sonó un bocinazo detrás.

—¿Se encuentra bien?

Erika asintió. Entraron en el aparcamiento del Brockley Jack. Acababan de dar las diez de la mañana y estaba vacío, aparte de un par de coches.

Υ

El interior del pub estaba tranquilo y caldeado. Solo había un viejo sentado en la barra, mirando la tele con una pinta mediana de cerveza. Una joven gruesa sentada discretamente en un reservado de la esquina les hizo señas y ellas se acercaron.

—Hola. Soy Sharon-Louise, pero pueden llamarme Sharon —dijo, levantándose y estrechándoles las manos. Tenía una lustrosa melena rubia con mechas de color rosa e iba con un vestido floreado envolvente. Su cara era ancha y redonda, y llevaba unas grandes gafas de gruesos cristales. Sobre la mesa había un vaso de zumo de naranja.

—¿Le apetece otra bebida? —preguntó Moss.

—No, gracias. Pero mataría por unas patatas fritas… Ay, mierda… No, nada de matar.

—No pasa nada —dijo Moss—. ¿De qué sabor?

—Salsa de tomate o cóctel de gambas —dijo ella. Erika pidió un zumo y Moss se alejó hacia la barra.

—No he dormido esta noche, después de enterarme de lo de Marissa. —Sharon sacó un pañuelo de papel y, alzándose las gafas, se secó los ojos delicadamente.

Erika se sentó enfrente. Moss volvió al cabo de un momento con zumos de naranja y patatas fritas, y tomó asiento al lado de Sharon.

—¿Quién le contó lo de Marissa? —preguntó Erika.

—Mi madre recibió una llamada de una conocida de Coniston Road… Ya era bastante malo tener que despedirme de Marissa, pero pensaba que algún día volvería a verla…

Empezó a llorar. Sacó un pañuelo de papel estrujado y volvió a levantarse las gafas para secarse los ojos.

—Perdón. Es demasiado brutal para creerlo… Y fíjese, todo sigue como si nada. Todavía están puestos los adornos navideños y continúan sonando villancicos. Es como si a nadie le importara. Pero, bueno, así es la vida.

—¿Por qué tenía que despedirse de Marissa?

Sharon se echó hacia delante, abrió el paquete de patatas fritas y lo desplegó para que pudieran compartirlas.

—Se iba a América.

Erika y Moss se miraron.

—¿Cuándo?

—Se suponía que mañana. —Los ojos se le volvieron a llenar de lágrimas y ella sacó otro pañuelo.

—¿A qué parte de América?

—A Nueva York.

—¿Por qué?

—Estaba harta de vivir aquí. El clima. El modo de funcionar de este país. «Aquí siempre seré escoria», solía decir. Ella creía que lo tenía todo en contra por no haber ido a la escuela adecuada y no tener dinero. Soñaba con ser la nueva Dita Von Teese y el cabaret en Nueva York es algo muy importante. En América hay más oportunidades. Allí, si te esfuerzas de verdad, puedes llegar a ser alguien. Marissa quería empezar de nuevo.

—¿Tenía permiso de trabajo? —preguntó Erika.

—No, se había sacado un visado de turista de seis meses. Obviamente, pensaba trabajar allí, pero las actuaciones muchas veces se pagan en efectivo. Y, además, tenía a Ivan.

—¿Ivan Stowalski?

Sharon asintió.

—¿Qué iba a hacer Ivan?

—Pensaba irse con ella. Él trabaja en empresas farmacéuticas y había encontrado un empleo allí.

—¿Estamos hablando del Ivan Stowalski que está casado y vive en Coniston Road? —preguntó Moss.

—Su matrimonio se rompió hace años. Ezra llevaba su propia vida aparte de Ivan.

—¿Ezra sabía todo esto?

—Él se las había arreglado para ocultarle una gran parte, según Marissa. Es un tipo apocado. Pusilánime. No entiendo cómo puede mantener un puesto tan bien pagado, dirigiendo a un montón de gente, porque en su vida personal es un inútil. Ellos se fueron en Nochebuena, a última hora, para ver a los padres de Ezra, que ahora también viven en el Reino Unido. Según Marissa, Ivan iba a contárselo a Ezra cuando estuvieran allí y luego volvería… O sea, hoy.

Erika frunció el ceño.

—Sí, ya. Todo el plan a la mierda.

—¿Cuánto tiempo llevaba Marissa con él?

—Un año. Él le pagaba muchas cosas: vestidos, accesorios. Un montón de dinero. Estaba obsesionado con ella, era muy dependiente.

—Obsesionado y dependiente, ¿en qué sentido? —dijo Erika.

—Las actuaciones de Marissa lo ponían muy celoso. Siempre quería saber si algún tipo había hablado con ella al terminar su número. Iba a verla a menudo y se sentaba en la primera fila, vigilándola… Marissa iba a dejarlo, pero entonces él le contó lo de Nueva York y ella vio una oportunidad. Ivan lo pagó todo.

—¿Y qué pensaba la madre de Marissa? —preguntó Erika.

—¿Mandy? No sé si Marissa se lo había contado siquiera. No se llevan bien. Llevaban. Mandy es un desastre. Nunca ha tenido un empleo de verdad y, cuando Marissa era pequeña, estaba siempre acostándose con tipos, emborrachándose y tomando drogas. Marissa tuvo una infancia horrible. La llevaron a centros de acogida dos veces, a los diez y a los doce años.

—¿Por qué seguía viviendo con su madre ahora?

Sharon se encogió de hombros.

—Es complicado. Había un vínculo entre ellas. Y ambas solicitaban todos los subsidios que podían. Mandy tiene una prestación de dependencia y discapacidad; Marissa cobraba como cuidadora, estaba inscrita en el paro, tenía descuentos en los impuestos de vivienda y del ayuntamiento... —Sharon frunció el ceño—. Mierda. Estoy delatando a Mandy...

Erika desechó la idea con un gesto.

—Aquí no estamos investigando un fraude de prestaciones. ¿Cómo se las arreglaban para conseguirlo, de todos modos, viviendo madre e hija bajo el mismo techo?

—Marissa lleva el apellido de su padre. Su madre es Mandy Trent.

—Ya. ¿Dónde está el padre?

—Se largó hace mucho tiempo, cuando ella era pequeña. Él trabajaba como constructor en esta zona. —Los ojos de Sharon empezaron a humedecerse de nuevo. Sacó otro pañuelo—. Voy a echarla mucho de menos.

Se había comido todas las patatas fritas y ahora tenía que conformarse con las migas. Moss fue a buscar más bebidas y patatas. Erika aguardó a que volviera para que Sharon pudiera recomponerse.

—¿Qué sabe de Joseph Pitkin? —le preguntó.

Sharon negó con la cabeza despectivamente.

—Ese chico lo tenía todo servido en bandeja y no es más que un cero a la izquierda.

—¿Por qué?

—Sus padres están forrados. Lo mandaron a las mejores escuelas y siempre lo acababan expulsando. Podría haber sido lo que hubiera querido, y ha decidido ser un pringado repulsivo. Estaba obsesionado con Marissa e iba a ver sus actuaciones. —Sharon meneó la cabeza con repugnancia—. Un alfeñique flacucho, con una relación extraña con la madre. Ella viene a cortarse el pelo de vez en cuando. Siempre lo lleva asqueroso y, además, apesta a sudoración. No es el tipo de clienta que nos gusta tener, pero da buenas propinas.

—¿Marissa le pidió a Joseph que le sacara fotos?

—¿Qué clase de fotos?

—Él era fotógrafo *amateur*.

—¿Ahora se dedica a la fotografía? Supongo que sus padres se lo habrán comprado todo. Ella nunca mencionó que le hiciera fotos… Un momento, ¿por qué ha dicho «era»?

Erika se lo explicó sin entrar en demasiados detalles.

—Joder —masculló Sharon, metiéndose más patatas fritas en la boca—. No me sorprende demasiado. Son una familia extraña, y él siempre parecía un chico con problemas. Según dicen, Elspeth le dio el pecho hasta los nueve años. Marissa bromeaba diciendo que la única mujer con la que su madre quería que perdiera la virginidad era con ella.

Moss arrugó la frente.

—Ese chico se quitó la vida.

—Ya. Muy triste, pero ¿qué quiere? ¿Pretende que mienta, que finja que estoy apenada? A mí no me gustaba ese chico.

—¿Qué le hizo a usted?

—Nada, pero no dejaba en paz a Marissa. Era extraño, siniestro. Ella me explicó que algunas veces había llegado tarde de una actuación y se lo había encontrado en la puerta de su casa esperándola para hablar.

—¿Marissa lo denunció?

—No. No creo que se sintiera… amenazada. Me parece que él pesaba incluso menos que ella, lo cual no era mucho.

Erika se arrellanó en la silla y se pasó las manos por el pelo.

—¿Qué sabe de Don Walpole?

Sharon suspiró.

—¿Solo quiere hablar de eso? ¿De los hombres de su vida? Estamos en 2017. La gente folla. A ella le gustaba Don. Tenía debilidad por los hombres mayores. Y no paraba de hablar de su polla enorme y de lo bien que sabía usarla… —Contrajo la cara con una expresión de desdén.

—¿Marissa se acostaba con otros hombres mayores? ¿Hombres escogidos al azar?

—Sí. Y no tenía reparos en entrar en detalles. Tipos que se ligaba en el tren de vuelta. Tipos con clase. Un par de hombres del polígono Fitzwilliam. Don, Ivan. Era solo sexo. Solamente usaba a los hombres por el sexo. Sus amistades eran mucho más profundas. Y yo era su única amiga de verdad. Conocía a la auténtica Marissa.

—¿Y cómo era la auténtica Marissa?

—Por debajo de esa armadura, era buena. Nos conocimos en el colegio. A mí me acosaban y ella era la única que me dirigía la palabra.

—¿La defendía? —preguntó Moss.

—Sí, y me daba consejos sobre cómo hacer dieta y se ofreció a cambiar mi imagen para que no se metieran más conmigo. Me animó a formarme como peluquera. También me dijo que me acompañaría si me sometía a cirugía ocular con láser. Ya sabe, que me cogería de la mano y luego me llevaría en coche a casa desde la clínica.

—¿Usted estaba pensando en operarse?

—Sí… algún día. Pero ¿ahora quién me cogerá de la mano?

Le dieron un momento para recobrarse.

—¿Ivan era el único hombre con el que iba en serio?

—¡Ya le he dicho que no estaba enamorada de él! Ivan tenía dinero. Podía llevarla a sitios bonitos.

—¿Qué me dice de la anciana a la que cuidaba? —preguntó Erika.

—¿Elsa Fryatt? Ese fue otro ejemplo de la capacidad de

Marissa para caer de pie. Al hijo de la señora Fryatt empezaba a ponerle nervioso que ella viviera sola, porque se había caído alguna vez, y quería llevarla a una residencia. La solución intermedia fue que contratara a una cuidadora. Ella veía con malos ojos a las cuidadoras profesionales, ya sabe, las que han sido formadas y seleccionadas. Así que puso un anuncio en el café de Brockley High Road, ese local esnob. ¡Pagaba quince pavos la hora! Yo creo que encontraba interesante a Marissa. Y ella exprimía la situación al máximo. Almorzaba allí y luego se iban a centros de jardinería. La señora Fryatt llegó a incluirla en el seguro de su Porsche. Marissa pensaba tomarlo prestado para mi operación ocular.

—¿Cuántas horas a la semana trabajaba para ella?

—Diez, quince. Era un chollo. A la vuelta de la esquina. Y la vieja pagaba en metálico.

—Da la impresión de que Marissa era una persona bastante compleja —dijo Erika. Sharon se la quedó mirando—. Disculpe, debería haberlo formulado como una pregunta, no como una observación.

—No, no importa. Estoy pensando cómo comentar lo que ha dicho. No creo que fuera compleja. Ejercía un efecto sobre la gente que la rodeaba. No era, digamos, culta, pero sí inteligente. Y muy guapa.

Sharon rompió a llorar otra vez, sacó un pañuelo y se tapó toda la cara para amortiguar los sollozos.

—Ella… Podía sacar de quicio a la gente —dijo, sin dejar de sollozar—. Pero ¿quién iba a querer matarla? Siempre fue honesta sobre su forma de ser. Y a mí… me gustaba mucho por eso. ¿Podría ver su cuerpo? Voy a preguntarle a Mandy si puedo encargarme yo de peinarla. No quiero que la dejen como a una vieja en el tanatorio…

Y

—Maldita sea. ¿Qué saca usted de todo esto? —preguntó Erika cuando ella y Moss volvieron al coche y estaban mirando cómo se alejaba Sharon por Crofton Park Road. Caminaba lentamente y todavía se estaba tapando la cara con pañuelos de papel—. Nos ha explicado un montón de cosas. ¿Cree que nos lo ha dicho todo?

—No lo sé. No parecía guardarse nada. Aunque si Marissa utilizaba a la gente, ¿para qué utilizaba a Sharon?

—¿Para que le cortara el pelo gratis?

Moss hizo una mueca.

—¿Lo dice en serio? Londres está lleno de grandes peluquerías, y resulta muy fácil conseguir que un aprendiz haga prácticas contigo. No, tiene que haber otra cosa.

El teléfono de Erika empezó a sonar.

—Ah, es McGorry —dijo ella, antes de responder—. ¿Sí? —Escuchó un momento, le dio las gracias y colgó—. Ivan Stowalski volvió a Londres anoche a última hora. Solo. Vamos a averiguar cuál es su versión de la historia.

22

*L*a casa de Ivan Stowalski estaba en el extremo de Coniston Road, cerca de Crofton Park Road. Quedaba encajonada entre una casa, a la izquierda, envuelta en plástico por obras de reforma, y otra a la derecha de aspecto ruinoso, que necesitaba una reforma desesperadamente.

No abría nadie la puerta y las cortinas estaban todas corridas. Erika volvió a llamar y el timbre resonó por el interior de la casa.

—Las cortinas no estaban corridas el día de Navidad. En el informe del recorrido puerta a puerta consta que había un árbol navideño en la habitación de delante —dijo Erika.

Moss atisbó por la rendija del buzón.

—Santo Dios —soltó, tosiendo—. Huela.

Erika se acercó, metió la nariz en la rendija y enseguida se echó hacia atrás con un acceso de tos.

—Mierda. Es gas.

Volvieron a la verja de la entrada y alzaron la mirada hacia la casa. Las ventanas estaban cerradas, y las cortinas, corridas. Daba la impresión de que el perímetro de las ventanas de una habitación estaba tapado con mantas. Erika sacó la radio y dio la dirección para que mandaran refuerzos. Luego volvió a la puerta, se agachó y gritó a través del buzón:

—¡Policía! ¿Hay alguien ahí? —Tosió—. El olor es muy fuerte.

—Si la concentración de gas es muy elevada, podría volar por los aires toda la hilera de casas. Y hay mucha gente ahora mismo —dijo Moss, señalando las luces de las ventanas.

Erika asintió y se abalanzó sobre la puerta. La primera vez rebotó y solo logró salir dolorida. En el segundo intento, la puerta cedió y se abrió hacia dentro con estrépito, y ella aterrizó en la moqueta del pasillo. Notó una intensa oleada de olor a gas y se tapó la nariz con la manga.

—Hemos de abrir puertas y ventanas y averiguar de dónde viene el gas —dijo, volviendo al umbral para respirar aire fresco. Moss inspiró hondo, se tapó la nariz y la boca, y ambas entraron corriendo en la casa. Estaba amueblada con elegancia, pero sumida en la oscuridad. Erika se apresuró a abrir las cortinas de la sala de estar y vio que las ventanas, de guillotina y doble cristal, eran muy sólidas, de madera gruesa, y que estaban selladas con cinta. En la base, a lo largo del alféizar, había mantas amontonadas. Erika le hizo un gesto a Moss, sintiendo que los pulmones iban a estallarle. Ambas salieron corriendo al sendero de entrada. Con los ojos llorosos, jadearon entre accesos de tos.

—Tenemos…, tenemos que abrir las ventanas y las puertas interiores —dijo Erika. Moss asintió. Inspiraron profundamente y luego entraron y volvieron a la sala de estar.

Erika cogió una pesada silla que había junto a una estantería. Moss miró en derredor y encontró unas tijeras en el escritorio situado bajo la ventana. Le lloraban los ojos y se los secó con la manga; luego, esgrimiendo las tijeras como un cuchillo, las clavó en la esquina de uno de los paneles dobles de cristal. Tuvo que hacer un par de intentos para agrietarlo. Repitió la operación con los otros dos paneles y retrocedió, haciéndole una seña a Erika. Ella golpeó las ventanas con las patas de la silla y consiguió reventar las tres. El vidrió explotó hacia fuera y empezó a entrar aire fresco.

Volvieron a salir al sendero para recobrar el aliento.

—¡Eh, ustedes! ¿Qué están haciendo? —gritó un viejo desde un portal de enfrente. Llevaba unas gafas colgadas del cuello con una cadena y tenía un periódico en la mano.

—¡Vuelva adentro! —gritó Moss.

—¡No lo haré si no me dicen qué están haciendo!

—¡Policía! ¡Vuelva adentro! —gritaron las dos.

—¡A la cocina, en la parte trasera! —dijo Erika. Inspiraron hondo, entraron corriendo y cruzaron el pasillo, más allá de la escalera, donde el hedor a gas era más intenso. La cocina, moderna y elegante, miraba al jardín. La puerta del horno estaba abierta y todos los fogones silbaban. Moss lo cerró todo. Había una enorme puerta corredera de cristal, pero faltaba la llave. Erika no veía ningunas tijeras, pero reparó en un gran tope de piedra junto a la puerta. Lo cogió y lo lanzó contra el cristal, pero rebotó y ella tuvo que apartarse de un salto.

Ahora ambas tosían y se ahogaban. Erika recogió el tope y volvió a lanzarlo contra el cristal, que se resquebrajó hacia fuera y quedó casi completamente cuarteado en fragmentos, pero no se rompió. Erika sentía que le estallaban los pulmones y Moss había caído de rodillas. Al tercer intento, el tope de piedra destrozó el enorme panel de cristal. Las dos salieron a trompicones al jardín trasero cubierto de nieve e inspiraron jadeantes, bendiciendo el aire limpio y fresco.

—Arriba. Tenemos que mirar arriba —dijo Erika, tosiendo. Inspiraron una buena bocanada de aire y volvieron a cruzar la cocina, donde el gas empezaba a dispersarse.

Oyeron una sirena; un camión de bomberos se había detenido fuera. Arriba, la casa tenía la misma distribución que la de Marissa, con un dormitorio delante y otro detrás, y un baño en el lado opuesto. Las puertas del cuarto trasero y del baño estaban abiertas. Después de abrir las ventanas, corrieron a la puerta del dormitorio principal, que estaba cerrada. Ahora se notaba una ligera corriente porque el aire tóxico empezaba a ser succionado desde abajo y estaba despejándose. Oyeron voces y pasos en la escalera.

—¡Aquí arriba! —gritó Erika. Tres bomberos aparecieron en el rellano—. ¡Necesitamos que abran esta puerta!

Ellos empezaron a dar hachazos hasta que la plancha de madera se astilló y acabó abriéndose de golpe. Mientras salía una oleada de gas, los bomberos entraron corriendo, apartaron las cortinas y abrieron las ventanas.

Sobre la cama hecha impecablemente yacía un hombre alto y delgado, de tez pálida y pelo rubio rojizo. Era Ivan. Erika lo reconoció por las fotos que tenían en el centro de coordinación. Dos sanitarios entraron en el dormitorio, cargados con equipos médicos. Erika y Moss se apartaron mientras lo examinaban.

—Tiene el pulso débil —dijo la sanitaria. Junto con su compañero, lo ataron en la camilla que habían traído, y, una vez que lo tuvieron colocado, lo levantaron de la cama y lo depositaron en el suelo.

—Se llama Ivan Stowalski —dijo Erika.

—Ivan, ¿me oye? —preguntó la mujer, dándole un cachete en la mejilla. Él soltó un gemido; sus párpados aletearon—. Tiene la sangre intoxicada por el monóxido de carbono. Vamos a ponerle una vía para oxigenarlo —añadió, abriendo el maletín de primeros auxilios.

Erika reparó entonces en lo que había sobre la cama. Al principio había creído que se trataba de una vistosa colcha estampada, pero ahora vio que estaba toda cubierta de fotos de Marissa Lewis. Había imágenes suyas de los números de cabaret y muchas en las que se la veía desnuda en la cama o en la ducha. También montones de instantáneas de Marissa e Ivan en parques y lugares turísticos de Londres, sonriendo a la cámara. Además de las fotos, había un par de prendas de cabaret: un corsé y un sujetador rojo de seda.

Erika volvió a mirar a los sanitarios, que ya le habían colocado a Ivan una vía en el brazo y estaban bombeándole oxígeno a través de una mascarilla.

—¿Qué tiene en la mano? —preguntó uno de los bomberos. Erika se acercó y se lo quitó con cuidado.

—Ropa interior —dijo, observando que eran unas bragas rojas con un diamante dorado bordado en una esquina—. Son de Marissa. Esta es su marca distintiva.

23

*L*os sanitarios consiguieron estabilizar a Ivan Stowalski. Ahora respiraba, aunque no había recuperado el conocimiento.

Erika y Moss observaron desde la acera cómo partía la ambulancia hacia el hospital a toda velocidad.

—Otro sospechoso que se muere ante nuestros ojos —dijo Moss.

—Todavía no está muerto —replicó Erika.

Los bomberos recorrieron la casa, revisando la instalación de gas y registrando el desván. Cuando dieron su visto bueno, llegó un equipo forense para examinarlo todo.

Erika se agachó para cruzar el cordón policial y reunirse con Moss, que estaba sentada en el coche, bebiendo de una botella de agua.

—¿Está bien? —preguntó.

—Sí. Solo con la garganta un poco irritada.

—Yo igual; y eso que fumo un paquete al día.

—Lo han llevado al University College Hospital —dijo Moss—. Les he dicho que en cuanto recupere el conocimiento queremos hablar con él. Tenemos imágenes de su coche saliendo del centro y dirigiéndose al norte en Nochebuena a las 11:30.

—Muy tarde para ir a ver a la familia, ¿no?

—Debieron llegar tardísimo. Iban muy lejos.

—A las cuatro o cinco de la mañana. ¿Por qué salir tan tarde? Tenemos que averiguar a qué hora volvió Marissa de su actuación. Si fue antes de las 11:30, él podría haber tenido tiempo de hacerlo. —Erika tosió, todavía con residuos de gas en los pulmones, y guiñó los ojos hacia el cielo, cubierto con una amenazadora nube gris. Muchos vecinos estaban mirando por las ventanas o habían salido a su portal, entre ellos el viejo de las gafas, que aún tenía el periódico en la mano. Erika se volvió hacia el estropicio de cristales que había en el jardín delantero de la casa de Ivan. Luego miró a Moss, que estaba bebiendo más agua.

—¿Se encuentra bien para continuar?

—Por supuesto.

—Quiero hablar con Don Walpole y con la madre de Marissa.

Moss se bajó del coche y ambas echaron a andar por la calle. Dos puertas más allá de la de Ivan, un grueso hombre negro de pelo entrecano estaba fumándose un cigarrillo.

—¿Ivan ha intentado suicidarse? —preguntó. Hablaba con un cálido acento jamaicano y llevaba unos holgados y ondeantes pantalones grises y un grueso forro polar salpicado de quemaduras de cigarrillo. Echó la cabeza atrás y las miró con los ojos entornados, como si pensara que iban a hacer algo inesperado. Ellas se detuvieron junto a la verja.

—No podemos hacer comentarios —dijo Erika.

—Mal asunto el asesinato de esa chica. Hacía mucho tiempo que veía a Ivan poniéndose en ridículo con ella. Una chica como esa siempre iba a estar por encima de su nivel. He visto que lo sacaban en camilla. Ha intentado matarse, ¿no? —El hombre se acercó y le puso a Erika la mano en el hombro, con el cigarrillo encendido—. ¿Ve ese coche aparcado enfrente? —dijo, señalando un Alfa Romeo blanco con una gran abolladura en el parachoques. Los faros traseros de la derecha estaban rotos y los trozos de plástico se hallaban esparcidos sobre la nieve sucia. Erika miró la mano del hombre en su hombro. Su aliento olía a caramelos contra la tos y a cigarrillos. Con delicadeza, liberó el hombro y se apartó.

—Sí.

—Es su coche. Ha vuelto esta mañana a primera hora, se ha ido directo hacia ese otro coche y le ha aplastado los faros de delante. No ha esperado ni ha llamado a la puerta para hacer los papeles del seguro. —Volvió a ponerse el cigarrillo en los labios y cruzó los brazos.

—¿A qué hora ha sido eso? —preguntó Moss.

—A las siete de la mañana o por ahí.

—¿Usted por qué estaba levantado?

—Soy viejo —dijo riendo y soltando una bocanada de humo—. Y mi mujer no me deja fumar en casa.

—¿Y está seguro de que era Ivan Stowalski?

—¡No sé cuál es su apellido, pero no estoy ciego! ¡Era el polaco! —Erika y Moss reflexionaron un momento. El hombre prosiguió—. Debe haberse enterado de que ella había muerto, quiero decir, la chica con la que andaba.

—¿Cómo sabe que tenía una aventura con ella? —preguntó Erika.

—¿Usted se considera detective? Lo sé porque me paso la mayor parte del día aquí fuera. Veo muchas cosas, aunque la gente no se fija en un viejo… Ella solía entrar y salir de la casa una vez que la esposa de Ivan se había ido a trabajar.

—¿Cuándo?

—En verano. Desde que empezó a hacer frío ya no venía tanto. La última vez que la vi fue en Nochebuena… —Sin más ni más, se alejó por el sendero y abrió la puerta de su casa.

—¡Eh, oiga! —empezó Erika, pero él solo se asomó dentro y volvió con un cenicero.

—Mi mujer nunca vuelve a sacarlo después de vaciarlo —dijo, poniéndolo en equilibrio sobre el poste de la verja. Apagó el cigarrillo y encendió otro.

—¿A qué hora vio a Marissa?

—La vi dos veces en Nochebuena. Una por la tarde. Empezaba a oscurecer, así que era antes de las cuatro. Salió de la casa de Ivan como si la llevaran los demonios. Él fue tras ella, suplicándole que volviera... Ay, Señor, el tipo tenía un aspecto patético, solo con tejanos y camiseta, y sin zapatos. Se puso de rodillas, llorando y suplicando, y eso que el suelo estaba cubierto de nieve. Aquello me hizo caer en la cuenta de lo despampanante que era esa chica. ¿Sabe que era una *stripper*? Una *stripper* con algo aquí dentro —dijo, dándose unos golpecitos en la cabeza—. Una combinación explosiva.

—¿Sabe de qué discutían? —preguntó Moss.

—No. Ella le gritaba e insultaba, le decía que se largara y la dejara en paz. Él la siguió por la calle como un perro, pero ella le dijo que se alejara o llamaría a la policía.

—¿Lo dijo así, que llamaría a la policía? —preguntó Erika.

—No estoy sordo, señora. Eso fue lo que escuché.

—¿Él volvió a su casa?

—Sí, al cabo de un rato. Pero... con el rabo entre las piernas.

—¿Cuándo la vio a ella por segunda vez?

—Hacia las diez de la noche. Pasó por delante hacia la casa donde vive con su madre.

—¿Iba sola?

—Sí.

—¿Sabe si Ivan estaba en su casa?

El viejo pensó un momento.

—Las luces estaban encendidas, me parece.

Erika y Moss reflexionaron.

—¿Ha venido alguien a hablar con usted? —preguntó Erika.

—¿Como quién?

—La policía. Hubo un recorrido puerta a puerta el día de Navidad, y habría sido lógico que usted le contara todo esto a uno de mis agentes.

El hombre alzó la mano y agitó un dedo mirando a Erika.

—Eh, pare el carro, señora detective. Yo no estaba aquí el día de Navidad. Estábamos con mi hija y mis nietos, que viven en Brent Cross. Salimos con el coche muy temprano.

—¿A qué hora?

—Hacia las siete. Las carreteras estaban fatal.

—¿Vio algo más el día de Navidad por la mañana?

Él negó con la cabeza.

—De acuerdo. Gracias. ¿Le puedo enviar a uno de mis agentes para que le tome declaración oficialmente?

—Si estoy aquí, con mucho gusto. —Le lanzó una amplia sonrisa con sus dientes amarillentos.

Ellas siguieron caminando por la calle.

—O sea, que se peleó con Ivan el día que la mataron —dijo Moss—. Y él estaba en casa cuando ella volvió de su actuación a las diez de la noche.

—La trama se complica —dijo Erika.

24

La casa de Don Walpole estaba un poco más abajo, a seis puertas de la de Marissa. Un edificio elegante e insulso. Erika pensó en la cantidad de casas adosadas que había en el sur de Londres y en cómo se confundían unas con otras. En su Eslovaquia natal, apenas había unas pocas. El equivalente eran bloques prefabricados de pisos, igualmente claustrofóbicos.

El jardín delantero de los Walpole estaba completamente despejado, con solo un murete bajo y ningún seto. Entre la nieve asomaban los gorros rojos de dos gnomos de jardín.

La casa no tenía número. Junto a la puerta, en la pared de ladrillo, había un rótulo con la palabra «Summerdown» en sinuosas letras negras de hierro. Se oía una televisión en la sala de estar.

Erika llamó al timbre y al cabo de un momento abrió la puerta una mujer gruesa con un astroso forro polar rojo. Tenía los ojos inyectados en sangre.

—¿Sí? —dijo, poniendo la mano en la pared para sostenerse.

—¿Es usted Jeanette Walpole?

—¿Quién lo pregunta? —dijo ella, tambaleándose ligeramente. Erika se dio cuenta de que estaba borracha.

Se presentaron y mostraron sus placas.

—¿Está su marido en casa?

Ella echó la cabeza atrás y gritó:

—¡Don! ¡La policía quiere hablar contigo de tu puta!

Sonaron unos pasos precipitados en la escalera y surgió Don, con unos tejanos y un suéter de cuello alto. Parecía mucho más joven y lleno de vitalidad que su esposa. Era guapo, en un estilo friki.

Su esposa se regodeó en su turbación.

—Está cagado, ¿no lo ven? —Lo miró de arriba abajo con una sonrisita desdeñosa—. No tiene las pelotas para haber matado a esa putilla… Vamos, pelotas no tiene muchas. —Extendió el brazo para estrujarle la bragueta, pero Don le sujetó la mano.

—Ya basta, Jeanette —dijo.

—¡Ag! Me está haciendo daño —gimió la mujer. Él la soltó en el acto.

—No te estaba haciendo daño —dijo, en tono de disculpa.

—Nos gustaría hablar con usted, señor Walpole —dijo Erika—. Quizá sería mejor que nos reuniéramos en otro sitio…

—No, no importa. Vayan a la cocina. Yo me reuniré con ustedes en un minuto.

Cruzaron un pasillo impecable, pasaron junto a la escalera y entraron en la cocina del fondo, que tenía un aire acogedor y contaba con un envejecido conjunto de armarios de madera empotrados. Una televisión montada en la pared, sintonizada con el volumen muy bajo, emitía una película en blanco y negro. Sobre la mesa reposaban una taza de café y un ejemplar de The Guardian abierto en la página de deportes.

En la nevera no había fotos pegadas, solo un pequeño imán de Barcelona. Erika vio en un rincón un PC con pantalla plana sobre un soporte. Se acercó y movió el ratón.

Apareció un salvapantallas de Don y Jeanette en los jardines de una mansión señorial. Él le pasaba el brazo por los hombros torpemente, pero ella se mantenía separada. Ninguno de los dos sonreía.

Junto a la nevera había una elevada pila de cajas de vino Pinot Grigio. Moss fue a la ventana que daba al jardín.

—Caray, mire todas esas botellas vacías —dijo. Erika fue a su lado y vio cómo se amontonaban y rebosaban de un pequeño cubo de reciclaje.

—¿Cree que esto será de una semana? —preguntó Erika.

—De algo más de una semana —dijo una voz. Al volverse, vieron a Don en el umbral, que cerró la puerta con sigilo—. He conseguido que se meta en la cama. —Lo dijo como quien acaba de acostar a un bebé para que haga la siesta—. Mi esposa ha tenido problemas con el alcohol durante muchos años… Pero supongo que ustedes no han venido para eso, ¿no?

—Hemos venido para hablar de su relación con Marissa Lewis —dijo Erika.

Don asintió. Era un hombre corpulento e imponente, ágil y en buena forma, con unos grandes brazos musculosos.

—¿Les apetece un café?

—No, gracias.

Se sentaron a la mesa y él apartó el periódico.

—Hemos oído que usted y Marissa mantuvieron una relación, ¿es así? —preguntó Erika.

—Lo sabe un montón de gente. Hace unos seis años, ella llamó a la puerta preguntando si necesitábamos a alguien para limpiar. Estaba recorriendo la calle en busca de trabajo. A ella y a su madre les habían cortado los subsidios y andaban mal de dinero. Le di trabajo porque sabía que la madre bebía. Jeanette iba cada vez peor con el alcohol. Yo pensé: «Al menos yo soy un adulto con un empleo y puedo afrontar mejor el problema». Ella, en cambio, solo tenía dieciséis años.

—¿Cómo empezó todo? —preguntó Moss.

—No lo sé, simplemente ella andaba por aquí. Empezó a lanzarme miradas y un día acabamos en la cama mientras Jeanette estaba durmiendo.

—¿Cuánto tiempo duró?

—Un par de años. Jeanette encontró un pelo de Marissa en su cepillo, después de que ella se hubiera duchado aquí.

—¿Y qué ocurrió?

—Se puso como loca, amenazó con divorciarse. Abofeteó a Marissa, haciendo que le sangrara la nariz. Ella se fue a casa y entonces apareció Mandy y se enzarzó en una tremenda pelea con Jeanette. En la calle, a grito pelado. Yo acabé con la nariz rota y perdí un diente mientras trataba de separarlas...

—¿Y ahí terminaron usted y Marissa?

—Sí —dijo él, echándose hacia atrás y cruzando los brazos.

—¿No volvió a verla?

—No. Bueno, sí la veía. Marissa vivía solo unas puertas más allá, pero ya no tenía nada con ella.

—¿No volvieron a quedar o a tener sexo? —preguntó Moss.

—No, ya se lo he dicho. No.

Hubo un silencio. Erika sacó su móvil. Recorrió la lista de archivos, encontró el vídeo y colocó el aparato en mitad de la mesa. En la pantalla, empezó a reproducirse el vídeo encontrado en el teléfono de Joseph Pitkin. Marissa en su habitación, el hombre que se parecía a Don entrando, mirando alrededor con aire furtivo, ambos besándose frente a la ventana, Marissa desabrochándole los botones del pantalón.

—Párelo, no me hace falta ver más —dijo él. Se levantó de la mesa, fue a la ventana y contempló el jardín. Erika detuvo el vídeo y volvió a guardarse el móvil en el bolsillo—. ¿No tienen a veces la sensación de…, joder, cómo he acabado aquí?

Erika y Moss permanecieron calladas.

—Yo quería hacer tantas cosas. Me formé con el equipo juvenil del club de fútbol Millwall. Decían que podía llegar a ser profesional, y yo también lo creía, pero me rompí la pierna en un accidente de coche.

—¿Qué tiene eso que ver con el hecho de que nos haya mentido al decir que no había vuelto a ver a Marissa? —preguntó Erika.

—Ella era excitante. Era… sexi y hacía… que me sintiera vivo.

—¿Que se sintiera halagado?

Don hizo una pausa y asintió, secándose los ojos con la mano.

—Ella quiso que volviéramos a acostarnos hace unos meses.

—Este vídeo es del pasado septiembre.

Él volvió a asentir.

—Tuvimos sexo, como seguramente habrán visto. Fue fantástico.

—¿De quién fue la iniciativa?

—De ella. Una noche me envió inesperadamente un mensaje de texto. Jeanette estaba inconsciente. Ha empeorado últimamente; se pasa el día bebiendo, se pone agresiva y luego vomita por todas partes. Su salud se ha deteriorado. Es como tener a un niño pequeño. Hace unos meses me di cuenta de que me he convertido en su cuidador; cuando no estoy en el trabajo, es eso lo que hago.

Aguanto toda la mierda, limpio el vómito, cocino, le doy de comer. Así que, cuando me llegó ese mensaje de una joven preciosa que quería que folláramos como locos, yo fui a su casa. No me avergüenzo de ello.

—¿Esa fue la única ocasión? —preguntó Erika.

—Sí. Después me dijo que la primera vez que nos acostamos ella tenía quince años... —Se agarró la cabeza con las manos.

—Y, déjeme adivinarlo..., ¿pensaba denunciarle?

Él asintió.

—Me dijo que los casos de abusos ocurridos en el pasado tienen una gran repercusión en los medios y que la creerían.

—¿Usted abusó de ella?

—¡No! Fue una relación consentida, tiene que creerme. Y yo pensaba que tenía dieciséis. Era una mujer hecha y derecha. Con cuerpo de mujer. A mí no me gusta... Jamás... —Empezó a sollozar; unas gruesas lágrimas rodaron por sus mejillas. Erika sacó un paquete de pañuelos de papel y le pasó uno. Él lo cogió y se secó la cara, avergonzado—. Me dijo que quería cinco de los grandes o que iría a la policía y me denunciaría.

—¿Usted la creyó?

—Sí.

—¿Cómo reaccionó? —preguntó Moss.

—Ella fue astuta. Me pidió que quedáramos en un café del centro de Londres. Estaba lleno de gente y allí me explicó lo que iba a pasar.

—¿Usted le dio el dinero? —preguntó Erika.

Él asintió, restregándose la cara.

—Yo creía que sería una sola vez, pero ella me chantajeó para que le diera otros cinco mil.

—¿Cómo le entregó el dinero?

—Mediante una transferencia.

—¿Marissa tenía quince años cuando usted mantuvo relaciones sexuales con ella por primera vez?

—¿Esto es oficial?

—¿Tenía quince años? —repitió Erika, levantando la voz.

—¡Sí! ¡De acuerdo! ¡Sí! Le faltaban dos días para cumplir los dieciséis. Yo no lo sabía entonces; me lo explicó en septiembre. ¡Solo por dos días! —dijo, alzando dos dedos—. Si hubiera ocurrido después del fin semana, habría sido legal. ¿Cómo es eso? ¿El viernes soy un pedófilo, pero al lunes siguiente ya no? Si me condenan por un delito sexual, ¿sabe lo que pasará? Perderé mi trabajo. Nosotros tenemos una hipoteca. Mi esposa no puede cuidar de sí misma. Ya sabe cómo funcionan las cosas ahora. Saldría en todos los periódicos.

Erika se restregó la cara y Moss ladeó la cabeza.

—¿Cuándo vio a Marissa por última vez, Don? —dijo Erika.

—El día de Nochebuena. En la estación de tren.

—¿A qué hora?

—Alrededor de las 09:45 de la noche. Jeanette la vio junto a las máquinas de los billetes y tuvo unas palabras con ella.

—¿Qué dijo?

—Nada distinto de las otras veces: «Eres una zorra, eres una puta».

—¿Jeanette sabe lo del chantaje?

—No.

—¿Y dónde pasó usted el resto de la Nochebuena? —preguntó Erika.

—Estuve aquí —dijo él, alzando la vista y mirándola directamente a los ojos—. Trabajando.

—¿A qué se dedica?

—Soy diseñador gráfico. Trabajo desde casa.

—¿Tiene un despacho aquí? —preguntó Moss.

—Trabajo aquí mismo, en la mesa de la cocina.

—¿No utiliza la habitación de invitados?

Él suspiró.

—No. Ahí es donde duermo.

—¿Y Jeanette?

—Ella está en el dormitorio de delante. ¿Es necesario que me hagan estas preguntas? No entiendo qué tienen que ver.

—Su esposa es su coartada para la Nochebuena, pero ustedes duermen en habitaciones separadas, y ella suele estar borracha por las noches —dijo Erika.

—Yo no maté a Marissa —dijo él. Ahora le temblaban las manos.

—¿Por qué no estaba aquí para responder a nuestras preguntas durante el recorrido puerta a puerta del día de Navidad?

—Nos fuimos por la mañana a casa de la hermana de Jeanette, que vive en Greenwich y se encargó de preparar la comida. Ella misma se lo puede confirmar.

—¿A qué hora salieron?

—Hacia las ocho. Queríamos estar allí cuando abrieran los regalos. Ella tiene hijos y nietos.

—¿Ustedes tienen hijos?

—No. Lo intentamos, pero Jeanette no podía. Estuvo embarazada dos veces hasta el final de la gestación, pero los bebés no sobrevivieron… Me gustaría que la gente lo supiera cuando la ve ahora. Tiene sus motivos para beber. Supongo que van a detenerme…

—No. Voy a enviar a un agente para que recoja todo esto en una declaración formal. También quiero que nos proporcione una muestra de ADN. Es algo voluntario, desde luego, pero se tendrá en cuenta si se niega.

—¿Puedo pensármelo?

Erika y Moss se miraron.

—Tiene veinticuatro horas. También me gustaría registrar la casa; pediré una orden, si es necesario.

—Regístrenla. Ya no me queda mucha dignidad. He sido sincero. No tengo nada que ocultar.

25

—Joder, Marissa tuvo agallas para sacarle dinero de esa manera —dijo Moss cuando salieron de la casa de Don Walpole.

—La policía se habría tomado su acusación en serio —dijo Erika—. Me preocupa también que él no quiera darnos una muestra de ADN.

—¿Qué piensa hacer al respecto?

—Tenemos que investigarlo un poco más. No sé de qué serviría procesarlo por mantener relaciones con Marissa cuando era una menor, ahora que ella está muerta, pero podríamos utilizar esa amenaza para presionarle si no accede a darnos una muestra de ADN para la investigación de asesinato. También quiero hablar con la madre de Marissa para ver si ella sabía algo del viaje a América.

Erika llamó a Tania, la agente de enlace familiar.

—Mandy está aún en la casa de la vecina —dijo al colgar.

Cruzaron la calle en diagonal y llamaron a la puerta de Joan. La mujer apareció con otro chándal de terciopelo afelpado, esta vez de color azul marino. Parecía cansada y agobiada.

—Venimos a hablar con Mandy —dijo Erika.

Joan les hizo quitarse los zapatos y las llevó a la sala de estar. Mandy estaba sentada en uno de los sillones de respaldo alto. Tania se hallaba a su lado, en el sofá, y se apresuró a silenciar la televisión, sintonizada en el magacín *This Morning*. Sobre la enorme y lustrosa mesa de café había unas tazas y un paquete a medio comer de pastelillos Mr Kipling's French Fancies. Mandy alzó la mirada cuando entraron. Tenía los ojos rodeados de arrugas y con cercos oscuros.

—¿Alguna noticia? —preguntó, esperanzada.

—Todavía estamos investigando —dijo Erika—. ¿Podemos sentarnos con usted?

—Sí —dijo ella.

—Mandy quiere que averigüe cuándo puede organizar el funeral —dijo Tania.

—Podré decirle algo en uno o dos días —dijo Erika, sentándose junto a la ventana. Moss tomó asiento en el sofá, junto a Tania—. Aún nos quedan cosas que hacer por Marissa.

—¿Qué cosas?

—Hemos de asegurarnos de que tenemos toda la información forense respecto a la causa de la muerte. Los restos de su hija están siendo custodiados como corresponde.

Hubo un largo silencio. Joan permanecía en el umbral con aire ansioso.

—¿Ya puedo llevarme esas tazas? —preguntó.

—Sí, gracias —dijo Tania.

Joan empezó a ponerlas en la bandeja y reparó en una marca sobre la mesa.

—¿Qué es esto? —dijo con tono acusador. Todas miraron la diminuta gota de té que había caído sobre la superficie reluciente. Ella la limpió con el dedo y cogió un pañuelo de papel, chasqueando los labios—. ¡Es una mancha de té! ¡A esta mesa acababan de darle una capa de barniz a la francesa!

Mandy miró a Joan.

—Yo no he sido. ¡He usado un posavasos!

—Perdone. Debo haber sido yo —dijo Tania. Joan cogió la bandeja y se retiró airada a la cocina. Al cabo de un momento, sonó un estrépito mientras lo metía todo en el lavaplatos.

—Me parece que está harta de tenerme aquí —dijo Mandy en voz baja—. Pero no soporto la idea de volver a casa. No paro de verla allí tirada, en el jardín. Con los ojos abiertos de par en par.

—Tania, ¿quiere ir a la cocina a ayudar a Joan? —dijo Erika, haciéndole una seña.

—Claro —dijo ella, dirigiéndole una mirada divertida. Salió y cerró la puerta.

Mandy pareció relajarse ahora que ya no se oía el revuelo de Joan trajinando en la cocina.

—Es una buena chica esa Tania —dijo. Sacó su teléfono del bolsillo de la sudadera—. No paro de mirar las fotos que tengo de Marissa. Me angustia que se me olvide cómo era. —Fue pasando fotografías hasta que encontró una de Marissa vestida con toda la parafernalia de cabaret, pero plantada en el insulso entorno de la cocina, delante del cubo de basura y de la puerta de un armario donde estaba apoyado el aspirador.

—Era muy guapa —dijo Moss.

—Sí. No sé de dónde sacó ese aspecto. Míreme a mí. No soy una pinturita precisamente, y su padre, bueno, tenía dientes de conejo. —Empezó a reírse y luego la risa se convirtió en llanto—. Ya no seremos una familia. Aunque tampoco es que lo fuéramos demasiado.

—Mandy, hay un dato crucial para nuestra investigación. Es la hora en la que Marissa fue atacada en el jardín. ¿A qué hora dijo que se fue a la cama?

—No lo sé. ¿Qué dije? ¿Poco antes de las diez?

—Vale. Tenemos dos testigos que vieron a Marissa bajándose del tren en Brockley hacia las diez menos cuarto, y otro que la vio pasar por delante de su casa, en Coniston Road, alrededor de las diez.

—¿Quiénes son?

—Don Walpole y su esposa, Jeanette, iban en el mismo tren; la vieron junto a las máquinas de billetes de la estación alrededor de las diez menos cuarto; y un hombre que vive en el número 37 estaba fuera fumando un cigarrillo y la vio pasar alrededor de las diez.

Mandy entornó los ojos.

—Ese hombre no tiene muy buena vista.

—Esa hora encajaría con el trayecto de Marissa al bajar del tren; la estación queda a menos de diez minutos a pie. Si usted todavía estaba levantada alrededor de las diez, o preparándose para meterse en la cama, habría oído algo.

Mandy iba a decir algo, pero fue interrumpida por Joan, que entró precipitadamente con un trapo y un bote de abrillantador, seguida por Tania.

—Por favor, estamos tratando de hablar con Mandy —le soltó Erika.

—Estas marcas hay que humedecerlas rápidamente. ¡Luego son muy difíciles de quitar!

—Joan, por favor. ¿No puede hacerlo más tarde? —dijo Tania.

—¡Esta es mi casa y puedo hacer lo que me dé la gana! —gritó Joan. Su labio se torció con rabia, haciéndole pensar a Erika en un perrito asustadizo.

—Perdona, Joan —dijo Mandy—. Creo que voy a intentar pasar la noche en mi casa. Las agentes solo me necesitan unos minutos. ¿Luego podrás ayudarme?

Joan cambió de humor de inmediato, volviéndose exageradamente comprensiva.

—Oh, ¿estás segura, querida? Puedes quedarte aquí todo el tiempo que quieras. No es ninguna molestia…

—No. Más vale que vuelva a casa.

—Quizá sea lo mejor. Voy a recoger tu neceser —dijo Joan, saliendo ya de la sala de estar y yéndose hacia la escalera. Tania la siguió, cerrando la puerta.

—Mandy, estaba preguntándole por el día de Nochebuena. ¿Oyó algo cuando Marissa llegó a casa?

—A ver, agentes. Deben saber que tengo un problema con el alcohol —dijo la mujer, restregándose las manos en el regazo—. Me dio vergüenza decirlo antes, pero acabé desmayada. Bebí más de lo normal esa noche. Es la época del año; hace frío y está todo tan oscuro y... Recuerdo que me preparé una tostada con queso a media tarde, y luego ya nada hasta que me desperté a la mañana siguiente.

—¿A qué hora?

—Temprano. Tenía que ir al baño.

—¿Y durmió abajo, en el sofá?

—Sí.

—La otra vez dijo que no...

—Estaba inconsciente. Creo que sí, que dormí abajo. Solo recuerdo que estaba en el baño cuando oí al gato.

—¿Tiene un gato?

—Sí, Beaker. Era un gato abandonado que nos venía a pedir comida. Yo estaba arriba en el baño cuando lo oí rascando en la puerta, así que bajé. Fue entonces cuando la encontré. —Mandy se tapó la cara con una mano regordeta y empezó a llorar—. Lo siento, agentes. Realmente no recuerdo nada.

—¿Sabía que Marissa estaba planeando irse a vivir a Nueva York?

—¿Sola?

—No, con Ivan. Él había recibido una propuesta del trabajo para trasladarse allí y pensaba llevarse a Marissa.

—¿En lugar de llevarse a su mujer? —preguntó Mandy.

—Sí.

Erika y Moss observaron cómo se contraía su rostro, lleno de perplejidad.

—Ella sabía perfectamente que yo necesitaba el dinero para los gastos… —Frotó la mesa con un dedo rollizo mientras los ojos se le llenaban de lágrimas—. Suena bastante creíble. Iba a largarse sin decirme nada. —Se limpió la cara con el dorso de la mano—. Sé que no hay que hablar mal de los muertos, pero era una zorra egoísta.

—Siento haber tenido que decírselo, pero queremos mantenerla informada de todas nuestras averiguaciones.

—Yo todavía deseo que atrapen al culpable, no vaya a creer. Marissa podía ser una zorra, pero era carne de mi carne —dijo Mandy, clavándole los ojos a Erika con una mirada gélida.

26

*E*rika y Moss se dirigieron a la casa de la señora Fryatt.

—Maldita sea. Ya hemos hablado con tres personas que tienen visiones completamente distintas de Marissa —dijo Erika—. ¿Acaso era diferente con cada persona? ¿Era buena?, ¿era una zorra? ¿Era honesta?, ¿era mentirosa? Dio motivos a mucha gente para desear verla muerta.

—¿Cree que lo hizo Mandy?

—Creo que todo el mundo es sospechoso. Pero no hay pruebas para demostrar que fue ella. No se encontraron rastros de sangre en el interior de la casa. Mandy habría tenido que volver a entrar cubierta de sangre y limpiarse sin dejar ningún rastro. Y la casa es un completo desbarajuste; ni siquiera hizo una limpieza apresurada. Da la impresión de que no han limpiado desde hace semanas.

—¿Y cuál sería su motivo? La semanada para los gastos que recibía de Marissa era mucho dinero para ella. Con la muerte de su hija, ya no lo recibirá —dijo Moss.

La señora Fryatt vivía enfrente del gran cementerio de Crofton Park, en Newton Avenue, en la zona de Hilly Fields, no lejos de donde vivía Marsh. Las casas allí eran grandes e imponentes, y estaban separadas de la calle por enormes jardines. La avenida quedaba relativamente cerca, pero al mismo tiempo a una distancia sideral de las sórdidas y apelotonadas casas adosadas de Coniston Road.

—Debe ser muy refinada: tiene un limpiabarros —dijo Moss cuando llegaron a la puerta principal, señalando un barroco limpiabarros de hierro empotrado en el peldaño de mármol que había junto al umbral. Erika tiró de una manija de hierro y sonó una campana en el interior de la casa. Tras unos minutos, abrió la puerta un hombre alto y corpulento de ralo pelo negro. Las observó con ojillos relucientes. Ellas mostraron sus placas y se presentaron.

—Tenemos entendido que Elsa Fryatt tenía como cuidadora a Marissa Lewis, ¿no es así? —preguntó Erika.

—Nos hemos enterado de la noticia —dijo él, examinándolas de arriba abajo. Tenía la frente reluciente de sudor—. Yo soy Charles Fryatt, el hijo de Elsa Fryatt.

—¿Cómo lo han sabido? —preguntó Moss.

—Llamó su madre. Dijo que había sido brutalmente asesinada, que no vendría más a trabajar.

Parecía bastante mayor, de sesenta y pico largos.

—¿Podríamos hablar con su madre?

Él se hizo a un lado y las invitó a pasar. El vestíbulo se abría a una gran escalinata con techo de doble altura.

—Está en la sala de estar —dijo. Pasaron junto a un gran reloj de péndulo situado al pie de la escalera y bajo una enorme araña de cristal. Charles Fryatt andaba de un modo extraño, encorvando el cuello y como trotando. En la habitación de delante, llena de estanterías de libros, había un grandioso árbol navideño, adornado con gusto con luces blancas. En la parte trasera, había una espaciosa sala de estar que miraba al jardín nevado. Esa sala parecía más utilizada y contaba con una gran televisión, montones de sillones y una mesita de café cubierta de revistas y libros. En el sofá más grande se hallaba sentada una vieja dama. Erika esperaba encontrar a una inválida marchita, pero lo que vio fue una mujer menuda de recia mandíbula y mirada acerada que permanecía muy tiesa en el borde del sofá. Iba con una falda de lana y una chaqueta de *tweed*, y su única concesión al frío eran unas holgadas zapatillas ribeteadas de piel de cordero. El pelo, rubio ceniza, lo llevaba corto y peinado con elegancia. Su rostro profundamente arrugado, sin embargo, delataba sus años.

—Buenos días, agentes. Yo soy Elsa Fryatt —dijo, levantándose y estrechándoles las manos—. Los audífonos lo captan todo —añadió, señalando los aparatos de sus oídos.

Se movía con fluidez, más que su hijo. Tenía un leve acento, de una nitidez metálica, que Erika no fue capaz de identificar. Ellas se volvieron a presentar y le enseñaron sus placas.

—¿Les apetecería un poco de café y quizá un pastel de frutas? —preguntó Elsa—. Charles, ¿sabes usar la cafetera?

—Pues claro.

—Calienta los pasteles de frutas de Marks and Spencer… Y tira los que compramos en el mercadillo navideño.

Charles asintió. Erika lo observó mientras salía y se preguntó si estaría enfermo. Sudaba profusamente.

—Prefiero mucho más los envasados que los caseros, ¿ustedes no? —dijo Elsa.

—A mí me encantan, vengan de donde vengan —dijo Moss.

En la chimenea ardía un fuego. Se sentaron en el sofá situado frente al de la vieja dama. Ella entrelazó las manos en el regazo y las miró con unos ojos asombrosamente azules.

—¿Han venido a hablar con nosotros de Marissa? —Chasqueó la lengua y negó con la cabeza—. Un asunto espantoso. ¿Quién podría hacer algo así, y a alguien tan joven? —Se llevó una mano sarmentosa a la boca y volvió a menear la cabeza, pero se contuvo para no romper a llorar.

—¿Puede confirmarme que Marissa era su cuidadora? —dijo Erika.

La señora Fryatt desechó ese término con un gesto.

—Era más bien una acompañante. Me hacía las compras, manejaba mi agenda. Yo le confiaba cosas que una no pediría a una doméstica corriente.

—¿Puedo preguntarle si tiene mucho personal a su servicio?

Ella se echó a reír.

—No, aparento ser más glamurosa de lo que soy. Tengo una mujer de la limpieza que viene cada día unas horas y también me prepara la comida. Hay un jardinero que ejerce además de manitas. Charles está en casa mucho tiempo. Marissa se encargaba de lavar mi ropa y me ayudaba con las compras y con todas las demás cosas personales.

—¿Cuánto tiempo ha trabajado para usted?

—Algo más de un año. Puse un anuncio en el café del barrio, así como en Internet; bueno, fue Charles quien se ocupó de eso. Yo quería a alguien que viviera en la zona.

—¿Sabía usted que Marissa trabajaba también como bailarina de cabaret? —preguntó Erika.

—Claro. Fui a verla actuar en varias ocasiones.

—¿A los clubs de *striptease*? —preguntó Moss.

La señora Fryatt le prestó atención ahora, casi por primera vez.

—¿¡Clubs de *striptease*!? Yo nunca he estado en un club de *striptease*. Vi actuar a Marissa en el Café de Paris, junto a Leicester Square; y además ella tenía un número semanal en el Soho… Se me ha olvidado el nombre del club, pero era más pequeño, y mucho más divertido… No era *striptease*. Era cabaret artístico y ella lo hacía muy bien… —Se mordió el labio; parecía otra vez al borde de las lágrimas—. Perdonen. Estaba tan llena de vitalidad. Conseguía que todo fuera aquí más divertido.

—¿Puedo preguntarle cuánto ganaba Marissa con este empleo?

—No quiero hablar de dinero —dijo ella, arrugando la nariz ante la sola idea—. Le pagaba bien, y ella trabajaba tres o cuatro horas diarias durante la semana.

—Señora Fryatt, estoy intentando identificar su acento —dijo Erika.

—¿Ah, sí?

Ella aguardó y, al ver que la señora Fryatt no se ofrecía a aclararlo, añadió:

—¿Puedo preguntarle de dónde es?

—Procedo originalmente de Austria. ¿Eso es relevante?

Erika pareció sorprendida.

—No, no lo es. Simplemente he detectado algo. Yo soy de Eslovaquia.

—Sí, me preguntaba de dónde era, pero usted acorta las vocales. Dice «ask» en lugar de «aaask».

—Aprendí inglés en Mánchester, donde estuve viviendo cuando vine al Reino Unido.

—Oh, cielos —respondió la señora Fryatt, ladeando la cabeza y dirigiéndole una sonrisa helada.

—Entonces, ¿dónde aprendió su... encantador... acento inglés? —preguntó Erika con la misma frialdad.

—Mi familia vino a Inglaterra cuando estalló la guerra; mi padre era diplomático.

Charles apareció trotando con una gran bandeja cubierta con un elegante juego de porcelana: tazas, platos, un jarrito de leche y un azucarero, y otro plato lleno de pastelitos de frutas calientes. La señora Fryatt lo observó mientras él miraba dónde poner la bandeja, haciendo equilibrios sobre la rodilla; pero no le ayudó a apartar los montones de libros y revistas de la mesita, y las tazas y la cafetera empezaron a deslizarse. Por suerte, Moss se levantó y le cogió la bandeja.

—¡Por Dios! Primero deja la bandeja y luego aparta las cosas —le soltó la señora Fryatt—. Los hombres son incapaces de calcular más de un paso por anticipado...

Charles le lanzó una mirada asesina, recogiendo un montón de libros y revistas para hacer sitio.

—Charles es un experto joyero, con un conocimiento enciclopédico sobre gemas, metales preciosos y joyas antiguas, pero es un desastre para las tareas cotidianas.

Él volvió a coger la bandeja y la depositó sobre la mesa.

—Aquí está, madre —dijo, y se retiró con su pose encorvada. La señora Fryatt se echó hacia delante y les sirvió café.

—No sabe qué hacer cuando la tienda está cerrada.

—¿Una tienda? —preguntó Erika.

—Una joyería, en Hatton Garden —dijo ella, con orgullo—. Se casó con una encantadora chica judía y heredaron la tienda. Naturalmente, él se ha convertido en la piedra angular del negocio. Su conocimiento es muy amplio. Ha sido aceptado en la comunidad, cosa nada fácil, no sé si me entienden.

Ellas se arrellanaron y tomaron un sorbo de café.

—¿Tienen algún sospechoso? —preguntó la señora Fryatt.

—Hemos descubierto que Marissa tenía una vida bastante agitada. ¿Ella le hablaba de su vida personal?

—No mucho. Yo tenía la impresión de que era muy profesional. Al parecer recibía muchos elogios por su trabajo de cabaret y ella quería llegar lejos. Conocí a algunas de las chicas con las que bailaba. Parecía haber una gran camaradería. No me sentía demasiado impresionada por esa criatura horrible y barriobajera de gafas muy gruesas…, ¿cómo se llamaba? Tenía uno de esos nombres de comedia de la tele…

—Sharon —dijo Moss.

—Sí. Eso es. Marissa decía que era un poquito pesada, siempre le andaba detrás. Decía que le daba la lata constantemente para que se convirtiera en la «imagen» de la peluquería que tiene en la calle principal… —La señora Fryatt hizo una mueca.

—Entiendo que usted no es clienta suya —dijo Erika.

—No, no lo soy. Yo voy a Charles and Charles, en Chelsea, y le aseguro que vale la pena desplazarse tan lejos.

—¿O sea, que usted no sacó la impresión de que Marissa tuviera enemigos? —preguntó Moss.

—Bueno, hasta donde yo la conocía. No olvide, querida, que ella era… Bueno, no sé si se dice así hoy en día, pero era una «doméstica». A mí me parecía una chica encantadora, pero la brecha de nuestra diferencia de edad y de clase implicaba que no fuéramos íntimas. Bueno, yo no lo era; en cambio, ella no parecía tener reparos en hablarme de su espantosa madre. Alcohólica, obesa, desagradable en todos los sentidos.

La señora Fryatt se echó hacia delante y se ofreció a llenarles otra vez la taza, cosa que Erika aceptó.

—Marissa sí me contó algo que me pareció turbador… Fue hace unas semanas. Volvía de una actuación y se bajó en la estación Crofton Park. Era tarde y estaba oscuro. Al pasar junto al cementerio, se le acercó un hombre muy alto que llevaba una máscara de gas.

Erika dejó la taza.

—¿Cómo?

—Sí, volvía tarde a pie desde la estación, ella sola, lo cual era una locura a mi juicio, y el hombre surgió del cementerio y la arrastró hacia las sombras, junto a esas altas verjas de hierro. Por suerte, ella se resistió y se zafó de él.

Erika y Moss se miraron.

—¿Se lo dijo a la policía?

—No lo sé. Marissa se lo tomó casi a risa, suponiendo que era otro chalado más. Pero a mí me parece algo más serio. En las noticias hablan de un hombre con máscara de gas que ataca a la gente cuando vuelve a casa de las estaciones de tren. Atacó a una mujer y a un hombre joven hace unas semanas, y luego se produjo el caso de esa pobre mujer la noche de Navidad. ¿Tienen idea de quién podría ser?

Erika no respondió. Recordó la conversación que había tenido por la mañana en la comisaría con los dos jóvenes agentes. Ahora aquel caso dejó de ocupar un lugar secundario en su mente y acaparó toda su atención.

—¿Sabe con exactitud cuándo y dónde se produjo ese incidente? —preguntó.

—Ignoro la fecha exacta, tal vez a principios de noviembre. Ella me dijo que había cogido el último tren, de manera que la estación estaba desierta. Era bastante después de medianoche. Caminó hacia su casa desde la estación Crofton Park y, justo a la entrada del cementerio de Brockley Road, surgió como de la nada la figura alta y oscura de un hombre. Iba vestido todo de negro, con abrigo largo y guantes, y llevaba una máscara de gas. Fue terrorífico, dijo Marissa. Él intentó arrastrarla al cementerio.

—¿La agredió? —preguntó Moss.

—Sí. Lo intentó, pero ella logró escapar. Pasó un coche, y los faros lo asustaron. Ella salió disparada y corrió hasta su casa. Tuvo mucha, pero que mucha suerte, pero así era Marissa. Yo siempre creí que tenía un ángel de la guarda —dijo la señora Fryatt—. Bueno —añadió, con expresión sombría—. Hasta ahora.

27

*E*rika y Moss compraron algo de almuerzo en el trayecto de vuelta a la comisaría. Había sido una mañana llena de revelaciones: Sharon les había contado que Marissa tenía planeado salir del país; luego habían tropezado con el intento de suicidio de Ivan y descubierto el chantaje de Marissa a Don, y ahora la señora Fryatt les había explicado que Marissa había sido atacada por un hombre con máscara de gas.

Además de todos estos datos e interrogantes que se le cruzaban por la mente, Erika notaba un dolor incipiente que asomaba amenazadoramente en la parte posterior de su cabeza. Cuando llegaron a Lewisham Row, fueron directamente al centro de coordinación. En la pizarra habían colgado un gran póster de Marissa con su atuendo de cabaret. McGorry, Peterson y un par de agentes varones se habían agrupado delante.

—Me apetecería un montón... —estaba diciendo Peterson.

—¿Qué es esto? —les soltó Erika, sintiendo una oleada de irritación. Peterson iba a responder, pero ella le cortó—. Ya sé que Marissa era bailarina de cabaret, pero es una víctima de asesinato. ¿Acaso necesitan colgar fotos de ella vestida provocativamente con ropa interior?

Hubo un silencio incómodo.

—Si hemos colgado el póster es porque muestra la marca de la prenda que lleva puesta y el bordado que le añadieron —dijo Peterson—. ¿Ve el corsé rosa con el diamante bordado?

—Sí. Ya lo sé. Su nombre artístico era Honey Diamond —dijo Erika. Las luces intensas del centro de coordinación habían agudizado la sorda palpitación que notaba en la nuca.

—Hemos contactado con la tienda donde se compró ese conjunto. Se llama Stand Up and Tease y está en el Soho. También he averiguado que disponen de un servicio para modificar y añadir bordados a las prendas, y nos han dado los datos del hombre que se encargó de hacerle esos bordados...

—Muy bien. ¿Y por qué están todos de pie haciendo comentarios?

—Porque acaba de llegar el almuerzo —dijo McGorry, señalando una caja de sándwiches preparados que había sobre la mesa situada frente a la pizarra.

—Yo estaba diciendo que me apetecería mucho uno de queso y pepinillos —dijo Peterson, con los ojos fijos en ella. Los demás agentes miraron para otro lado; Moss parecía incómoda.

—Vale. Buen trabajo. Me gustaría tener un listado de todos los *shows* que Marissa ha realizado durante el último mes. Y envíenme los datos de contacto de ese hombre que se dedica a personalizar las prendas.

—De acuerdo —dijo Peterson.

—Moss, ¿puede ocuparse de poner al día a todo el mundo sobre lo sucedido esta mañana y de actualizar la pizarra?

—Claro, jefa.

Erika salió del centro de coordinación. Moss se acercó a la mesa y cogió un sándwich.

—¿Qué le pasa? —preguntó McGorry.

—Ha sido una mañana muy densa —dijo ella.

—Pero tampoco hace falta que la tome con nosotros —dijo Peterson. Moss le lanzó una mirada y luego empezó a explicarles las novedades.

Erika salió del centro de coordinación sintiéndose como una idiota. Había visto cómo la miraban los demás agentes mientras ella reprendía a Peterson. ¿Sabían todos que ellos habían estado juntos en su momento?

Se detuvo ante la máquina de café, advirtiendo que la habían arreglado, y seleccionó un expreso. Pensó en la vuelta de Peterson y en el hecho de que deberían trabajar juntos. Él era un buen agente, y un miembro valioso del equipo, pero si la cosa iba a ser así, quizá debería hacer que le asignaran otro equipo.

—Nunca debes mezclar el trabajo con el sexo, maldita idiota —masculló mientras esperaba a que la máquina llenara la taza. Se la llevó arriba a su despacho y, sentándose a su mesa, conectó el ordenador y accedió con su contraseña a la base de datos Holmes. Introdujo la frase «ataque máscara de gas» y apareció una lista de resultados.

En los últimos tres meses, cuatro personas —dos mujeres y dos hombres— habían sido asaltadas por un hombre corpulento con una máscara de gas. Todos los asaltos habían tenido lugar alrededor de estaciones de tren a última hora de la noche o a primera hora de la mañana. La primera víctima había sido una enfermera de veinticuatro años llamada Rachel Elder, que se dirigía a la estación Gipsy Hill para trabajar en el Lewisham Hospital. El hombre la había arrastrado a un callejón, donde se había exhibido y luego la había sujetado por la garganta. El ataque se prolongó largo rato, pues, cuando la víctima se asfixiaba casi hasta desmayarse, él le dejaba respirar un momento y volvía a apretarle la garganta. Ella declaró que se había desmayado finalmente y que, al recuperar el conocimiento, su atacante había desaparecido.

El segundo incidente se había producido cerca de la estación East Dulwich. Esta vez la víctima era Kelvin Price, de veintitrés años, un actor que trabajaba en una obra del West End. Había ido a tomar unas copas después de la representación y luego había cogido el último tren para volver a casa. Justo después de medianoche, un hombre con un abrigo negro largo y ondeante y una máscara de gas con cristales para los ojos lo había arrastrado a un callejón en las inmediaciones de la estación. También lo había asfixiado casi hasta el desmayo repetidas veces. Después había declarado que el hombre se había exhibido y masturbado delante de él.

—Dios mío —musitó Erika mientras seguía leyendo en la pantalla.

El tercer ataque lo había sufrido Jenny Thorndike cerca de la estación Penge East. Ella estaba caminando hacia allí una mañana a primera hora cuando un hombre vestido de negro y con una máscara de gas había «surgido como de la nada». Aunque trató de resistirse, él le dio un puñetazo en la cara y la llevó a un pequeño parque no lejos de la estación, donde la golpeó brutalmente y la asfixió varias veces.

El caso más reciente se había producido el día de Navidad en Sydenham. Una mujer de cincuenta y tantos llamada Diana Crow estaba volviendo a casa después de visitar a una amiga cuando fue asaltada en el paso a nivel de la estación de tren. También ella fue asfixiada y recibió puñetazos en la cara, lo que le provocó una fractura en el pómulo. No obstante, no denunció la agresión hasta el día siguiente.

—Tuviste la suerte de escapar, Marissa, pero ¿por qué no lo denunciaste? —murmuró Erika, dando un sorbo al expreso. Encontró el nombre del inspector encargado de investigar al atacante de la máscara de gas, el inspector jefe Peter Farley, y le envió un *email* pidiéndole el expediente del caso e informándole de que era posible que sus investigaciones se solaparan. Su buzón emitió en ese momento la alerta de un nuevo mensaje.

Hola, Erika. La Unidad de Delitos Informáticos ha recuperado esta imagen borrada del teléfono de Joseph Pitkin.

KAY

Erika abrió el archivo adjunto.

Tengo estas fotos y el vídeo a buen recaudo. Mientras mantengas la boca cerrada, seguirán así.

T.

—Joder… —masculló, echándose hacia atrás en la silla. Era un dibujo inquietante, aparentemente realizado con bolígrafo negro sobre papel amarillo.

Un golpe en la puerta la sobresaltó.

—¿Sí?

Peterson asomó la cabeza por el umbral.

—¿Es un buen momento?

—¿Por qué?

—Acabo de hablar por teléfono con Isaac Strong. Ya ha terminado la autopsia de Marissa Lewis. Quiere saber si tiene tiempo para reunirse con él.

—De acuerdo, gracias. Ahora le llamaré —dijo ella, restregándose las sienes.

Peterson entró en el despacho y cerró la puerta.

—¿Qué demonios es eso? —preguntó.

—Otra imagen recuperada del móvil de Joseph Pitkin. Él la había borrado, junto con las fotos y el vídeo pornográfico.

—¿Una máscara de gas? ¿Cree que esa es la firma del tipo, enviar notas con un dibujo?

—No lo sé. Acabo de recibir esta mierda. Quiero que lo haga circular entre los agentes del centro de coordinación y que lo cuelguen en la pizarra. Averigüe si las demás víctimas recibieron algo similar, bien por correo o por *email*. Averigüe también si esta máscara de gas coincide con alguno de los retratos robot de las víctimas.

—Sí... —Peterson parecía incómodo—. ¿Tiene un momento?

—Tengo un minuto —dijo ella, recogiendo su abrigo del respaldo de la silla—. ¿Por qué?

—Necesito hablarle de una cosa.

—¿Relacionada con el trabajo?

—Eh, bueno...

—¿No podemos dejarlo para cuando vuelva?

Él asintió. Erika cogió el móvil y las llaves del coche y salió.

Peterson volvió a bajar y se encontró a Moss en la máquina de café.

—¡Qué rápido! ¿Cómo se lo ha tomado?

Él negó con la cabeza.

—Se ha ido a la morgue. No he podido hablar con ella.

—¡James! ¡Tienes que decírselo!

—Ya lo sé. Pero resulta muy complicado cuando estamos en mitad de un caso.

—Tienes que echarle huevos y encontrar el momento —dijo Moss, dando un sorbo a su café y volviendo al centro de coordinación.

28

*E*l aparcamiento estaba muy concurrido cuando Erika llegó al Lewisham Hospital, y tuvo que esperar para recoger el *ticket* y pasar las barreras. No encontró el camino correcto, tomó dos veces el desvío equivocado y se vio obligada a preguntarle a un conserje dónde estaba el aparcamiento de la morgue. Finalmente, lo encontró y aparcó junto a un edificio achaparrado con una gran chimenea que arrojaba humo negro hacia el cielo gris.

Firmó en el mostrador de recepción y tuvo que cruzar la entrada del incinerador del hospital antes de localizar la morgue al final de un largo corredor. Isaac le abrió la puerta.

—Nos has encontrado —dijo.

—Sí, no es tan fácil como en Penge...

—Y hemos de pagar por el privilegio de venir a trabajar.

Isaac la llevó a una espaciosa sala de autopsias; ella guiñó los ojos ante la intensidad de las luces. Había seis mesas de disección alineadas, con desagües de acero.

—Yo de ti no me quitaría el abrigo —le dijo él—. Aquí llevamos un forro polar debajo de la bata... Siento que esto haya llevado más tiempo de lo que me habría gustado.

El cuerpo de Marissa yacía sobre la primera mesa, cubierto con una sábana blanca hasta el cuello. Cuando Isacc la retiró, Erika vio que su piel tenía un aspecto amarillento. Una larga línea de toscas suturas partía del ombligo y se bifurcaba en «Y» entre los pechos y a través del esternón. Habían limpiado toda la sangre, y las cuchilladas de su garganta le hicieron pensar en las agallas de un pez. Su mirada descendió.

—Tiene un diamante tatuado justo por encima de la línea de las bragas —dijo, señalando la fina línea de vello púbico—. El mismo que llevaba bordado en todas las prendas que usaba en sus actuaciones.

Isaac asintió.

—Había una pequeña cantidad de alcohol en su sangre cuando murió, pero eso era algo previsible si había salido de fiesta por Nochebuena. No había otras drogas, legales o ilegales, en su corriente sanguínea.

Erika volvió a mirar la cicatriz que recorría el esternón de Marissa y luego su rostro, que, desprovisto de maquillaje, tenía un aspecto tremendamente juvenil. No parecía más que una niña. Erika inspiró hondo y notó que un dolor de cabeza empezaba a martillearle la parte delantera del cráneo. Tenía una sensación extraña, como si fuera presionada hacia abajo y elevada por el aire al mismo tiempo.

—Estaba muy sana, con todos los órganos en buen estado. —Isaac le movió la cabeza—. La hoja empleada era de unos veinte centímetros. Hay tres largas cuchilladas en la garganta, una de las cuales le seccionó las arterias principales. Eso hizo que se desangrara rápidamente. El extremo del cuchillo tenía el filo dentado. Algunos cuchillos antiguos para mondar fruta tienen una hoja de estas características.

—Así que podría tratarse de un cuchillo que el asesino tenía desde hace tiempo, ¿no?

Él asintió.

—No hemos encontrado ningún resto de ADN en el cuerpo.

—¿Nada?

—No. Ni fluidos corporales ni muestras de pelo. No fue agredida sexualmente.

Una de las colegas de Isaac entró y se acercó a una de las puertas de acero inoxidable de la pared del fondo. La abrió con un chasquido y el cajón se deslizó hacia fuera con suavidad. Erika tuvo que mirar dos veces para darse cuenta de que era el cadáver de Joseph Pitkin.

—¿Qué pasa? —preguntó Isaac.

—Ese chico se quitó la vida durante el Boxing Day mientras estaba bajo custodia. ¿Puedo echar un vistazo?

La colega de Isaac asintió y ambos se acercaron al cadáver. Joseph parecía ahora más pequeño; su cuerpo era extremadamente delgado. Tenía unas ronchas rojas alrededor del cuello y una profunda línea morada allí donde el nudo se había clavado en la piel bajo la barbilla, aplastando su nuez de Adán.

—Quería volver a examinar el cuerpo —dijo la colega de Isaac, una mujer menuda de suaves ojos grises—. Quería comentar algo contigo, Issac. —Rodeó el cajón y alzó las manos de Joseph—. Tiene esta pigmentación en la piel, unas manchas muy blancas que le salpican el dorso de las manos y ascienden hacia las muñecas. He repasado los antecedentes médicos y no hay en la familia ninguna mención de trastornos cutáneos como el vitíligo.

Isaac echó un vistazo.

—Sí. No creo que obedezca a una enfermedad. Parece una decoloración química más que una pigmentación natural.

—Era fotógrafo *amateur* y tenía un cuarto oscuro —dijo Erika.

—Vale, eso lo explica todo —dijo la mujer.

—Los productos químicos empleados para revelar fotografías suelen provocar una pigmentación de la piel si no se usan guantes. ¿Había cicatrices en los pulmones?

—No —dijo ella—. Los tenía muy sanos. Como los demás órganos.

Estas últimas palabras resonaron en la mente de Erika. «Los tenía muy sanos. Como los demás órganos». Volvió a ver el dibujo de la máscara de gas, y luego el vídeo de Joseph, la mano que aparecía en el encuadre y lo agarraba de la garganta. Su rostro volviéndose rojo, luego morado; los tendones de su cuello en tensión... Recordó de nuevo la nota; los orificios para los ojos de la máscara de gas le taladraban la mente.

El sordo dolor que sentía se intensificó, extendiéndose por todo su cráneo. Todo empezó a darle vueltas y tuvo que sujetarse de la mesa de autopsias.

—¿Erika? —dijo Isaac, mientras ella sentía que la sala se desvanecía y que su visión se llenaba de destellos. Luego todo se volvió negro.

29

Cuando abrió los ojos, estaba tumbada en un pequeño sofá de una oficina caldeada y llena de cajas de embalar. Isaac se hallaba de rodillas a su lado, con expresión preocupada.

—Toma, bebe un poco de agua —dijo. Ella cogió la taza y bebió. El agua estaba deliciosamente fría y se llevó el desagradable sabor que tenía en el fondo de la boca—. ¿Te puedo tomar la presión? —dijo él, sacando un tensiómetro. Ella asintió y se subió la manga.

—¿Qué hay en esas cajas? —preguntó.

—Libros.

Erika miró mientras él inflaba el manguito hasta tensarlo alrededor de su brazo.

—¿Has comido hoy?

—He almorzado algo.

Él le puso el estetoscopio en la muñeca y escuchó mirando el reloj, mientras ella sentía cómo le palpitaba el pulso en el brazo. Isaac aflojó el manguito.

—Tienes la tensión algo baja; diez, seis. —Sacó una linternita y enfocó sus ojos. Ella hizo una mueca.

—¿Desde cuándo usas esa linterna? A los pacientes que tú tratas no creo que se les dilaten las pupilas, ¿no?

—La encontré en una galletita navideña. Bueno, la cambié por una pinza rosa para el pelo.

Erika sonrió. Todavía sentía una palpitación en la cabeza, pero el dolor se había mitigado un poco.

—Has estado desmayada varios minutos. ¿Puedo sacarte un poco de sangre?

—Si no hay más remedio.

Isaac salió de la oficina y volvió al cabo de un momento con una jeringa y un tubo de muestra envuelto en un plástico estéril. Se puso unos guantes de látex nuevos. Erika volvió la cabeza mientras él le sacaba sangre del brazo, haciendo una mueca al sentir el pinchazo.

—Bueno, aquí tenemos una muestra —dijo él, sacando el tubo y adosando otro al extremo de la aguja—. ¿Has tenido más episodios de desmayo últimamente?

—No.

—¿Has ido al médico?

—No… Hoy he estado en la casa de un tipo que ha intentado quitarse la vida. Había abierto todo el gas de la cocina y sellado puertas y ventanas… —dijo Erika, explicándole lo sucedido.

—¿Y no te has quedado para que te echaran un vistazo los sanitarios?

—No.

—Por Dios, Erika. Has estado expuesta a altos niveles de gas natural. ¿Qué has bebido hoy?

—Un expreso.

—Tienes que expulsar las toxinas; deberías beber un montón de agua.

—Vale, vale.

Isaac salió un momento y volvió a entrar con un vaso enorme de agua y una barrita Mars. La miró mientras bebía y daba un mordisco de chocolate.

—Acaba de explicarme lo que me estabas diciendo de la autopsia.

—Ya está todo. Ah, no. Había algo más. Tenía residuos

de parafina en la boca. No logro entender por qué. Solo he visto eso en personas que cometen suicidio o en alcohólicos desesperados que intentan colocarse con las cosas más extrañas.

—Ella hacía un número de tragafuegos —dijo Erika.

—Ah, misterio resuelto.

—Voy a ir esta noche a The Matrix Club, donde trabajaba Marissa. Quiero hablar con algunas de las chicas con las que actuaba. ¿Te apetece venir?

—Suena como una cita muy rara —dijo él sonriendo—. Pero, por desgracia, tengo que trabajar.

—Ah, vale.

—Aunque deberías tomártelo con calma.

—Voy a casa a descansar una hora y a comer un poco —dijo ella, apurando el resto del agua y levantándose.

—Te haré los análisis de sangre rutinarios. Así te ahorras la visita al médico —dijo él.

—Gracias.

—Siento lo de ese chico, el que se mató cuando estaba detenido.

—Yo también lo siento.

Erika salió de la morgue. Ya había oscurecido. El aparcamiento seguía concurrido y había una larga cola para cruzar las barreras. Hurgó entre los pliegues de su abrigo para sacar la cartera y fue a validar el *ticket*. Como siempre, dejó de lado sus sentimientos sobre Joseph y Marissa y todos los muertos que había visto durante su larga carrera, y los escondió bajo la alfombra. Era lo que llevaba haciendo desde hacía años.

30

*E*rika volvió a su piso, se duchó y comió delante del ordenador una enorme porción de pescado con patatas fritas que había comprado en el trayecto de vuelta. Peterson le había enviado un *email* con los datos del sastre que había arreglado los atuendos de Marissa, añadiendo que el tipo estaría esa noche trabajando en el Matrix Club de Wardour Street, en el Soho.

Había acabado de vestirse con elegancia para una velada de cabaret y estaba frente al espejo sopesando si no iba demasiado formal, cuando sonó el timbre.

—Buenas noches —dijo Peterson cuando abrió la puerta. Llevaba un impecable traje negro y una corbata azul marino bajo un refinado abrigo largo también negro.

—¿Qué haces aquí? —preguntó Erika.

—Voy contigo al Matrix Club —respondió él con una sonrisa.

—¿Por qué no me has llamado ni me lo has dicho en el mensaje?

—Porque seguramente me habrías dicho que no te tocara las narices.

—Habría dicho algo más profesional, ya que era un asunto de trabajo.

Ambos sonrieron.

—Tienes un aspecto fantástico —dijo él.

—¿No parezco una poli de incógnito tratando de parecer glamurosa? —preguntó ella, bajando la vista a sus elegantes pantalones azules a medida y a su blusa blanca sin mangas. Se tocó el pelo, que estaba rígido como una piedra. Se lo había secado con secador y luego lo había rociado con laca, tratando de reproducir lo que le habían hecho la última vez que había ido a la peluquería, pero le había quedado más tieso de la cuenta.

—No. No lo pareces —dijo él.

—Bien. Y tú estás estupendo. Quiero decir, elegante.

—Gracias. ¿Te apetece que te acompañe? Es un asunto policial, y te he encontrado la información sobre ese sastre que trabajaba para Marissa.

—De acuerdo. No me vendrá mal otro par de ojos.

Pese a la nieve, el Soho estaba muy animado. Un montón de gente bajaba por Old Compton Street con ganas de aprovechar el paréntesis entre Navidad y Fin de Año. La nieve caía perezosamente y las blancas aceras se veían moteadas por las luces de los bares. Erika y Peterson se sumaron al gentío que caminaba por el centro de la calzada. Habían hablado del caso durante el trayecto en tren desde Forest Hill hasta Charing Cross. Erika le había explicado su visita a la morgue, donde había visto el cuerpo de Joseph Pitkin, aunque omitiendo la parte de su desmayo. Peterson la puso al día sobre Ivan Stowalski, que seguía en el hospital todavía inconsciente. Su esposa había aparecido junto a su lecho a media tarde.

—Aún no saben si hay daño cerebral debido a la privación de oxígeno —dijo Peterson—. También hemos investigado sobre Don Walpole. En otoño hizo una ampliación de su hipoteca de once mil libras y transfirió diez mil a la cuenta de Marissa... No tiene antecedentes, ni siquiera una multa de aparcamiento, el pobre diablo.

—Eso no significa que no la matase —dijo Erika.

No habían tenido mucho tiempo para hablar de otra cosa que del trabajo cuando bajaron del tren y caminaron hacia el Soho entre la multitud de Leicester Square. Los adornos navideños conferían a las calles un aire mágico. A Erika le entristecía cómo habían acabado las cosas entre ella y Peterson. Todavía tenía una pequeña esperanza de que pudieran salvar su relación, pero enseguida apartó ese pensamiento de su mente.

The Matrix Club estaba en la esquina de Wardour Street y Old Crompton Street. La entrada era una puertita negra con un neón encima. Había un pequeño trecho de la acera acordonado y un negro alto y flaco en la puerta, detrás de un atril. Iba vestido con un grueso abrigo largo y llevaba sombra de ojos de reluciente color azul y un diminuto tocado rosa en un lado de su cabeza afeitada.

—Dos entradas, por favor —dijo Erika al acercarse.

—¿Qué nombre? —preguntó él, mirándolos de arriba abajo.

—Erika y James —dijo ella, volviéndose hacia Peterson. De algún modo, decir juntos sus nombres de pila hacía que aquello pareciera una cita.

—Sus nombres completos. No les estoy dando conversación —dijo el tipo, poniendo los ojos en blanco y señalando un sujetapapeles. Tenía las uñas pintadas de un intenso tono rosa.

—No tengo una reserva —dijo Erika, sintiéndose idiota.

—Pues entonces lo siento. No pueden entrar, adiós. —Hizo un gesto para que se apartaran e indicó a la pareja que estaba detrás que se acercara.

—Maldito capullo —masculló Peterson, sacando su placa.

—Mierda. Quería que pasáramos de incógnito, sin que supieran que somos policías. —Erika sacó también su placa, sintiéndose inepta. No era propio de ella cometer este tipo de errores. A la otra pareja, que sí figuraba en la lista de invitados, le abrieron el cordón y le franquearon el paso con un floreo.

Volvieron al atril. El tipo de la puerta miró a Peterson.

—¿Tienes hierba caribeña? —preguntó.

—No.

—¿Quieres un poco?

Erika contuvo la risa.

—No me hace falta —murmuró Peterson.

—¿Qué te hace falta? —dijo el tipo, inclinándose sugestivamente con una pose de seducción teatral. Erika se adelantó.

—Soy la inspectora jefe Erika Foster y este es mi compañero, el inspector James Peterson. Esto es una visita informal, pero agradecería su colaboración. Una de las mujeres que trabajaba aquí murió hace unos días. Su nombre artístico era…

—Honey Diamond —dijo el portero, ahora ya sin el barniz insinuante—. Una terrible tragedia. Estamos organizando un *show* benéfico. ¿Cree que lo hizo alguien de aquí?

—No. Nos gustaría hablar con algunas de las personas con las que actuaba. Creo que Martin Fisher trabaja aquí, ¿no?

—Sí. Es el sastre.

—Él trabajó para Honey Diamond…, para Marissa. Nos gustaría hablar con él, simplemente para conocer los antecedentes.

—Vale, de acuerdo. Síganme —dijo el portero.

Desenganchó el cordón y les abrió la puerta. Por dentro, el club era precioso, con mesas y sillas de un negro reluciente situadas alrededor de un pequeño escenario con una cortina roja. El portero los llevó a una mesa cerca de la primera fila.

—¿Cómo se llama usted? —preguntó Erika.

—Mistress Ebony. De día, Dwayne Morris —dijo él, ofreciéndole una silla y encendiendo con un mechero la velita de la mesa—. Se sirve en las mesas. Y está permitido vapear.

En cuanto se retiró, apareció una camarera y anotó su pedido. Un zumo de naranja y una Coca-Cola.

El club se llenó enseguida y luego empezó el *show*. Aunque no había desnudos integrales, a Erika le resultaba incómodo estar allí con Peterson. Los números los interpretaban hombres y mujeres de todo tipo. Algunos hacían *striptease* tradicional, pero también había un *stripper* caracterizado de Adolf Hitler, y otra, de soldado imperial de *Star Wars*. Y al final, una mujer ataviada como un terrorista suicida que se fue quitando la ropa mientras sonaba un tictac cada vez más fuerte, hasta que quedaron a la vista los cables y cartuchos de dinamita que cubrían sus partes pudendas. Entonces apagaron las luces, sonó una tremenda explosión y, al volver a encenderlas, la actriz llevaba solo un corpiño bordado con deslumbrantes lentejuelas rojas y doradas que representaban las llamas y el fuego.

Así terminó el *show*.

—Caramba —dijo Peterson—. El último espectáculo que vi fue *Riverdance* con mi madre, antes de Navidades.

—Sí, esto es mucho más insinuante que una danza irlandesa —dijo Erika.

Dwayne apareció entre el público que se dirigía a la barra.

—Martin quiere hablar con ustedes —dijo. Recogieron sus abrigos y lo siguieron por el escenario y a través del telón rojo para acceder a una reducida y caótica zona de bastidores llena de sillas apiladas, colgadores de ropa y recipientes de comida para llevar usados. En una pequeña oficina con la puerta abierta, un hombre de mediana edad, calvo y con gafas, trabajaba con una máquina de coser. A lo largo de la pared se alineaban más colgadores de vestidos y, a su espalda, había un escritorio con teléfono y ordenador. Detrás, colgaban de la pared un gran póster de la producción original de Broadway de *Mame* y un espejo de enorme tamaño.

—Estos son la inspectora jefe Erika Foster y su compañero, el inspector James Peterson —dijo Dwayne. Luego salió y cerró la puerta.

—¿Han visto el *show*? —preguntó Martin, pisando el pedal de la máquina de coser y pasando un gran trozo de tela azul por la aguja.

—Sí —dijo Erika.

—¿Qué les ha parecido la terrorista suicida?

—Un número muy ingenioso.

Él le dirigió una sonrisita suficiente y se subió las gafas. Luego levantó la aguja y examinó la costura.

—Quieren hablar de Honey Diamond, también conocida como Marissa Lewis, ¿no es así?

—Tenemos entendido que usted se encargaba de modificar sus prendas y que diseñó el emblema del diamante que llevaba cosido en su ropa.

—Sí. Aunque siempre tardaba en pagar… No voy a dorarle la píldora. Una zorra. Siento mucho que haya muerto, pero eso no cambia las cosas, desde mi punto de vista.

—¿Por qué no le caía bien?

Martin dejó el trozo de tela y les dedicó toda su atención.

—Carecía de gracia, no era amable, tenía una voluntad y una ambición espantosas. Pisoteaba a quien hiciera falta para llegar a donde ella quería.

—¿Y a dónde quería llegar? —preguntó Erika.

—Vaya a saber. Simplemente quería ser famosa. Quería convertirse en la nueva Dita Von Teese. Lo que ella no entendía era que también debía trabajar su arte. Cualquiera puede lanzarse al ruedo y ser una Kardashian, o al menos intentarlo. El pasado verano tuvimos aquí a un futbolista americano, no me pregunten quién. Ella no vaciló en tratar de llevárselo a la cama; incluso dijo que intentaría filmar un vídeo sexual con él.

—¿Lo hizo? —preguntó Erika.

—No. Él se fue con una de las chicas rubias, Jenna Minx, que tiene un poquito más de clase que Marissa. Lo cual no es mucho decir.

—¿Cuánto tiempo actuó Marissa aquí? —preguntó Erika.

—Desde el mes de enero —dijo él. Cogió unas tijeras y empezó a cortar una vistosa pieza de tela amarilla—. Para ser justo con ella, y pese a todos sus defectos, debo decir que tenía presencia en el escenario y que se convirtió en una de las bailarinas más populares. Aun así, se rumoreaba que hacía algo más que bailar para algunos de los clientes.

—¿Prostitución?

Él asintió.

—Algunas veces se la llevaban tipos ricos después del *show*, y ella no tenía empacho en contar lo que hacía y cuánto había ganado.

—¿Se lo contaba a usted?

—A mí, a cualquiera que estuviera aquí y al lucero del alba.

—¿Hablaba alguna vez de los vecinos, los amigos y las relaciones que tenía cerca de su casa?

—Hay un empalagoso tipo polaco, Ivan, al que llevaba exprimiendo desde hacía mucho tiempo. Pobre gilipollas. Venía a menudo a ver el *show*. Se sentaba en la primera fila sin quitarse el anorak. Los ojos como platos, las piernas cruzadas para ocultar su erección... Aquí había una chica cuyo novio trabaja en la tele contratando *reality shows*. Marissa le fue detrás, pero él no estaba interesado. Hubo una pelea entre las dos chicas unos momentos antes de levantar el telón. Tuve que remendar a cien por hora sus vestidos con el *show* en marcha.

—¿Marissa daba muchos detalles sobre su relación con Ivan?

—Solía decir en broma que lo tenía guardado en el armario... por lo blancucho que era. Le llamaba a menudo para pedirle más dinero, o un nuevo traje, y lo ponía en manos libres para que todos nos mondáramos. Pobre diablo.

—¿Marissa dijo alguna vez si él le pegaba o si le tenía miedo? —preguntó Peterson.

—No. Era Marissa la que llevaba los pantalones. Ella lo controlaba, a él y su cartera.

—¿Marissa hablaba de su otro trabajo? —preguntó Erika.

Martin se subió las gafas y soltó un resoplido.

—Sí. Era polifacética, al parecer. También ejercía de cuidadora. Aunque, para mí, eso es un poco como si el rey Herodes tuviera un empleo en una unidad neonatal... Ella le robaba a esa mujer. Comida y artículos de tocador al principio. La vieja...

—La señora Fryatt —dijo Erika.

—Sí. Vino una noche aquí a ver a Marissa en su papel de Honey Diamond. Toda vestida como Joan Collins, con pieles y diamantes. Fue entonces cuando entendimos por qué Marissa era su cuidadora...

—¿Qué quería decir con «al principio» cuando nos ha dicho que Marissa le robaba a la señora Fryatt?

—Le robó unos pendientes de diamantes.

—¿Eso cuándo fue? —preguntó Peterson.

Martin dejó la pieza de tela.

—Debió de ser un par de semanas antes de Navidad. Yo creí que era una trola, que se había inventado una historia para hacer que unos pendientes de bisutería parecieran más valiosos (eso era típico de Marissa, le gustaba mentir), pero fue con una de las chicas a Hatton Garden para que se los tasaran. Y eran auténticos, con un valor de diez de los grandes.

Erika miró a Peterson. La señora Fryatt no había dicho nada de unos pendientes de diamantes.

—¿Contó algo Marissa sobre una agresión? —preguntó Peterson.

Martin pareció sorprendido.

—¿Marissa agredió a alguien?

—No, fue atacada, hace cosa de un mes, cuando volvía a casa desde la estación de tren. Un hombre la asaltó.

Martin meneó la cabeza.

—No, que yo sepa. Y yo solía enterarme de todo lo relacionado con la vida de esa chica, tanto si quería como si no.

—¿Es consciente de que esto es una investigación por asesinato y de que está hablando de Marissa Lewis en términos nada favorables? —dijo Peterson.

—¿Quiere que mienta?

—No —dijo Erika.

—Ya sé que no está bien hablar mal de los muertos, y nadie merece que lo apuñalen en la puerta de su casa. Es algo espantoso —dijo, quitándose las gafas y santiguándose. Las dejó colgando de una cadena de oro sobre su abultada barriga.

—¿Sabía que planeaba trasladarse a Nueva York?

—Sí. Hablaba de ello.

—¿Sin dar detalles?

—No. Pero yo le pregunté cómo iba a costearse el viaje. No es barato, y hay gastos de visado y de un montón de cosas. Ella me dijo algo que se me quedó grabado. Dijo que el diamante haría que le sonriera la fortuna y le permitiría comenzar de nuevo.

—¿El diamante de sus prendas?

—No, eso pensaba cambiarlo, y también su nombre artístico.

—¿Iba a vender los pendientes de diamantes? —preguntó Peterson.

—Me consta que ella no era una lumbrera, pero conocía la diferencia entre el plural y el singular. Se refería a un diamante, y eso fue antes de que aparecieran los pendientes —dijo Martin—. O hablaba de un modo críptico, o estaba diciendo chorradas. Lamentablemente, en el caso de Marissa, solía ser lo segundo.

—¿Estaba usted aquí cuando ella hizo su último número en Nochebuena?

—Sí. Y esa noche llevaba los pendientes de diamantes.

—¿Está seguro? —preguntó Peterson.

—Sí, porque vino aquí completamente desnuda para pedirme que le arreglara el portaligas. Yo mantuve los ojos por encima de su cuello. No soy muy aficionado a la anatomía femenina —dijo, frunciendo los labios—. Especialmente cuando me la ponen delante de las narices sin previo aviso.

—¿Quién es la chica que acompañó a Marissa al joyero de Hatton Garden? —preguntó Peterson.

—Ha actuado esta noche. Voy a darle un toque… —Sacó su teléfono y, mientras hacía la llamada, se quitó uno de los pendientes con clip que llevaba puestos.

—¡Brujilla! ¿Aún estás aquí? La policía quiere hablar contigo… No, nada malo, solo un par de preguntas.

Se oyó el chirrido de una puerta y una mujer bajita con tejanos y un jersey de lana morada apareció en el umbral. Erika la reconoció, era la del número del soldado de *Star Wars*.

—¿Querían verme?

—Pasa, Ella. No te quedes en la puerta —dijo Martin, poniéndose otra vez el pendiente—. Esta es Ella Bartlett.

La chica sonrió a Erika y evaluó a Peterson con una larga mirada.

—¿Usted fue con Marissa a que le tasaran los pendientes? —preguntó Erika.

—Sí. El tipo estimó que valían diez mil quinientas libras. Se ofreció a comprarlos, porque tenían una pureza excepcional, según dijo.

—¿Y Marissa no aceptó la oferta?

—No, al menos delante de mí; parecía muy contenta de tener unos pendientes tan cojonudos. Vaya, que no quería desprenderse de ellos.

—¿Cuándo fueron al joyero?

—Hace una semana más o menos.

—¿Usted y Marissa eran buenas amigas?

—En realidad, no. Simplemente yo me sentía tan intrigada como los demás por saber si los pendientes eran auténticos, y tenía que ir en la misma dirección hacia mi gimnasio, así que decidí acompañarla.

—¿Recuerda qué joyería era?

—No. Quedaba cerca del Gym Box donde me entreno, el que está en Farringdon, como a dos calles… —Erika miró a Peterson. Ese dato solo reducía ligeramente la búsqueda entre los centenares de joyerías de Hatton Garden.

—¿Puedo dejarle mi número para que me avise si lo recuerda? Es muy importante —dijo Erika, dándole su tarjeta. La chica asintió e hizo además de marcharse.

—Ah, Ella. Ahora lo recuerdo. Te he conseguido un ambientador para tu casco de soldado. Me consta que se pasa mucho calor con él —dijo Martin, tendiéndole un frasco. La chica miró a Peterson, avergonzada, y lo cogió—. Me debes cinco noventa y nueve —gritó mientras ella se alejaba—. Bueno, agentes, ¿alguna pregunta más? Todavía tengo que hacer seis tangas y no quiero perder el último tren a casa.

—Gracias —dijo Erika.

—$\mathcal{A}$y, Dios, este caso se las trae —musitó Erika mientras volvía con Peterson hacia la estación de Charing Cross. Tomaron las callejas menos transitadas para poder hablar con tranquilidad de lo que habían descubierto.

—¿Qué es esa historia del diamante? —dijo él.

—Era el distintivo de Marissa. Quizá pensaba que ella, Honey Diamond, sería la que llegaría a hacer una fortuna con su carrera. Dita Von Teese ha ganado millones, y ella quería ser la nueva Dita Von Teese.

—Da la impresión de que hay cada vez más capas de...

—¿Intriga? ¿Engaño? —preguntó Erika.

—De mierda. El término adecuado es mierda. Este caso es un lodazal. Todo el mundo la odiaba.

Ella asintió.

—Marissa era una bocazas, una chica muy indiscreta, pero, hasta donde yo sé, solo le contó a la señora Fryatt lo del ataque del hombre de la máscara de gas.

—Que fuera fantasiosa y poco apreciada por los demás no quiere decir que no tuviera sus miedos y sus secretos. A mucha gente que ha sido asaltada le da miedo poner una denuncia. Y las personas más seguras de sí mismas van con frecuencia de farol y solo fingen seguridad —dijo Peterson.

Erika asintió. Habían estado tan abismados en la conversación que no se habían fijado por dónde iban, y de pronto emergieron por una travesía lateral a Regent Street. Había empezado a caer aguanieve.

—¿Te apetece un café? —preguntó Peterson, viendo un Starbucks todavía abierto en la esquina—. Al menos hasta que pare esta cellisca.

—De acuerdo.

Esperaron a que pasaran un par de autobuses y luego cruzaron la calle, apresurándose para escapar de la nieve, y entraron en el café profusamente iluminado. Erika encontró un sitio libre junto a la ventana y Peterson volvió al cabo de unos minutos con un par de cafés. Desde allí se veían los expositores navideños de la tienda de enfrente y el dosel de luces colgadas por encima de Regent Street. Ambos sorbieron el café caliente mirando el ajetreo de la calle.

—Bien, tenemos a Joseph Pitkin, que acosó y fotografió a Marissa en varias ocasiones y luego la filmó (a petición suya, creemos) para chantajear a Don Walpole —empezó Erika.

—Tenemos a Ivan Stowalski, que estaba obsesionado con Marissa y pensaba abandonar a su esposa en Navidades y largarse con ella a Nueva York, y que luego ha intentado quitarse la vida —dijo Peterson.

—También está Don Walpole, con quien ella se acostó cuando tenía quince años y al que después chantajeó, diciéndole que acabaría en el registro de delincuentes sexuales si lo contaba… Marissa, además, le robó supuestamente unos pendientes de diamantes a la señora Fryatt, pero la mujer no lo mencionó, y parecía muy avispada cuando hablamos con ella.

—¿Crees que su hijo lo sabía? ¿No tiene una joyería en Hatton Garden? —preguntó Peterson.

—Posiblemente… Ahora bien, la señora Fryatt fue la única persona a la que Marissa le contó que fue asaltada —dijo Erika.

—Por un hombre con una máscara de gas que al parecer está relacionado con Joseph Pitkin. Él se mató por esas fotos que le enseñaste durante el interrogatorio… Quiero decir que estaba muy asustado.

—Eso le dio el último empujón —dijo ella con tono fatigado—. Ojalá hubiéramos podido recuperar la nota con el dibujo de la máscara de gas al mismo tiempo. Quizá habría podido sacarle algo más antes de… O impedir que se suicidara… No lo sé.

—Tú no podías saberlo —dijo Peterson, poniéndole la mano en el brazo. Ella le dirigió una débil sonrisa.

—Y Mandy se muestra evasiva sobre la noche en la que murió Marissa. Ella debió oír algo.

—¿No es alcohólica?

—Sí. Es posible que estuviera completamente borracha en el sofá mientras Marissa era apuñalada al otro lado de la ventana. Lo que hemos de hacer mañana es investigar hacia atrás y ver quién tiene coartada y quién no. También quiero ir a ver otra vez a la señora Fryatt para preguntarle por los pendientes.

Ambos dieron un sorbo de café y permanecieron unos momentos callados. Peterson se removió con incomodidad en su taburete.

—Erika, hay una cosa que quiero hablar contigo… —empezó.

Ella sacó el móvil del bolso, miró su reloj y vio que eran casi las once y media.

—Mierda. Voy a perder el último tren, y tengo que terminar de escribir el informe esta noche.

Apuró el resto de su café y volvió a coger el móvil.

—Voy a pedir un Uber —dijo, pasando pantallas—. Ah, hay uno cerca que puede estar aquí en un minuto. Genial. ¿Quieres que lo compartamos?

—No, cogeré el tren —dijo él.

—¿Crees que llegarás a tiempo?

—Sí. Me apetece andar. Las luces navideñas son preciosas.

Ella lo miró un momento.

—¿Estás bien? ¿Qué ibas a decirme antes?

—No sé si tenemos tiempo.

El móvil de Erika soltó un pitido y un coche se detuvo delante.

—No. Aquí está el coche. Estaba muy cerca.

—No era nada importante, vete tranquila.

—De acuerdo. Gracias por el café. Nos vemos mañana, bien temprano —dijo ella. Recogió el abrigo, se lo echó sobre los hombros y, con un gesto de despedida, cruzó la puerta y corrió hacia el coche bajo la lluvia.

Peterson miró cómo subía al coche y cómo se alejaba. Mientras le daba otro sorbo al café, recibió un mensaje de texto en su móvil. Lo sacó y se apresuró a hacer una llamada.

—Ya lo sé, lo siento. Creía que lo habría conseguido a estas alturas… Sí, la he visto, pero hemos acabado hablando de un caso de asesinato… Sí, es un trabajo de veinticuatro horas… No, no se lo he dicho, pero se lo diré. Lo prometo. Yo también te quiero.

Colgó y miró por la ventana unos momentos, lleno de culpa y pesar. Culpa porque era feliz; pesar porque Erika no formaba parte de ello. Apuró el resto del café y emprendió la marcha hacia la estación de Charing Cross, caminando bajo el dosel de luces navideñas y reflexionando sobre cómo puede cambiar la vida de repente, sorprendiéndote. De un modo agradable.

$\mathcal{H}$acía calor dentro del Uber mientras aceleraban por Piccadilly Circus. La conductora la miró por el espejo del retrovisor.

—¿Quiere el *Evening Standard*? —preguntó. Erika dijo que sí y la mujer le pasó el periódico.

Ella se arrellanó en el asiento y empezó a hojear las páginas, optando por concentrarse en los artículos de cotilleo. Estaban cruzando el río por Vauxhall cuando pasó una página y soltó un sonoro: «Joder».

—¿Va todo bien? —preguntó la conductora.

—Perdón. Es que se me ha olvidado una cosa —mintió. Había un artículo de una página entera sobre el caso anterior en el que había trabajado: la serie de asesinatos y el secuestro de las gemelas de Marsh perpetrados por Max Kirkham y Nina Hargreaves. El periódico había publicado numerosos artículos sensacionalistas sobre el caso, presentando a Nina y a Max como una versión moderna de Bonnie and Clyde, o de Myra Hindley e Ian Brady. Este artículo explicaba que nadie había reclamado el cuerpo de Max Kirkham. El *Evening Standard* había contactado con su madre, que decía que no quería tener nada que ver con él, añadiendo: «Que lo lleven al vertedero. No es mi hijo». Esa era la misma madre que estaba en libertad bajo fianza por obstrucción a la justicia.

En la parte inferior había una fotografía de Erika. Ella estaba acostumbrada a que los periódicos la presentasen como una veterana agente peleona y conflictiva. Lo que ahora le cabreaba era que habían utilizado una foto suya saliendo del bloque de pisos donde vivía. El rótulo de la calle —Manor Mount SE23— se veía claramente en una esquina, y tampoco habían pixelado la matrícula de su coche.

Sacó el móvil y buscó un número. Sonó varias veces y finalmente respondió una voz adormilada.

—¿Hola? —dijo Colleen Scanlan, la encargada de prensa de la policía metropolitana.

—Colleen, soy Erika Foster.

—Erika. Es muy tarde.

—Acabo de ver un artículo del *Evening Standard* sobre el caso de Max Kirkham y Nina Hargreaves. Han publicado una foto mía saliendo de casa en la que se ve el rótulo de la calle y la matrícula de mi coche.

Hubo un largo silencio.

—Yo no puedo controlar lo que publica la prensa.

Erika tapó el teléfono con la mano y respiró hondo varias veces. Detestaba a Colleen, que, en su opinión, era una tiquismiquis y una holgazana que se limitaba a hacer lo justo para conservar su puesto, pero nunca estaba dispuesta a ir más allá para echar una mano.

—Ya sé que no puede hacer nada con la edición impresa, pero lo que sí puede hacer, por favor, es comprobar si en la edición *online* figura la fotografía y, en ese caso, hacer que la retiren. AHORA MISMO.

Colleen suspiró.

—Dudo que la oficina esté abierta, pero puedo dejar un mensaje. Eso sí lo puedo hacer —dijo secamente.

—Gracias —dijo Erika, colgando.

Hicieron el resto del trayecto en silencio. Erika no dejaba de mirar el teléfono para ver si Colleen le había enviado un mensaje o un *email*, pero no había nada. Poco antes de medianoche, se aproximaron a Forest Hill y el coche la dejó frente a su edificio.

Cuando entró en casa, encendió la calefacción, se dio una ducha y luego volvió a la sala de estar en pijama. Se sirvió un vaso grande de vodka y se instaló en el sofá con el portátil, abriendo el informe que había empezado a redactar para Melanie. Las tablas del piso de arriba crujían mientras su vecina, Allison, se movía de aquí para allá. Erika abrió el Explorer y entró en la web del *Evening Standard*. Aparecía el mismo artículo con su foto.

—Mierda —masculló. Se levantó y corrió las cortinas, sintiéndose repentinamente paranoica, ahora que sabía que los datos de su domicilio estaban *online*. Se dijo a sí misma que no fuera absurda. Tampoco era como si hubieran publicado su dirección completa. Revisó sus *emails*, pero no había ninguno de Colleen. La llamó de nuevo, y saltó el buzón de voz. Dio un largo trago de vodka y empezó a trabajar en el informe.

Erika se despertó con un sobresalto. Su portátil estaba volcado sobre el sofá y sonaba el teléfono fijo. Se volvió hacia el reloj de la cocina. Faltaban pocos minutos para las dos. Se incorporó mientras el teléfono seguía sonando. Dejó el portátil sobre la mesita de café y se levantó, pensando que Colleen estaba devolviéndole la llamada. Saltó el contestador automático. Tras el mensaje grabado, una voz jadeante y entrecortada dijo:

—Erika. Erika… Erikaaaaa…

Ella se detuvo en seco en el umbral de la sala. Su nombre se desvaneció en una mera respiración y luego se oyó un ruido extraño, como de raspado. Después continuó el mensaje, con un jadeo discordante:

—Erikaaaaa…. Erikaaaaa…

Era una voz grave y ronca, con un trasfondo maligno. Sonó un ruido distorsionado y luego un resuello irregular y una arcada casi inhumana que la hizo gritar de terror.

Cogió el cable del contestador y lo arrancó de la pared. Luego hizo lo mismo con el cable del teléfono. Corrió a la puerta y comprobó que estaba cerrada con llave; luego recorrió el piso, encendiendo todas las luces y cerciorándose de que las ventanas estaban cerradas. Volvió al sofá temblando y procuró controlar su respiración.

Por primera vez en su larga carrera, le habría gustado tener un arma.

33

*L*a alarma del reloj despertó a Jason Bates a las seis. Poco después sonó un ligero golpe en la puerta. Era una de las cuidadoras del ayuntamiento, que venía para relevarlo y que pudiera irse a trabajar.

—¿Cómo está su madre? —preguntó la amable mujer de cara arrugada. Adormilado como estaba, él tardó un momento en recordar su nombre... Dawn. Se llamaba Dawn.

—Ha pasado una buena noche —dijo él. Una buena noche, en el caso de su madre, quería decir que solo le había despertado tres veces. Dawn se quitó el abrigo y se calentó las manos en el radiador mientras Jason se hacía el desayuno y se preparaba para ir al trabajo.

La fábrica de plásticos quedaba a quince minutos en tren. Todavía estaba oscuro cuando salió de casa. Volvió la cabeza hacia la ventana a la que habían acercado a su madre con la silla de ruedas para que viera cómo se iba. Le hizo un gesto y ella respondió alzando la mano. La rabia y la exasperación que le provocaba su madre se disolvió en ese momento. Se preguntó si las cuidadoras hacían que le saludara para recordarle que su madre todavía era una persona. Él solo veía la escena desde la calle.

Las calles estaban oscuras y había una niebla gélida que le producía la sensación de estar vadeando a través de sábanas húmedas. El pequeño café frente a la estación Gipsy Hill no estaba abierto tan temprano y él pasó de largo a toda prisa y cruzó las barreras abiertas, logrando subir al tren cuando las puertas ya se cerraban. Lo bueno de trabajar en las afueras era que, por las mañanas, los trenes que salían de la ciudad no iban tan llenos, y todavía menos entre Navidad y Fin de Año. El vagón estaba casi vacío y él ocupó un asiento junto a la ventanilla. La calefacción bombeaba aire caliente a la altura de sus piernas. Se colocó los auriculares y puso un audiolibro que tenía pensado escuchar durante el resto de la mañana mientras conducía la carretilla elevadora... solo con un auricular, el otro oído lo dejaría libre por motivos de seguridad.

Bajó del tren en West Norwood. De nuevo, él era el único en el andén de la estación. Hasta el almacén había un trayecto a pie de quince minutos por una larga vía de acceso industrial que salía de la estación y estaba flanqueada de edificios abandonados y setos crecidos y descuidados. Se puso la capucha y avanzó a través de la nieve. Sus pisadas crujían en medio del silencio. Las farolas no lograban atravesar la niebla y creaban un túnel de luz. A lo lejos, el cielo negro empezaba a volverse azul oscuro. Al pasar junto a la verja de un antiguo bloque de oficinas, una silueta alta y oscura se desprendió de las sombras, perfilándose repentinamente bajo la luz. Iba vestida con un largo abrigo negro y llevaba sobre la cabeza la capucha reluciente de una máscara de gas. Del largo tambor para respirar que le colgaba sobre el pecho salía vapor y había unos pequeños cuadrados blancos en ese mismo tambor que daban la impresión de una gran boca sonriente.

Jason se detuvo. Al principio no sintió miedo. Aquello era algo totalmente inesperado. Oyó el traqueteo de un tren que pasaba a toda velocidad. La figura aguardó un momento y luego avanzó hacia él.

—¡Eh, eh! —gritó al ver que se le echaba encima y le empujaba. Luego recibió un fuerte puñetazo en la cara.

Jason volvió en sí poco después. Notaba la nieve bajo su espalda. Veía el cielo en lo alto, ahora con una paleta de azules claros. Tenía las manos atadas detrás y estaba tendido sobre sus muñecas, lo que le provocaba dolor. Notaba las piernas heladas, y entonces se dio cuenta de que estaba desnudo de cintura para abajo. Tenía algo en la boca, una tela o un trapo. Gimiendo, miró alrededor y oyó un lejano murmullo que parecía acercarse. Un tren pasó zumbando por las vías que había tras un muro a su izquierda; a su derecha estaba la entrada principal del ruinoso bloque de oficinas. Hileras e hileras de ventanas rotas lo miraban desde lo alto; en algunas, revoloteaban pájaros. Sintió náuseas al ver en el umbral del edificio, a unos cinco metros, que la figura con la máscara de gas lo miraba fijamente: tenía el abrigo abierto y se masturbaba con la mano enguantada de negro, moviéndola deprisa arriba y abajo. Del tambor de la máscara salían oleadas de vapor.

Era algo terrorífico y demencial a la vez. Jason distinguió algunas siluetas que asomaban entre la nieve medio fundida: un coche calcinado, varias bombonas de butano. De repente, oyó voces en la vía de acceso que venía de la estación, aunque el alto seto la tapaba por completo.

«Gente que pasa de largo. Trabajadores», pensó. Empezó a gritar, pero no le salía más que un quejido amortiguado. Las voces se alejaron. La figura se detuvo de golpe, se abrochó los pantalones y caminó hacia él. Lo cogió de los pies y lo arrastró por la nieve fundida. Jason intentó dar patadas, pero sentía un dolor agudo al verse arrastrado sobre las piedras y luego por los tres escalones que accedían a la entrada del edificio. El espacio entre el último escalón y el umbral era muy exiguo. La figura se alzó sobre él, mirándolo a través de los orificios para los ojos. Luego se arrodilló a su lado.

Jason lanzó una patada y logró darle a la máscara de gas, que se desplazó hacia un lado. El hombre soltó un grito amortiguado y cayó hacia atrás a través de la puerta rota de cristal, aterrizando al otro lado. Una esquirla le había desgarrado el cuello por un lado. La máscara de gas casi se le había salido; le había quedado torcida y dejaba a la vista su boca y su nariz.

Jason le miró con pánico. Que el hombre hubiera perdido el control era aún más aterrador en cierto modo. Él intentó levantarse, pero tenía los pantalones alrededor de los tobillos y los pies enredados con la tela. La figura se incorporó lentamente. Se quitó un guante y se llevó la mano al cuello, que le sangraba. Se giró para levantarse la máscara y mirarse la mano. Satisfecho al ver que el corte no era profundo, se bajó la máscara y se giró de nuevo, poniéndose el guante.

Luego se acercó a Jason y volvió a arrastrarlo hasta el último escalón.

34

*E*rika había puesto un matinal de televisión a las seis, tras una noche de insomnio en el sofá. Se enorgullecía de su estoicismo, aunque la llamada la había aterrorizado, no dejaba que el terror la dominara. Los ruidos cotidianos de sus vecinos y el murmullo del agua por las cañerías empezaban a devolverla a la normalidad. A las siete y media preparó café y se dio una ducha; luego, al amanecer, abrió las cortinas y sintió que sus temores se disolvían con la luz azulada del alba.

Antes de salir de casa, volvió a enchufar el teléfono y escuchó de nuevo el mensaje de la voz entrecortada. La persona que había llamado no había ocultado su número. Era un número de móvil que no reconocía, pero lo anotó. Enrollando el cable, se llevó el contestador automático.

Una vez en el coche, mientras conducía entre el denso tráfico de la mañana, sintió que la realidad volvía a envolverla. Aún no había tenido noticias de Colleen Scanlan; no había ningún mensaje de voz o de texto en su móvil.

Había pensado mucho en el caso durante esa noche insomne, y el asunto de los pendientes de diamantes seguía acudiendo a su mente una y otra vez. ¿Por qué no lo había mencionado la señora Fryatt? Miró la hora y vio que pasaban unos minutos de las ocho. Dio un rodeo, desviándose de la ruta habitual, cruzó Honor Oak Park y bajó hasta Hilly Fields. Al acercarse a la casa de la señora Fryatt, atisbó por la ventanilla y vio a la anciana esperando en el portal. Iba muy abrigada y se apoyaba en un bastón. Cuando ella se detuvo en el hueco que había delante, la mujer empezó a agitar el bastón, gritando: «No, aquí no puede aparcar. ¡Estoy reservando este sitio!».

Erika bajó la ventanilla.

—Buenos días. ¿La acerco a algún sitio? —preguntó.

—Estoy esperando a mi hijo, que va a llevarme a la consulta del médico. Me ha dicho que llegaría… —Recorrió la calle desierta con la vista, apoyándose penosamente en el bastón.

—¿Va todo bien?

—Es la pierna. Llevo cuatro días esperando para que me vean, ya sabe lo difícil que es que te den hora… ¿Dónde se habrá metido? ¡Voy a perder la cita! Aparte su coche, por favor.

La nariz le goteaba a causa del frío. Hizo malabarismos con el bastón para sacar un pañuelo de papel y secársela.

—Tengo varias preguntas más que hacerle —dijo Erika.

—¿Más? Ya me hizo muchísimas ayer.

—¿Marissa le robó unos pendientes de diamantes?

—No.

Erika mantuvo los ojos fijos en la señora Fryatt, que miraba distraídamente más allá de ella.

—¿Está segura?

—Pues claro que sí. Estoy en perfecto estado de salud, tanto física como mentalmente.

—Sí, ya lo dijo ayer, pero ahora tiene que ir al médico.

—¿Qué es esto? Yo no he hecho nada malo. Colaboraré con usted, pero no me gusta su tono.

Un coche apareció por el extremo de la calle; la señora Fryatt lo miró esperanzada hasta que vio que no era su hijo quien iba al volante. El coche pasó de largo.

—Hablé con un compañero de Marissa, el que modificaba sus trajes. Él me dijo que ella alardeaba de un par de pendientes de diamantes y que decía que se los había quitado a usted.

La señora Fryatt se volvió hacia Erika. Ahora había recobrado la compostura.

—¿De veras? Qué extraño. No es cierto.

—No entiendo por qué iba a inventárselo —dijo Erika, escrutando el rostro de la anciana; pero ella seguía distraída mirando hacia el extremo de la calle.

—Bueno, si usted no lo entiende, ¿cómo demonios voy a entenderlo yo? ¿Encontraron unos pendientes de diamantes en el cuerpo de Marissa o en su casa?

—Eso no puedo decírselo.

—Entonces es que no —dijo la señora Fryatt con displicencia.

—Marissa fue a una joyería de Hatton Garden con otra de las chicas para que se los tasaran.

—¡Ah, ahí viene! ¡Ya era hora, maldita sea! —dijo la mujer, agitando el bastón por encima de su cabeza. Un reluciente coche blanco se detuvo junto al de Erika—. ¿Nada más, agente? No sé a qué podría haberse referido Marissa. Seguramente estaba tomándole el pelo a esa persona. Ella era así.

El hijo de la señora Fryatt, Charles, se bajó del coche y se acercó a la acera.

—¡Llegas tarde! —gritó la mujer.

Él parecía nervioso y miró fijamente a Erika.

—Había mucho tráfico —dijo—. Hola, agente. ¿Va todo bien?

—¿Marissa nunca le dijo nada sobre unos pendientes de diamantes de su madre? —preguntó Erika.

La señora Fryatt puso los ojos en blanco y empezó a caminar hacia el coche.

—Él no podría saberlo. Yo soy la única que puede abrir mi caja fuerte, y todas mis joyas están en su sitio. ¡Venga, vamos! ¡No puedo perder mi cita!

Charles le dirigió a Erika una mirada incómoda. Ella observó que tenía un gran esparadrapo en un lado del cuello y que se le había empapado con un poco de sangre.

—¿Cómo se ha cortado?

—Afeitándome. Se me ha escurrido la navaja... Una señal de que no quería llegar tarde —dijo, sonriendo. Era una sonrisa extraña que mostraba unos dientes anchos y torcidos, pero que no alcanzaba sus ojos. Charles se apresuró a ayudar a su madre, que ya estaba junto a la puerta del pasajero. Otro coche se detuvo detrás y tocó la bocina. La señora Fryatt blandió el bastón hacia él.

—¿No puede esperar UN MINUTO? —gritó. Charles la ayudó a acomodarse en el asiento y le abrochó el cinturón. Le dirigió a Erika un gesto de saludo, de nuevo con expresión seria, y luego se sentó al volante y se alejó.

Había algo que no acababa de encajar, pero Erika no sabía qué era exactamente.

—Bueno, la he pillado por los pelos —musitó para sí. Sacó su móvil y marcó el número de McGorry.

—Sí, jefa —dijo él—. Llego en un momento; acabo de bajar del tren en Lewisham.

—No hay problema. Solo una pregunta. Usted registró toda la casa de Marissa Lewis y todas sus pertenencias. ¿Había unos pendientes de diamantes?

—Eh, había joyas... Pero no lo sé. No estoy seguro de si apreciaría la diferencia entre un diamante de verdad y uno de bisutería. Puedo revisar las fotos tomadas por los forenses. ¿Usted recuerda haber visto algo cuando estuvimos en su habitación?

—No. ¿Puede encargarse de echar un vistazo?

—Claro.

Erika cortó la llamada. Pensó en todas las personas que podrían haberse llevado los pendientes. Joseph Pitkin había tocado el cadáver de Marissa antes de que llegara la policía… Mandy la encontró en el jardín. ¿Podría ser que se los hubiera llevado Ivan? ¿Cuándo había sido la última vez que Don Walpole la había visto viva?

—¡La vio en Nochebuena, en la estación! —exclamó triunfalmente. Arrancó el motor, hizo un cambio de sentido y se dirigió a Coniston Road.

35

*D*on Walpole abrió la puerta de su casa y no pareció complacido al ver a Erika de nuevo.

—¿Es un buen momento? —preguntó ella.

Don llevaba puesto un delantal y Erika percibió un olor a beicon frito que hizo que le rugiera el estómago.

—¿Acaso importa si lo es? —dijo él.

—Solo necesito unos minutos.

Don se hizo a un lado para que pasara y la guio hacia la cocina. Erika vio que Jeanette bajaba tambaleante la escalera. Iba envuelta en un enorme albornoz morado, con una toalla sobre el pelo húmedo. Tenía un aspecto espantoso.

—¿Quién es esa? —preguntó, con los ojos entornados. Erika se presentó, pero Jeanette no pareció recordarla del día anterior. Siguieron adelante hasta la cocina.

—Tengo que hacerle una pregunta sobre Marissa —dijo Erika en voz baja. Don corrió hacia los fogones y removió unos huevos que estaban friéndose en la sartén. Llevaba tejanos oscuros y un grueso jersey marrón de punto de cuello alto. Jeanette entró arrastrando los pies, sin prestar atención a Erika, y sacó de la nevera una botella grande de zumo de naranja.

—¿Me necesitáis? —preguntó.

—No. Es solo… —empezó Erika, pero la mujer ya estaba saliendo de la cocina.

—¿Quieres huevos? —le preguntó Don.

—¡No! —respondió ella desde el pasillo.

Erika observó cómo se alejaba con paso cansino y entraba en la sala de estar. Cerró la puerta y, al cabo de un momento, se oyó la televisión. Don suspiró y permaneció junto a la sartén, moviendo los huevos en el aceite. En la tostadora saltaron unas rebanadas de pan. Las sacó y las puso en dos platos.

—¿Quiere comerse sus huevos? Si no, los tiraré —dijo.

Erika vaciló. Tenía de pronto un apetito voraz, pero se contuvo.

—No, gracias. Solo he venido a hacerle un par de preguntas…

—Yo intento que coma, pero saca la mayor parte de sus calorías del alcohol. Por eso tiene una barriga enorme y esos dos palillos por piernas.

—Mi madre era alcohólica —dijo Erika.

—¿Es alcohólica, dice?

—No, era. Murió hace mucho. Nunca fue violenta pero sí agresiva, y hacía difíciles las cosas.

Don asintió. Tenía los ojos oscuros y tristes, con cercos morados debajo. Empezó a untar la tostada con mantequilla.

—¿Qué quiere preguntarme?

—Me dijo que vio a Marissa en Nochebuena, en la estación Brockley, ¿no es así?

—Sí. Cuando Jeanette… tuvo unas palabras con ella, por decirlo así.

—¿Recuerda si Marissa llevaba pendientes? Habrían llamado la atención, porque eran de diamantes auténticos.

Don sacó los huevos de la sartén y puso dos sobre su tostada.

—¿Diamantes auténticos? ¿De dónde habría sacado unos pendientes como esos?

—No puedo entrar en detalles. ¿Llevaba unos pendientes en Nochebuena?

—A ella no le faltaban admiradores. Estoy seguro de que era capaz de convencer a algún pobre diablo para que le comprara joyas caras.

—Don, haga un esfuerzo, por favor. ¿Qué llevaba cuando usted la vio en la estación? Piénselo por partes.

—Lo único que recuerdo es que llevaba un abrigo negro largo.

—¿Qué me dice de su pelo y del maquillaje?

—Iba arreglada. Eh, tenía puestas esas pestañas postizas... No recuerdo si llevaba pendientes.

—¿Puedo preguntarle a Jeanette?

—Dudo que vaya a recordarlo.

—Es importante para la investigación.

Don dejó el plato sobre la mesa. Erika lo siguió hasta la sala de estar. Jeanette estaba tumbada en el sofá. El pelo mojado le caía fláccidamente, tapándole en parte la cara. Estaba mirando un programan matinal con el volumen a tope.

—Jeanette. La inspectora quiere hablar contigo —dijo Don, alzando la voz. Luego volvió a la cocina, dejándolas solas.

La mujer observó con atención a Erika desde detrás de sus mechones húmedos.

—¿Qué?

—Tengo que hacerle una pregunta.

—Pues hágala.

—¿Podría bajar la televisión? —Jeanette la silenció enfurruñada, con muchos aspavientos—. Gracias. Usted y Don vieron a Marissa en Nochebuena.

—Esa puta —masculló ella.

—¿Recuerda si llevaba alguna joya?

—Por una vez no se le veían las tetas, porque iba con

un grueso abrigo abotonado por encima del escote. Pero llevaba pendientes.

—¿De qué tipo?

Ella se encogió de hombros.

—Unas gemas blancas, pequeñitas.

—¿Está segura?

—Completamente —dijo ella, sin apartar los ojos de la tele.

—¿Cómo puede estar tan segura? —insistió Erika.

Jeanette se volvió para mirarla.

—Porque pensé en arrancarle los pendientes de las orejas y en lo mucho que le dolería —dijo.

Erika habría deseado tener una foto de los pendientes de diamantes para mostrársela.

—¿Diría que eran diamantes auténticos?

—Dudo que lo fuesen.

—Pero ¿usted reconocería unos diamantes de verdad si los viera?

—¿Le parezco la clase de mujer que sabe reconocer unos diamantes auténticos? —dijo ella, con amargura.

A Erika no le hacía falta responder. Recorrió con la vista la sala de estar y reparó en un largo abrigo negro extendido sobre un tendedero. Estaba cerca del fuego de gas y desprendía un poco de vapor.

—¿Ese es el abrigo de Don?

—¿De quién va a ser, si no?

—¿Ha salido hoy?

—No lo sé. Seguramente ha ido a buscar leche. ¿Ya ha terminado con sus preguntas?

—Sí. Gracias.

Jeanette pulsó otra vez el botón del mando y el sonido de la televisión atronó de nuevo.

Al salir de la casa, Erika se sentó unos minutos en el coche, tratando de ordenar los hechos del caso. Luego volvió a subir por la calle y se detuvo frente a la casa de Marissa. El jardín delantero estaba cubierto de una nueva capa de nieve medio derretida. Había dos callejones, uno que discurría junto a la casa y otro en el lado opuesto de la calle. También había una intersección justo después del colegio, al final de la calle, que llevaba a un puente del ferrocarril y a un polígono de viviendas.

El asesino había utilizado un coche, según el análisis de las salpicaduras de sangre. Evidentemente, habría estado cubierto de sangre, y sujetaba un arma homicida chorreante que había dejado un reguero a lo largo del sendero y luego en la acera, pero sin pasar de ahí. Erika acercó el coche al callejón y giró lentamente hacia él, mirando el capó. No, era demasiado estrecho para pasar por ahí.

El timbre de su móvil la sobresaltó. Era McGorry.

—Jefa, tiene que venir enseguida a comisaría. Hemos hecho un descubrimiento decisivo.

36

*E*rika aparcó frente a la comisaría, cogió el bolso y el contestador automático y se apresuró hacia el centro de coordinación. Moss, Peterson, Kay y el resto del equipo se habían congregado alrededor de la mesa de McGorry.

—¿Qué pasa? —preguntó Erika, viendo que todos la miraban con excitación.

—He estado analizando todas las declaraciones relacionadas con la muerte de Marissa Lewis y he elaborado una cronología de los hechos de Nochebuena —dijo McGorry—. Ella estuvo trabajando en el Matrix Club hasta las ocho y media. Ofrecían un *show* temprano esa noche. Después, se tomó una copa rápida y se dirigió a su casa. Tomó el tren de las 09:10 en Charing Cross… —Amplió una ventana en el monitor de su ordenador—. Aquí está, corriendo hacia el tren y llegando justo antes de que se cerrasen las puertas. —Reprodujo el breve vídeo de Marissa Lewis corriendo con tacones altos, con el largo abrigo ondeando detrás—. Estaba sola cuando subió al tren.

—Vale —dijo Erika—. ¿Todo esto tiene algún sentido?

—Ya lo creo —dijo McGorry con una sonrisa. Peterson también sonrió y asintió.

—Pues dígalo ya.

—Tengo también imágenes del tren cuando hizo un transbordo en London Bridge. Es un vagón nuevo, equipado con cámaras de vigilancia. —Vieron un abarrotado vagón desde el punto de vista de la cámara montada en el techo, por encima de las puertas—. Ahí está, estrujada entre dos tipos. Debían de ser gais, supongo, porque no le prestan la menor atención.

—Vale, vale. Déjese de comentarios personales.

—Solo digo que no hay ningún tipo raro que parezca interesado en ella —aclaró él, mientras avanzaba la grabación, que mostraba el trayecto de diez minutos del tren—. Bien, aquí estamos a las 09:42, y el vagón se vacía en Brockley.

—¿Hay alguna grabación de la compañía de transportes en la estación? —preguntó Erika.

—No. Nada, aparte de la imagen del andén y de Marissa saliendo con el resto de la gente —dijo, pasando a otro vídeo.

—Vale. ¿Qué más tiene?

—Esto es lo mejor. El colegio situado enfrente de la casa de Marissa Lewis en Coniston Road cuenta con cámaras de vigilancia en dos lados del patio de juegos. Una de ellas incluye la imagen de la verja de entrada de Marissa Lewis.

El último vídeo mostraba la mitad de la casa, la verja, el callejón y el tramo de la calle que llevaba a la intersección.

—¿Qué hora indica la marca de tiempo? —preguntó Erika.

—Este vídeo es de las 09:40.

McGorry pasó el vídeo en blanco y negro, en el que se veía la calle desierta cubierta de nieve y la verja de la casa.

—¿Qué es eso? —dijo Erika, al ver una rápida sombra negra a las 09:51.

—Un gato subiéndose a la verja —explicó McGorry.

—Marissa tenía un gato —dijo Kay—. Se llama Beaker.

—¿Lo interrogaste? —preguntó uno de los agentes uniformados.

—Vete a la mierda —dijo Kay.

—¡Silencio! —ordenó Erika.

—Aquí está —dijo McGorry. Una figura vestida de negro con una máscara de gas aparecía en el encuadre junto a la verja, moviéndose con sigilo y determinación por la nieve, aunque tambaleándose sobre la superficie resbaladiza. Llegaba a la verja y alzaba la mirada hacia la casa. Luego seguía adelante, pasando de largo, y desaparecía en las sombras del callejón.

—Joder —dijo Erika.

—Bueno, ahora adelantamos siete minutos —dijo McGorry, mientras el sello de tiempo giraba en el vídeo a toda velocidad—. Ahí puede ver a Marissa Lewis llegando a casa.

Marissa aparecía en la verja. Toda la sala quedó en silencio. Muchos ya habían visto el vídeo, pero la impresión era igualmente impactante la segunda vez. Marissa abría la verja y la cruzaba, desapareciendo en el jardín. Diez segundos después, la figura de la máscara de gas emergía de las sombras sujetando un largo cuchillo y se acercaba a la verja. La cruzaba rápidamente y luego quedaba engullida por la oscuridad.

—La cámara no capta nada de lo ocurrido en el jardín —dijo McGorry—. Cuatro minutos después, él vuelve a salir.

—¿Está seguro de que no hay nada? —preguntó Erika.

—Lo he mirado varias veces a cámara lenta. No hay nada; la cámara no capta nada.

Avanzó el vídeo hasta que la figura salía otra vez con el cuchillo chorreante, se detenía un momento en la verja y echaba la mirada atrás.

—Ahora limpia el cuchillo con un trapo que oportunamente llevaba encima. Se guarda en el bolsillo el cuchillo con el trapo e inmediatamente gira a la derecha, saliendo del encuadre. —Todos permanecían en silencio alrededor de Erika—. A partir de aquí pierdo su rastro; no hay cámaras de vigilancia en la zona residencial. Podría haber subido a un coche que no aparece en las imágenes o haberse metido en una casa, eso no lo sabemos.

—Vuelva atrás —dijo Erika, indicándole que parase el vídeo en el momento en que el hombre salía por la verja. Durante un momento, había una imagen clara de la máscara de gas. Ella se levantó y fue a su mesa, donde tenía una copia de la nota enviada a Joseph Pitkin. La sostuvo junto a la pantalla, mirando la máscara dibujada a mano con un bolígrafo negro.

—¿Parece una máscara de tipo similar? —dijo.

—No lo sé. Quizá se trate de una antigua máscara de gas militar —dijo McGorry.

—Hemos de buscar los retratos robot que elaboraron las personas atacadas por ese hombre. Y si no lo hicieron, tenemos que volver a interrogarlas y ponerlas a trabajar con un dibujante. Además, ahora que disponemos de estas imágenes con la fecha y con el sello de tiempo, debemos hacer un nuevo recorrido puerta a puerta por las casas contiguas a la de Marissa, por si alguien vio algo. Un trabajo excelente.

—Lo he hecho con Kay —dijo McGorry, sonriendo. Uno de los teléfonos empezó a sonar al fondo. Moss se apresuró hacia allí para responder.

—Excelente trabajo de ambos.

—Jefa —dijo Moss, tapando el auricular con la mano—. Ha habido otro ataque del hombre de la máscara de gas. En West Norwood, a primera hora de la mañana. Un chico joven que iba de camino al trabajo.

37

Jason Bates había sido trasladado por la policía al Centro de Atención de Agresiones Sexuales de Camberwell. Erika se dirigió allí sola y llegó a primera hora de la tarde. Era un pequeño edificio anodino situado junto a la calle principal. La recibió un agente corpulento de tupida barba en una puerta sin distintivos a un lado del edificio.

—¿Han podido encontrar alguna prueba? —preguntó Erika.

—Bueno, han examinado a la víctima y le hemos tomado diferentes muestras.

—¿Han encontrado algo útil?

—Sangre.

Erika asintió; no quería mostrar su entusiasmo.

—¿Puedo hablar con él?

—El inspector jefe del caso está ahora con él. Ha sufrido una experiencia terrible. Está tremendamente traumatizado.

—Lo sé, pero el caso de asesinato en el que estoy trabajando acaba de solaparse con este.

El agente asintió.

—Espere aquí un momento, por favor.

Erika tomó asiento en un banco del largo pasillo. El agente cruzó una puerta con el rótulo «SALA DE ADMISIÓN», que era una sala de exploración segura desde el punto de vista forense, totalmente esterilizada y con superficies de plástico impolutas, para evitar que pudieran contaminarse las pruebas.

Erika echó un vistazo al pasillo. Había fotografías de un prado verde y varios sacos de especias orientales de vistosos colores que habían colgado con la intención de diluir la atmósfera hospitalaria. Se abrió otra vez la puerta y el agente salió con el inspector jefe Peter Farley, un hombre de mediana edad y pelo encanecido. Erika mostró su placa.

—Hola, Erika, me alegro de conocerla —dijo él, y la llevó a una pequeña habitación que, una vez más, estaba disimulada infructuosamente con pósteres y plantas.

Una enfermera se hallaba sentada junto a un chico joven que tenía una manta sobre los hombros. Sus pies descalzos asomaban por debajo de una bata larga de papel. A su lado había una taza de té intacta. Era delgado, con el pelo rubio rojizo y cejas claras. Tenía el ojo izquierdo inyectado en sangre a causa de un derrame, el labio cortado y la nariz cubierta de sangre seca. Los dos ojos estaban amoratados. Al verles entrar, se removió en su asiento con una mueca de dolor.

—Esta es Erika, una colega mía —dijo Peter.

Jason la miró y asintió.

—¿Qué puede decirme de la persona que le ha hecho esto? —preguntó ella.

El chico tragó saliva con dificultad, haciendo otra mueca.

—Era alto. Yo mido uno setenta y cinco, pero creo que él era más alto que yo. Llevaba una máscara de gas.

—¿Podría describirla?

Jason se la describió. Luego le explicó todo lo sucedido: que al atacante casi se le había caído la máscara de la cara y que se había cortado con los cristales del marco de la puerta.

—De ahí es de donde hemos obtenido una muestra de sangre para analizar el ADN —dijo Peter.

El chico prosiguió.

—Él... me ha forzado... —Una lágrima apareció en su ojo enrojecido y rodó por su mejilla. Erika fue a cogerle la mano, pero él la apartó—. Me ha puesto... la máscara muy cerca de la cara. Le he visto los ojos, eran pequeños y oscuros... y el blanco..., incluso le he visto el blanco de los ojos. Entonces... me ha violado. —Le entró una arcada y se dobló sobre sí mismo, agarrándose el estómago. La enfermera sacó un pañuelo y se lo dio para que se limpiara la boca.

—Deberíamos dejarlo aquí —le dijo a Erika.

—No —dijo Jason, limpiándose y estrujando el tisú en una bola—. Quiero hablar con ella.

La enfermera asintió.

—Gracias, Jason. Entiendo que esto es muy duro para usted —dijo Erika.

—Usted no lo entiende. El muy hijo de puta se ha puesto un condón... —Se restregó los ojos—. Era fornido, robusto. —Alzó la mirada hacia el techo, meneando la cabeza con incredulidad.

Erika miró a Peter. Quería saber si habían conseguido obtener muestras de semen, pero él negó con la cabeza.

—¿Alguna cosa más? ¿Cualquier detalle, por insignificante que parezca? —preguntó Erika.

—Iba todo vestido de negro. Con un largo abrigo negro, botas negras, la máscara. Unos gruesos guantes de cuero... Cuando se ha quitado uno de los guantes, me ha tocado.

—¿Dónde?

—Me ha tocado la garganta. El cuello, para notar mi pulso...

—¿Qué más puede decirme de la máscara? —preguntó Erika.

—Era una máscara de gas..., no sé, como las que se usaban en la guerra. Había unos cuadrados blancos en el aparato para respirar, en esa parte redonda por donde le salía el aliento... —Jason cabeceó, entornando los ojos—. Apenas había luz para ver bien. Pero he notado un olor en su aliento cuando se ha acercado. Un olor químico, industrial, como de esmalte de uñas. No sé.

—Está bien. Gracias, Jason.

Al salir, Erika llamó a Moss, que estaba en el centro de coordinación, y le transmitió la información, añadiendo que tenían una muestra de ADN de la sangre hallada en un cristal.

—Quiero que le tomen una muestra de ADN a Don Walpole. Envíe a un agente con un kit para hacerle un frotis de la boca.

—Anoche estuvo en el Matrix Club con Peterson, ¿verdad? ¿Qué tal fue? —preguntó Moss.

Erika le resumió lo sucedido y luego le explicó que había ido a ver a la señora Fryatt y a Don Walpole para indagar sobre los pendientes.

—Yo acabo de revisar el informe forense y lo que encontraron los agentes en la casa de Marissa Lewis —dijo Moss— y no hay ningunos pendientes. También le he pedido a Tania que se lo preguntara a Mandy Trent, pero ella dice que no sabía que Marissa tuviera unos pendientes tan tremendamente caros.

—De acuerdo. Ah, si mira en mi mesa, verá que está mi contestador automático.

—Vale. No sé si entiendo por qué lo ha traído aquí...

Erika le explicó lo que había ocurrido con el *Evening Standard* y lo del extraño mensaje de esa noche.

—Hay chalados de sobras en este mundo que seguramente tienen mi número y quieren darme un susto. ¿Quiere comprobar el número simplemente? Es de un teléfono móvil; lo he dejado anotado sobre mi mesa.

—Claro. Una cosa más, jefa. Han llamado del University College Hospital. Ivan Stowalski sigue inconsciente. Su esposa, Ezra, está allí con él.

—Bien, estoy relativamente cerca. Iré a ver qué puedo sacarle a la mujer. Será interesante escuchar su versión de la historia. Manténgame informada.

38

*E*zra Stowalski era una mujer menuda con el pelo corto y claro y una cara amable de expresión agobiada. Habían instalado a Ivan en una habitación de la última planta del hospital y, cuando Erika llegó, una enfermera estaba sacándole sangre del brazo. Ella esperó a que terminara y luego sacó su placa y se presentó.

—Lamento mucho todo lo que ha ocurrido —dijo.

—¿Por qué no lo dejó allí? —dijo Ezra, con súbita irritación—. ¿Por qué tuvo que derribar la puerta y salvarlo? —Tenía un ligero acento, pero pronunciaba cada palabra correctamente.

—Estoy adiestrada para salvar vidas.

Ezra miró a Ivan. Tenía la piel gris y estaba conectado con cables y tubos a un montón de máquinas. Su pecho ascendía y descendía con el silbido de un respirador. Ezra apartó la mirada de él y cerró los ojos con expresión dolida.

—Yo no sabía nada. No sabía que iba a marcharse con ella. Mire si soy idiota…

—No, no lo es.

—¿También está adiestrada para complacer a la gente?

—Eso no se me da nada bien. Algo debe andar mal hoy.

Ezra sonrió.

—¿Usted sabía que él tenía una aventura?

—Sí.

—¿Cómo empezó todo?

—Ella metió un folleto en el buzón, preguntando si alguien necesitaba una persona para limpiar o planchar. Su madre nunca cuidó de ella. Yo me compadecí. Me pareció admirable que quisiera salir por sí misma de la situación en la que estaba. Le pregunté si quería venir a planchar… —La mujer echó un vistazo a Ivan—. Nunca se me ocurrió que se liaría con una chica joven.

—¿Cuándo fue eso?

—Hace un año, quizá más.

—¿Usted le plantó cara a Marissa?

—No. Me daba miedo hacerlo, y me alegraba de que él no…, no quisiera nada conmigo. Llevábamos un tiempo durmiendo en habitaciones separadas. Escondí la cabeza bajo el ala. Aunque nunca pensé que él fuese a dejarme, que planeara abandonarme tan cruelmente. El engaño podía sobrellevarlo; son las mentiras y la falta de respeto a nuestra vida juntos lo que me duele.

—¿Por qué ha vuelto?

—Por los votos que hice en nuestra boda —dijo ella, volviendo a mirar a Ivan. Aunque no sonaba del todo convencida.

—¿Qué estuvo haciendo su marido en Nochebuena, después de las ocho de la noche?

—Estaba trabajando. Yo me puse a hacer las maletas.

—¿Por qué salieron tan tarde para dirigirse al norte a casa de sus padres? Se fueron alrededor de las once de la noche.

—¿Cómo sabe a qué hora salimos?

—Tenemos imágenes de videovigilancia de su coche saliendo del centro a las once y media y dirigiéndose al norte.

—¿Piensa que él la mató? —preguntó Ezra, abriendo mucho los ojos. Erika no respondió.

—¿Qué hizo Ivan entre las ocho y las diez y media?

—Él me dijo que tenía trabajo pendiente.

—¿En Nochebuena?

—Su trabajo nunca para. Siempre tiene que trabajar por las noches y durante el fin de semana.

—¿Usted dónde estaba preparando las maletas?

—Arriba, en el dormitorio.

—¿Y dónde trabaja Ivan cuando está en casa?

—En la cocina.

—¿Usted subía y bajaba por las escaleras mientras preparaba las maletas? —preguntó Erika.

—No. Terminé lo que tenía que hacer abajo hacia las nueve y luego me quedé arriba, en el dormitorio, mirando la televisión.

—¿Vio a Ivan trabajando en la cocina entre las nueve y las diez y media?

—No. Esperé arriba… Quizá me quedé dormida, estaba dando cabezadas. Esa es más o menos la hora en la que fue asesinada, ¿no?

—Sí, eso creemos. ¿Hubo algo fuera de lo normal en Ivan esa noche? ¿Y hay algo más que quiera contarme? ¿Era celoso? ¿Controlaba obsesivamente quiénes eran sus amigos o con quién hablaba?

—No. Al menos conmigo… Yo pensaba que era solo una estúpida aventura. No sabía que él fuese en serio con ella. Que quisiera tener un futuro con ella. Que la amara. Quizá sí la mató. Lo cual solo viene a demostrar que realmente no conoces a la persona con la que compartes tu vida. —Extendió la mano y subió las mantas en torno a la barbilla de Ivan—. No se merece despertar. ¿Es malo que lo piense? —preguntó.

Erika tampoco respondió esta vez.

$\mathcal{M}$cGorry llamó al timbre de Don Walpole unos minutos después de las cinco. Iba flanqueado por dos agentes uniformados, uno de los cuales llevaba un kit portátil de ADN. La calle estaba tranquila y la nieve se estaba derritiendo, dejando una capa de lodo gris. Se inclinó y volvió a pulsar el timbre. Oyó el sonido de la campana en el interior de la casa. Retrocedió, fue a la ventana y atisbó entre las cortinas.

—No hay nadie —dijo. Los dos agentes removían los pies para combatir el frío. McGorry sacó su móvil y marcó el número de Don. Saltó directamente el contestador automático. Unas puertas más allá, un viejo fumaba en el extremo de su sendero, con un cenicero en equilibrio sobre el poste de la verja. McGorry salió del jardín de los Walpole y se acercó al hombre.

—¿Conoce a las personas que viven ahí? —preguntó. El viejo dio una calada a su cigarrillo, formó una «O» con los labios y expulsó el humo, asintiendo.

—Sí. Don y Jeanette.

—¿Los ha visto hoy?

—Se han ido esta tarde, hace cosa de una hora. Iban con prisas.

—¿Cómo lo sabe? ¿Qué quiere decir exactamente?

—Se movían deprisa... ¿Usted ha visto alguna vez a Jeanette? Es una mujer muy gruesa. No se mueve deprisa.

—¿Han dicho cuándo volverían?

—¿Qué se cree que es esto? Aquí la gente no habla. Yo solo los he visto salir.

—¿Se han ido en coche?

El viejo asintió.

—¿Llevaban alguna maleta?

—No.

—Mierda —dijo McGorry—. Gracias.

Mientras se alejaba, oyó que el hombre encendía otro cigarrillo y mascullaba:

—Qué pandilla de inútiles; hacen falta tres para llamar a una puerta.

40

*P*asaban de las seis cuando Erika salió del hospital y cayó en la cuenta de que no había comido ni bebido nada en todo el día. Caminó hasta el Starbucks de enfrente y se puso en la cola para agenciarse un sándwich y un capuchino. Había mucha gente y al principio pensó que se los llevaría al coche, pero estaba exhausta y, además, afuera hacía frío. Necesitaba sentarse diez minutos para pensar en las novedades del caso. ¿Tenía Ivan algún motivo para matar a Marissa? Desde luego se sentía lo bastante culpable para haber intentado matarse.

Todos los asientos estaban ocupados, la mayor parte por críos de veintitantos que chateaban con sus móviles o trabajaban con sus portátiles. Al fondo, encontró una mesita con tres grandes butacas alrededor. Una pareja de adolescentes ocupaba dos de ellas, cogidos de las manos e inclinándose para hacerse carantoñas y besarse. En la tercera butaca había unas bolsas amontonadas.

—Disculpen —dijo Erika—. ¿Puedo sentarme aquí?

El chico estaba besando a la chica. Abrió un ojo para mirarla, pero siguió a lo suyo.

—¡Eh, les estoy hablando! ¿Podrían quitar las bolsas? —dijo Erika, mostrando que tenía las dos manos ocupadas.

La pareja se separó y la chica, con un exasperante tonillo irónico, respondió:

—Ay, lo siento. Es que, o sea, va a venir un amigo. —Y se volvió para seguir besando a su novio.

—¿Cuándo viene su amigo?

—No sé. Pronto.

—Bueno, hasta que él venga, ¿puedo sentarme aquí?

La chica se echó hacia atrás, con ojos escandalizados.

—Mire, señora, acabo de decirle que ahora va a venir un amigo, ¿vale? Me está incomodando.

Su tono condescendiente sacó a Erika de quicio. Dejó ruidosamente la taza de café y el sándwich sobre la mesa, cogió las bolsas y las tiró al suelo.

—Eh, qué maleducada. Y, además, hay cosas muy caras en esas bolsas. ¿No ve que son del Apple Store? —dijo el chico.

Erika se sentó, desgarró el envoltorio del sándwich y dio un mordisco.

—Disculpe —dijo la chica, llamando a un camarero que llevaba un recipiente de plástico lleno de tazas usadas—. Esta mujer se ha portado con grosería y agresividad y ha maltratado las bolsas de nuestras compras. ¡Las ha tirado al suelo!

El joven camarero pareció quedarse engatusado por la mirada de la chica y se volvió hacia Erika, que, con su abrigo y sus zapatos embarrados, y el sándwich metido en la boca, ofrecía una estampa más bien desaliñada.

—Lo lamento, señora. Si es así, voy a tener que pedirle que se vaya.

Erika masticó un bocado y alzó la vista hacia el joven camarero, que la taladraba con una sonrisa firme y condescendiente. Acabó de masticar y tragó el bocado.

—No.

—¿Disculpe?

—Que no. No me voy.

—Él acaba de decirle como que se marche —dijo la chica con indignación—. ¿Sabe que las cafeterías te admiten en su local hasta que decidan otra cosa? O sea, es la ley. —El novio asintió con solemnidad.

Erika dio otro mordisco a su sándwich y luego un sorbo de café.

—¿Tengo que ir a buscar al encargado? —preguntó el camarero.

Ella se metió la mano en el bolsillo y sacó su placa.

—Soy la inspectora jefe Erika Forest. Le sugiero que siga recogiendo tazas. ¿No ve el desbarajuste que hay en las mesas? Y ustedes... tendrían que aprender putos modales.

—¿Qué? ¡A mí no me puede hablar así! —dijo la chica.

—Podemos hablar como nos dé la gana. Esto es una democracia. Naturalmente, como agente de policía, tengo la potestad de detener y registrar. Puedo detenerla si me apetece. Usted podría haberme cedido el asiento libre; pero no, forma parte de esa llamada nueva generación que cree que puede hacer absolutamente lo que se le antoje. Recoges lo que siembras. Usted ha sido grosera conmigo y yo, a cambio, podría complicarle mucho la vida. O bien pueden largarse todos de una puta vez y dejarme sentar en esta butaca diez minutos para que me coma mi sándwich en paz.

La chica y el chico se levantaron y recogieron sus bolsas, observados por la gente de las mesas circundantes. El camarero la miró fijamente, porque no parecía convencido de que ella estuviera en su derecho de hacer aquello como agente de policía, y al final se fue hacia la caja registradora.

Erika se comió el resto del sándwich a toda prisa, bajo las miradas de los demás clientes; luego cogió la taza y salió, antes de que algún encargado fuese a hablar con ella.

41

*E*rika volvió al aparcamiento donde había dejado el coche, con el corazón todavía palpitante tras el incidente en el café. Se sentó al volante y encendió la calefacción, restregándose las manos para entrar en calor. La nieve se arremolinaba en el exterior, y el aire caliente y la comodidad del asiento hicieron que el cansancio se apoderase de ella. Se repantigó y cerró los ojos.

Parecía que solo hubieran transcurrido unos segundos cuando sonó el móvil. Se había quedado dormida y estaba sudando bajo el abrigo. Eran casi las ocho. Sacó el móvil y respondió medio atontada.

—Jefa, ¿está bien? —preguntó Moss.

—Sí —dijo ella, aclarándose la garganta.

—Acabamos de recibir una llamada del University College Hospital. Ivan Stowalski murió hace una hora.

—Mierda… acabo de salir de allí.

—¿Cree que era un sospechoso factible? Por lo que hemos sabido, era un hombre apocado; Marissa lo tenía dominado.

—Estaba obsesionado con ella —dijo Erika—. Y esos tímidos calladitos pueden enloquecer igual que los más impetuosos.

Hubo un silencio durante unos momentos.

—¿Sigue ahí? —preguntó Moss.

—Sí. Es que ha sido un día muy largo, y enterarse de que uno de nuestros sospechosos ha estirado la pata nunca es buena noticia.

—Sí, siempre es menos gratificante tener que demostrar que el culpable era el muerto —dijo Moss.

Erika bajó la ventanilla para que entrase un poco de aire fresco en el ambiente cargado del coche.

—Bueno, gracias por avisarme. Seguimos mañana.

Acababa de colgar, y aún tenía el teléfono en la mano, cuando volvió a sonar.

—Hola, ¿Erika Foster? —preguntó una voz femenina.

—Sí. ¿Quién es?

—La llamo del Centro de Salud del Saint Thomas's Hospital. Por protección de datos, ¿podría darme su fecha de nacimiento?

A Erika todavía le daba vueltas en la cabeza la noticia de la muerte de Ivan.

—Un momento, ¿para qué me llama?

—Necesito su fecha de nacimiento antes de decir nada más sobre sus datos clínicos.

—14 de agosto de 1972.

—¿Y su código postal?

—SE23 3PZ.

—Gracias. La llamo por su análisis de sangre. El doctor Isaac Strong nos envió las muestras ayer y nos pidió que la avisáramos cuando tuviésemos los resultados….

El tono de la enfermera le causó a Erika un estremecimiento de pánico. Pensó en la última vez que le habían hecho un análisis de sangre. Mientras trabajaba en el caso del asesinato de Andrea Douglas-Brown, se había producido un desagradable incidente cuando un chico le había dado un mordisco. Al cabo de tres meses, le habían hecho un análisis que por suerte no había mostrado nada preocupante. Apagó la calefacción.

—¿Sigue ahí, Erika?

—Sí.

—Le complacerá saber que no hay nada nocivo en su sangre pese a haber estado expuesta a altos niveles de monóxido de carbono. Todos los análisis son correctos. No obstante, los niveles de estrógenos en sangre son muy bajos. ¿Puedo preguntarle si todavía tiene el período con regularidad?

Erika apagó el motor del coche y se devanó los sesos para recordar cuándo había tenido la última regla.

—Creo que fue hace seis u ocho semanas.

—Bien. ¿Ha tenido sexo en este último mes?

—No.

—De acuerdo. Yo le recomendaría que se haga una revisión con su médico. Es posible que sea premenopáusica, pero todos los signos indican que ha empezado la menopausia.

—¿La menopausia?

—Sí —dijo la enfermera, con un tono más cálido—. Está en el rango de edad. Es de prever que sus niveles de estrógenos se vayan reduciendo a partir de los cuarenta. ¿Ha tenido algún otro síntoma? Caída del cabello, sequedad de la piel y de la vagina, calores, sudoración nocturna, cambios de humor... ¿Me ha dicho que tiene períodos irregulares?

Erika se llevó la mano a la cabeza y abrió un poco la puerta del coche. Entró una oleada de aire frío.

—Mire, estoy en el trabajo. ¿Puedo llamarla después?

—No hay motivo de alarma, Erika. Solo quería informarla; todos los parámetros en su sangre muestran que está en perfecto estado de salud. Los niveles de hierro son correctos. Desgraciadamente, la menopausia nos llega a todas.

Erika le dio las gracias y colgó. El *shock* de lo que acababa de oír la afectó profundamente. Había pasado tanto tiempo trabajando, concentrándose en su carrera, superando un día tras otro..., y ahora esto era un punto final, un callejón sin salida. Su cuerpo ya no sería capaz de darle hijos.

Arrancó el motor y volvió hacia el sur de Londres. Pensó largo y tendido en su vida; también en la velada que había pasado con Peterson. Ella no quería tener un hijo con él, pero se había sentido bien a su lado y, pese a que su salida la noche anterior había obedecido a motivos profesionales, había disfrutado de su compañía. Intentó contactar con él, pero su móvil sonó varias veces y luego saltó el buzón de voz. Lo intentó en la comisaría, pero Crane le dijo que Peterson ya se había ido a casa. Ahora, bruscamente, le parecía urgente aclarar las cosas con él; interrumpir este extraño limbo: quizá incluso reactivar la relación entre ambos.

Llamó a la puerta de su casa unos minutos antes de las nueve. Él vivía en un bloque de pisos situado en Ladywell, un poco lejos del suyo, en Forest Hill. Al cabo de unos momentos, Peterson abrió la puerta. Iba con tejanos y camiseta, y llevaba en brazos a un niño mestizo que debía tener seis o siete años.

—Hola —dijo Erika, mirándolos con perplejidad a ambos. El niño le dirigió una sonrisa dentona. Era muy mono y llevaba un pijama de Spiderman.

—Hola, Erika —dijo Peterson. Había una expresión de sorpresa en su rostro, pero luego sus ojos se entornaron con inquietud al ver lo pálida y turbada que estaba ella.

—Papi, el agua se va a salir de la bañera —dijo el niño.

Una mujer rubia de treinta y tantos apareció a su espalda.

—¿Quién es, James? —preguntó, mirando a Erika con suspicacia.

—¿Por qué te acaba de llamar «papi»? —preguntó Erika, sujetándose en el marco de la puerta.

—Porque es mi papi —dijo el niño.

Hubo un silencio horrible.

—Fran, ¿puedes llevarte a Kyle y cerrar el grifo de la bañera? —dijo Peterson.

La mujer lo miró nerviosamente y cogió al niño en brazos.

—¿Esta es…? —preguntó.

—¿Cómo que «esta»? —empezó Erika.

—Vale, vale. Vamos a hablar fuera —dijo Peterson, llevándola al corredor. Erika lo miró fijamente.

—¿Tienes un hijo?

Él asintió.

—¿Cuántos años tiene?

—Cinco.

—¿Qué? ¿Cómo? —dijo ella, atónita.

—Lo descubrí hace solo dos semanas, Erika.

—Y esa mujer… ¿es su madre? ¿O quién es?

—Fran fue novia mía; rompimos en 2012, un par de meses antes de los Juegos Olímpicos.

—¿Qué tienen que ver las putas Olimpiadas? —gritó ella.

—¡Te estoy diciendo que fue hace mucho tiempo! Rompimos y ella se fue a trabajar a Alemania. Es diseñadora gráfica. Y descubrió demasiado tarde que estaba embarazada.

—¿No te lo dijo?

—No.

—¿Y ahora está en tu piso y le preparas baños a su niño? ¡Y me sacas al puto pasillo para decírmelo!

—Erika, no sabía cómo ibas a reaccionar.

—¡Eso no me sirve de nada! —gritó ella. Lo miró fijamente mientras sus ojos empezaban a llenarse de lágrimas.

—He estado intentando decírtelo. Lo intenté en el trabajo y luego la otra noche, cuando fui a tu casa, pero salimos y solo nos dedicamos a trabajar; y al final, tomamos un café, pero resultó que tenías que irte.

—¡Deberías haberle echado más huevos, puto cobardica! Y ahora tengo que enterarme así, cuando paso por tu casa de sorpresa.

—¿Quién se presenta así, hoy en día, sin avisar antes? ¿Qué te esperabas?

—Te he llamado al móvil, James.

—¿Y por qué no al teléfono fijo?

—No me sé tu teléfono fijo.

—Si no te molestaste en aprenderte mi puto número, no es problema mío.

Erika le dio una bofetada. Ambos se quedaron paralizados. Una puerta se entreabrió en el pasillo, con la cadena puesta, y una viejecita atisbó por la ranura.

—¿Va todo bien, James?

Él se giró hacia ella.

—Sí, perdone, Doris. Todo bien. Solo estamos...

Oyó a su espalda que se cerraba la puerta comunitaria y vio a Erika caminando hacia su coche. Salió corriendo tras ella.

—¡Erika!

Pero ella arrancó y se alejó a toda velocidad, virando peligrosamente en la calzada nevada. Él miró cómo desaparecía su coche en lo alto de la cuesta.

—Mierda —musitó, bajando la vista a sus pies descalzos sobre la nieve.

42

A Isaac Strong le encantaba hacer pan. Para él, resultaba profundamente relajante arremangarse la camisa y ponerse a amasar. Le encantaba su cocina, que estaba decorada con mucho gusto en tonos blancos: armarios, suelos, paredes, encimeras. El súmmum era el gran fregadero Butler blanco, que había costado una fortuna. No habría podido soportar nada de acero inoxidable, un material que ya veía de sobras en el trabajo. Mientras amasaba, iba escuchando en la radio *The Gardener's Question Time*. Una joven muy seria explicaba que tenía muchos problemas con sus plantas de interior, porque estaban infestadas de cochinillas blancas. Estaba escuchando el programa a través de la aplicación BBC iPlayer del móvil, pero la emisión se interrumpió bruscamente cuando el teléfono empezó a sonar. Vio que era Erika y respondió con el codo, sin dejar de amasar.

—¿Estás en casa? —preguntó ella, con una voz extraña y soñolienta.

—Sí, claro.

—Yo estoy en la puerta.

Al abrir, vio a una Erika que no había visto nunca. Tenía los ojos enrojecidos y llenos de lágrimas. Parecía deshecha. Él no dijo nada, la atrajo hacia sí y la abrazó. Luego entraron y fueron a la cocina.

—¿Una copa? —preguntó él, cogiendo una botella de whisky.

—Por favor.

Erika se sentó a la mesa.

—Es James Peterson. Tiene un hijo…

—¿Qué?

Ella se puso a contarle la historia. Isacc la escuchó, le sirvió más whisky, continuó escuchando.

—Yo nunca pensé que nosotros fuéramos a tener hijos juntos —concluyó—. Y me constaba, porque él me lo había dicho, y por las veces que he visto a su madre, que James quería tenerlos… Pero había una parte egoísta en mí que pensaba que tal vez acabaríamos siendo una pareja sin hijos… Ya sabes, una pareja feliz y satisfecha.

Isaac alzó una ceja.

—Para una persona tan inteligente como tú, Erika, esa es la cosa más estúpida que te he oído decir.

Ella estalló en carcajadas y se secó los ojos.

—Cuando ha abierto la puerta, parecía tan contento… Ejercía de padre. Y le sentaba bien. Y hay un niño pequeño que ahora tiene padre. Yo nunca podría borrar eso.

—Tampoco deberías.

Erika asintió y dio otro sorbo. Hizo una mueca.

—Este mejunje es asqueroso.

—No has dicho lo mismo de los dos primeros vasos. Y este «mejunje» es un Chivas-Regal de veinticinco años.

—Sabe a Benadryl.

—¿Prefieres una cerveza?

—Sí, por favor.

Isaac fue a la nevera, sacó una y la abrió.

—Gracias —dijo Erika cuando él se la dejó delante. Dio un largo trago y se secó la boca—. Ay, Dios. Qué desastre. Yo tengo que seguir trabajando con James. Él debe habérselo contado a Moss, porque ella me estaba preguntando antes si habíamos podido mantener una «charla» la otra noche. Vete a saber desde cuándo lo sabe. ¿Y qué hay del resto del equipo? ¿Todos lo sabían y yo era la única que estaba *in albis*?

—Vamos, estamos hablando de Moss. No creo que te lo haya ocultado por malicia. Ella es una persona leal. De principio a fin… ¿Cómo se llama el hijo de Peterson?

—Kyle. Parecía muy dulce.

—¿Y la novia, o la madre?

—Se me ha olvidado su nombre… —Erika dio otro largo trago de cerveza—. Es guapa, y parece bien situada.

—¿Cómo se ve si una persona está bien situada?

—Llevaba un jersey sobre los hombros, estilo catálogo de moda, y tenía el pelo alisado y lustroso.

—¿Y si resulta que es una modelo de catálogo?

Erika lo miró.

—¿Y si estaba ensayando para conseguir un trabajo?

—Una zorra de catálogo —dijo Erika con aire lúgubre, arrancando la etiqueta de la cerveza.

—No sigas por ese camino, Erika. Tú tienes más categoría. Y luego el mote «Zorra de Catálogo» se te quedará grabado en la cabeza y acabarás soltándoselo en la cara en el momento menos indicado.

Erika miró fijamente la pared con expresión sombría y luego se restregó los ojos.

—Tienes razón.

Isaac volvió a la encimera, cogió la masa y la tiró al cubo de basura; luego empezó a limpiar los restos de harina.

—¿Cómo va el caso?

—Impenetrable —dijo ella, apurando el resto de la cerveza. Isaac fue a la nevera y le trajo otra.

—¿Tú no vas a beber conmigo? —preguntó ella.

—Estoy tomando antibióticos. Tengo una infección en el pecho.

—Se han solapado dos casos. El del asesinato y ahora otro relacionado con un hombre con una máscara de gas que ataca a sus víctimas cerca de las estaciones de tren a última hora de la noche o primera hora de la mañana. Estoy perdida en ambos casos. —Su móvil empezó a sonar y vio que era Crane—. Perdona, tengo que responder. ¿Sí?

—Jefa, siento llamarla tan tarde. He recibido los datos sobre ese número desde el que llamaron a su casa de madrugada. Es un teléfono de prepago registrado a nombre de un tal Edward Foster. ¿Le suena?

Erika se quedó helada.

—Oh, sí, Dios mío. Es mi suegro.

43

*E*rika hizo unas llamadas y descubrió que Edward había sido ingresado en el Manchester Royal Infirmary Hospital en las primeras horas de la madrugada. Había sufrido una caída y le habían tenido que implantar de urgencia una prótesis de cadera. Después, había habido complicaciones y lo habían trasladado a cuidados intensivos.

Era tarde, pero Isaac se ofreció a llevarla a Mánchester, recordándole que ella estaba muy por encima de sus límites. Él había metido algunas cosas en una bolsa de viaje, pero ella no quiso perder más tiempo volviendo a su piso, así que emprendieron la marcha inmediatamente.

La nieve caía sin cesar y Erika permanecía en silencio en el coche. Cuando llegaron a la M25, apareció al fondo un rótulo enorme que decía «AL NORTE». Al pasar por debajo en la autopista sumida en las sombras, ella sintió temor y agitación. Esta iba a ser la primera vez que volvía a Mánchester desde la muerte de Mark.

—¿Qué vamos a hacer cuando lleguemos al hospital? —dijo Isaac, mirando el GPS del salpicadero.

—Voy a pedir que me dejen ver a Edward, por supuesto.

—El GPS dice que llegaremos allí pasadas las tres de la madrugada. No te dejarán entrar.

—¿Qué crees que deberíamos hacer?

—¿Dónde vive Edward? —preguntó Isaac, encendiendo el limpiaparabrisas.

—En Slaithwaite; es un pueblecito de Yorkshire, a una hora de Mánchester.

Isaac introdujo los datos y esperó a que el GPS recalculara la ruta.

—Aquí dice que podemos llegar a Slaithwaite algo más temprano que a Mánchester...

—Edward me dijo que estaba nevando en el pueblo —dijo Erika, atisbando por el parabrisas entre la nieve arremolinada que iluminaban los faros.

—Entonces, ¿prefieres que nos quedemos en un hotel cerca del hospital?

Erika pensó en lo cerca que estaba el Manchester Royal Infirmary de la casa que poseía en la ciudad: la casa en la que había vivido con Mark y que ahora estaba alquilada. Quedaba a menos de cinco kilómetros. Ella no había estado allí desde la muerte de Mark. Por esa misma zona vivían varios amigos de ambos, gente a la que no había visto desde entonces. Las varillas del limpiaparabrisas barrían el cristal rítmicamente y los asientos de cuero recalentados del Jeep Cherokee de Isaac la estaban adormilando.

—No, vamos a Slaithwaite —dijo.

Isaac puso la radio con el volumen bajo y empezó a sonar el murmullo de un presentador de noticias. Erika pensó en la casa que había compartido con Mark. Ella había salido de allí aquella mañana, la mañana de la redada en una guarida de drogas situada en las afueras de Mánchester. Un tremendo tiroteo había acabado con Mark y otros cuatro agentes de su equipo: agentes a los que consideraba amigos. Ella conocía a sus viudas, una de las cuales había sido miembro del grupo civil de apoyo de ese mismo equipo.

El noticiero de la radio pasó a un reportaje sobre combates en Oriente Medio y empezó a oírse un fragor lejano de disparos. Isacc giró el dial y puso una emisora de música.

Erika había sido alcanzada en el tiroteo: una bala le había traspasado el cuello, sin tocar por poco las arterias principales. La habían trasladado en helicóptero al hospital y había pasado dos semanas en cuidados intensivos, salió justo a tiempo para asistir al funeral de Mark. No había vuelto a la casa. Había hecho que una empresa de mudanzas sacara todas sus cosas y las dejara en un almacén.

A ella misma le había sorprendido lo fácil que le había resultado embalar toda su antigua vida. Unas cuantas llamadas y un buen montón de dinero en efectivo habían bastado para no tener que lidiar con todo aquello. La casa estaba ahora alquilada a unas personas que no conocía.

El coche siguió avanzando a través de la nieve, sumiéndola en un sueño exhausto.

Era temprano cuando había salido de casa el día de la redada —antes de las siete—, pero estaban en verano y el sol se colaba a través de las ventanas de la cocina. Ella había recogido su teléfono de la mesa de la cocina. Había fruta en un cuenco, una manzana y un plátano, y dos entradas sobre la encimera para ir a ver juntos aquella noche una película de Woody Allen, Magia a la luz de la luna.

Erika había tenido la oportunidad de pasarle el caso a otro equipo, pero se había aferrado a él como un perro a un hueso. Llevaba dos años rastreando al narcotraficante Jerome Goodman y quería atrapar a aquel hijo de puta.

Pero ¿adónde la había llevado esa decisión? Había asumido el riesgo y había perdido a su marido y a cuatro compañeros, y casi su propia vida. Aunque la vida que le había quedado después no era nada del otro mundo. Y para colmo, Jerome Goodman había desaparecido. Aún seguía en libertad. Aún andaba suelto por ahí.

En su agitado sueño, sus pensamientos pasaron a Edward. ¿Por qué no había estado más atenta? ¿Por qué no había pasado más tiempo con él, ni se había esforzado más en verle? ¿Por qué no se sabía de memoria el número de su móvil? Lo vio tendido en el suelo, al pie de las escaleras. Con un hueso saliéndole de la pierna, atravesando la tela del viejo pijama de felpa que llevaba... Pero en su sueño, nevaba dentro de la casa... Y detrás de las escaleras no había ninguna pared... Se acercó para ayudar a Edward, pero él había cambiado. Ahora era Marissa la que yacía allí y ya no había escaleras: estaba tumbada en el sendero frente a la casa, medio cubierta de nieve y sangre congelada... Erika se acercó y Marissa abrió los ojos; mientras empezaba a salirle sangre por la boca, extendió un brazo para agarrarla...

—¿Erika? ¿Erika?

Sus ojos se abrieron de golpe y volvió a aparecer el interior oscuro del coche. El ambiente estaba caldeado y en la radio sonaba «Do They Know It's Christmas?». Isaac la miraba atentamente.

—¿Estás bien?

—¿Cuánto tiempo he dormido?

—Un par de minutos... Gritabas nombres: Edward, Mark, Marissa.

Ella se restregó los ojos.

—Solo era un sueño —dijo.

—¿Quieres que nos quedemos en casa de Edward? Dormiremos un poco y luego iremos a verle al hospital.

—Sí. ¿Todavía te sientes bien para conducir? —Echó un vistazo por la ventanilla, pero estaba todo oscuro. Solo se veía la cinta nevada de la autopista.

Isaac asintió.

—Nos quedan al menos un par de horas. Duerme un poco, si quieres.

—No. Hablemos. De cualquier cosa. Salvo del trabajo.

44

A primera hora de la mañana siguiente, Moss estaba desayunando en la cocina con su esposa, Celia, cuando sonó su móvil. Era Erika, que empezó a explicarle que Edward había sufrido un accidente y que iba a tomarse unos días libres.

—Estoy en el norte —dijo—. En Slaithwaite, el pueblo donde vive Edward. Isaac está conmigo.

—¿Isaac Strong? —dijo Moss, tragando un bocado de cereales.

—Sí… —Obviamente, Erika no quería explicar más y ella no la presionó.

—¿Usted está bien? —preguntó.

—Perfectamente.

—¿Y Edward?

—Se cayó y se rompió la cadera. Le han operado, pero ahora está en un pabellón de cuidados intensivos.

El hijo de Moss y Celia, Jacob, entró en la cocina armando bulla con su guitarra eléctrica. Se deslizó por el suelo de rodillas mientras la guitarra emitía un chirrido metálico. Moss le hizo un gesto con la mano libre a Celia, que se levantó de la mesa, agarró a Jacob y desconectó la guitarra.

—Mami está hablando por teléfono —susurró.

Jacob se detuvo y observó a su otra madre, que fruncía el ceño para escuchar.

—¿Cómo están de nieve allá? —preguntó Moss.

—Un palmo más o menos —dijo Erika, al otro lado de la línea—. Por suerte, han despejado las carreteras y vamos en el todoterreno de Isaac. Voy a pasar aquí al menos un par de días. Acabo de llamar a la comisaria Hudson para avisarla.

—Vale. Informaré a quien cubra su puesto…

—Me gustaría que me sustituyera usted. Ya lo he hablado con Melanie, y ella está de acuerdo en que usted sea la inspectora jefe en funciones del caso.

Durante un instante, Moss se quedó sin palabras.

—Pero… es un caso complejo. Tenemos muchos cabos sueltos y estamos asumiendo también los ataques del hombre de la máscara de gas…

—¿No quiere ocupar el puesto?

—¡Sí! Claro que sí —dijo ella rápidamente. Celia la miraba, muriéndose de ganas de saber qué pasaba para que Moss estuviera roja de excitación—. Entonces, ¿será por unos días?

—Podría alargarse más. Necesito algo de tiempo para asegurarme de que Edward está bien. Mi vida parece un poco trastornada ahora mismo; bueno, desde hace un tiempo.

—De acuerdo —dijo Moss, mientras empezaba a tomar conciencia de la enormidad del trabajo que le caía encima.

—Ahora la investigación es suya. No confiaría en nadie más para asumir esta tarea. Si me necesita, estoy aquí. Melanie ya se está encargando de gestionar su acreditación como inspectora jefe. Ya sabe que en mi puesto no hay horas extraordinarias. Siempre estamos de servicio.

—Claro —dijo Moss, mirando a Celia y a Jacob.

—Llámeme si necesita alguna cosa —dijo Erika, y colgó.

—¿Qué pasa? ¡Cualquiera diría que se ha muerto alguien! —dijo Celia. Y al ver la seria expresión de Moss, añadió—: ¿Se ha muerto alguien?

—No. Erika ha tenido una urgencia familiar, su suegro está enfermo, y me ha ascendido para que sea la inspectora jefe en funciones del caso. —Moss se sentó pesadamente. Apartó el cuenco de cereales; ya no tenía hambre.

—Pero ¡eso es fantástico, cariño! No lo del suegro, pero sí que haya confiado en ti —dijo Celia.

—¡Sí, es fantástico, cariño! —dijo Jacob, imitándola. Moss lo agarró de los pies y le hizo cosquillas. El crío empezó a retorcerse y a dar gritos.

—Para, para. ¡Ya sabes que detesto las cosquillas!

—«Detesta» las cosquillas. Buen vocabulario para un niño de cinco años —dijo Celia, con una sonrisa de complicidad—. Espero que te paguen más, ¿no? —añadió, dejando a Jacob.

—Claro... Tengo muchas cosas que hacer. He de encargarme de la sesión informativa de esta mañana. Quizá debería llevar café para todo el equipo.

—Lo harás de maravilla. Caes bien a todo el mundo —dijo Celia, apretándole el hombro y dándole un beso—. Simplemente no te vuelvas tan obsesiva como Erika.

—No es obsesiva; es buenísima en su trabajo. Y no se trata de caer bien o no. Ahora tengo que dirigir a todo el mundo.

—Yo creo que las dos cosas van de la mano. Sé tú misma. ¿Cómo le va a Peterson? Entiendo que si no lo ha puesto a él al frente es por la historia que hay entre ambos. ¿Peterson ya le ha contado lo de su hijo recién aparecido?

Moss se encogió de hombros.

—No lo sé. Yo le dije que lo hiciera de inmediato, pero él se achantó.

—¿No te parece un poco raro que esa mujer lo llame de repente, justo antes de Navidades, y le diga que tiene un hijo?

—Sí.

—¿Cuál crees que era su motivo para hacerlo? —preguntó Celia.

—Quería que James formara parte de la vida de Kyle... Quizá quería conseguir cierta seguridad. Él me explicó que ella estaba viviendo en Alemania y que la despidieron.

—Pero durante seis años le ha ocultado deliberadamente la verdad.

—Él casi se murió del susto al enterarse. Ha deseado tener hijos desde hace mucho.

—¿Crees que ella deseaba tener hijos? Quiero decir, Erika —preguntó Celia, metiéndose detrás de la oreja un mechón de su largo pelo rubio y empezando a recoger las cosas del desayuno.

—Seguramente aún lo desea.

—No pretendo ser desagradable, pero ¿no ha perdido ya ese tren?

—No lo sé. Y no me gusta hablar del asunto.

—¿Cómo? Ella no está aquí.

—Me parece desleal. Es una persona reservada, y una buena amiga.

—Eso ya lo sé. Pero conmigo puedes hablarlo. No va a salir de aquí.

Moss se inclinó y le dio un beso. Con el rabillo del ojo, vio que Jacob las estaba mirando.

—Tenemos un pequeño espía —dijo—. Me parece que le hace falta otra ración de cosquillas.

Jacob dio un gritito de placer y echó a correr cuando Moss y Celia empezaron a perseguirlo por la cocina y la sala de estar, donde se derrumbaron en el sofá y le hicieron cosquillas hasta que volvió a chillar.

Cuando Erika terminó de hablar con Moss, miró en derredor en la penumbra del dormitorio de arriba de Edward. Afuera empezaba a clarear y la vista a través de la ventana de las montañas nevadas se perfilaba a la luz azulada del alba. La habitación tenía un aspecto sorprendentemente caótico. Sábanas mugrientas; una ventana de guillotina agrietada que dejaba entrar ráfagas de aire; el suelo lleno de polvo, pastillas esparcidas sobre la moqueta. La corriente estaba cortada. Volvió al rellano, donde Isaac estaba saliendo del baño.

—Menudo desastre —dijo—. Hay humedades y moho en las paredes, y no han limpiado en mucho tiempo. —Le mostró una bolsa transparente llena de medicamentos—. Tiene un botiquín repleto de antibióticos caducados, píldoras para el corazón, anticoagulantes, estatinas; también hay antidepresivos. Da la impresión de que no ha terminado los tratamientos, o no los ha seguido regularmente, porque hay muchos frascos a medias y fármacos repetidos.

Erika se ciñó bien el abrigo y procuró abstraerse del hedor mohoso. Aquella casa siempre había sido cálida y acogedora. ¿Qué había ocurrido?

Habían llegado muy tarde, en plena oscuridad, y habían logrado encender la estufa de leña y ocupado cada uno un sofá para dormir entrecortadamente unas horas.

—La calefacción funciona con gas —dijo Erika—. Tengo que averiguar si no se ha pagado la factura o si el problema es de la caldera. —Bajaron el breve trecho de escalones hasta la sala de estar, que estaba un poco más limpia, aunque aún había platos sucios sobre la mesita de café. También había un pequeño árbol de Navidad, aunque solo decorado a medias. Entraron en la cocina y vieron que el fregadero rebosaba de platos sucios y que la encimera estaba cubierta de migas y restos de comida. La nevera casi estaba vacía, con un pan blanco medio enmohecido y unas zanahorias ennegrecidas en el cajón de las verduras. Los dos dieron un respingo cuando una cucaracha salió de debajo de una sartén que estaba del revés en el escurridero y correteó a lo largo de la encimera.

—¡Cielo santo! —exclamó Erika, cogiendo un periódico viejo y aplastándola. Ambos miraron el bicho espachurrado.

—Si hay una, podría haber más —dijo Isaac en voz baja. Sus finas cejas se juntaron con inquietud. Erika tiró el periódico, fue al teléfono montado en la pared y levantó el auricular.

—Desconectado —dijo, echando un vistazo al enchufe. Bajó la cabeza y se secó los ojos—. Él me llamó en Navidad; me dijo que estaba con unos vecinos y yo supuse que estarían todos aquí. No sabía que tenía un teléfono móvil. No lo sabía. Cuando hablamos la mañana del día de Navidad, estaba algo confuso, pero por lo demás parecía encontrarse bien. Debería haberle preguntado si podía arreglárselas solo.

Isaac se acercó y le apretó la mano.

—Ahora estás aquí. Estamos aquí. Concéntrate en eso.

Ella asintió.

—¿Tienes tanto frío como yo?

—Más —dijo él—. Venga, vamos a desayunar un poco y a tomar una taza de té caliente. Seremos más capaces de hacer planes con algo caliente en el estómago... —Miró su reloj—. Son las ocho; las visitas en el hospital no empezarán hasta dentro de un par de horas. Tenemos tiempo para hacer planes.

—Hemos de hacer que limpien todo esto, y tengo que revisar las facturas... y...

—Comida y té caliente —dijo Isaac—. Luego haremos planes.

45

Moss vio a través del cristal que el centro de coordinación estaba lleno de gente. Inspiró profundamente y entró. La acompañaba la comisaria Hudson, y todos los agentes, al verla entrar con Moss, guardaron silencio.

—Buenos días a todos —dijo Melanie.

—Buenos días, señora —respondieron ellos, casi al unísono.

—Erika, la inspectora jefe Foster, ha tenido que ausentarse a causa de una emergencia familiar. Su suegro está enfermo y se ha visto obligada a irse a Mánchester para estar con él. La inspectora Moss la relevará como agente de mayor rango y será la inspectora jefe en funciones de la investigación. Les pido que la traten con el mismo respeto y cortesía que a Erika. Está todo muy claro, pero si alguien tiene alguna pregunta...

Los agentes miraron a Moss, que parecía un poco incómoda, pero nadie dijo nada.

—Bien. La dejo para que empiece a trabajar, Moss.

En cuanto Melanie salió de la sala y ya no podía oír nada, todos empezaron a hacerle preguntas a Moss sobre Erika y sobre cuándo volvería.

—Yo sé tanto como la comisaria —dijo ella, alzando las manos para acallarlos—. Nada ha cambiado desde ayer. Continuamos buscando a ese hijo de puta. —Fue a la pizarra y señaló el retrato robot de la máscara de gas; luego se acercó al dibujo de la máscara que figuraba en la nota enviada a Joseph Pitkin—. Tenemos que encontrar conexiones y descifrar la información de la que disponemos. Ya no podemos permitirnos el lujo de interrogar a Joseph Pitkin, pero quiero hablar con sus padres y ver si podemos averiguar algo más sobre esta nota. También tenemos que esforzarnos para desbloquear el iPhone de Marissa. Ella no tenía portátil ni PC, así que toda la actividad *online* de su iPhone podría resultar crucial para la investigación.

Se desplazó a lo largo de la pizarra hacia las fotos de las demás víctimas atacadas por el hombre de la máscara de gas.

—Hemos de buscar una conexión entre las víctimas, si es que la hay. Algo en lo que se concentra el atacante. Tiene que tratarse de algo menos superficial que un simple rasgo físico. Las víctimas son de distintas edades y sexos; hombres y mujeres que van de los veintitantos a los cincuenta largos. De los dos hombres atacados, uno era heterosexual y otro gay. Solo ha habido un asesinato. El de Marissa Lewis. Todas las víctimas fueron asaltadas cerca de su casa o de su lugar de trabajo, en las inmediaciones de las estaciones de tren. Marissa llegó en el último tren y, de todas las víctimas, fue la que más se alejó de la estación. ¿Cometió un descuido el atacante? En el último ataque, la víctima lanzó una patada y desplazó la máscara de la cara del agresor. ¿Es posible que Marissa fuese asesinada porque descubrió su identidad? ¿O acaso conocía al atacante?

Moss se acercó a las fotos de Marissa sacadas en la escena del crimen.

—En el informe de la autopsia, Isaac Strong dice que el arma empleada fue un cuchillo largo con un filo dentado. Todavía no hemos encontrado el arma homicida y el tiempo va pasando. Quizá ya sea hora de adoptar medidas extremas. Tal vez deberíamos llamar a cada puerta de Coniston Road y revisar el cajón de los cubiertos…

Hubo algunas sonrisas y una risotada entre los miembros del equipo. Moss alzó la mano.

—Vale, vale. Ya saben que me gusta reírme, pero ahora hablo en serio. ¿Qué suele decir la jefa? Que no hay preguntas estúpidas. Bueno, a mí me gustaría añadir: no hay líneas de investigación estúpidas.

—Pero ahora la jefa es usted —dijo Kay.

—Sí, así es.

Moss prosiguió con las fotos de los sospechosos y las personas de interés.

—Nuestra lista de sospechosos se está reduciendo. Joseph Pitkin ahora está muerto, pero ayer hubo un nuevo ataque del hombre de la máscara de gas, lo cual parece descartarlo. Lo mismo puede decirse de Ivan Stowalski, que murió anoche en el hospital por la exposición al gas sufrida en su casa. Fue algo deliberado y lo consideramos un suicidio. Nos queda, sin embargo, Don Walpole: no tiene antecedentes, cuida de su esposa alcohólica, pero la engañó con Marissa cuando ella era menor de edad. Marissa intentó después chantajearle, diciendo que le denunciaría a la policía por mantener relaciones con una menor. Ayer tratamos de obtener una muestra voluntaria de ADN, pero él no estaba en casa ni respondía al teléfono. Voy a volver a intentarlo hoy. Además, Marissa afirmaba que le había robado unos pendientes de diamantes a la señora Fryatt. Otra bailarina del Matrix Club asegura que fue con ella a Hatton Garden y vio cómo tasaban los pendientes, pero la señora Fryatt niega que le robaran ninguna joya y los pendientes no han aparecido. Charles Fryatt regenta una próspera joyería en Hatton Garden. Ahí se plantea una cierta incógnita.

—¿No podría ser que Marissa recibiera los pendientes de un admirador? —preguntó McGorry—. El informe de la jefa..., quiero decir, de la otra jefa, dice que las chicas del club tenían muchos admiradores: tipos ricos que se quedaban después del *show* con la esperanza de conseguir algo más que un número de cabaret...

—Sí, tenemos que descartar esa posibilidad. Quiero que uno de ustedes vuelva a hablar con la chica que fue con Marissa a la joyería y, si es necesario, que la acompañe a Hatton Garden para ver si recuerda cuál era.

Hubo un silencio. Moss recorrió con la vista las caras de abatimiento. Ella sentía lo mismo por dentro, pero estaba decidida a no demostrarlo.

—Bien. Pongámonos a trabajar. Volveremos a reunirnos a las cuatro.

Mientras el equipo se dispersaba y empezaba a trabajar, Peterson se acercó a Moss y le preguntó si podían hablar en privado.

—Tendrá que ser rápido.

—Buen trabajo, por cierto.

—Gracias. Aunque yo creía que Erika igual te lo pediría a ti.

Él negó con la cabeza y se la llevó al fondo del centro de coordinación, junto a la hilera de fotocopiadoras.

—Ella descubrió anoche lo de Kyle y Fran —dijo en voz baja.

—¿Lo descubrió?

—Se presentó en casa. Tarde, a la hora del baño. Del baño de Kyle, quiero decir.

—Obviamente...

—Abrí la puerta con Kyle en brazos y él me llamó papi. Fran también estaba allí.

—Mierda.

—Intenté hablar con ella, pero se largó con el coche,

derrapando sobre la nieve. Yo no sabía si seguirla, pero no lo hice, y ahora resulta que está de baja.

Moss vio lo preocupado que estaba.

—Eso no tiene nada que ver contigo, James. Es cierto que el padre de Mark sufrió una caída. Lo llevaron enseguida al hospital, tuvieron que ponerle de urgencia una prótesis de cadera y hubo complicaciones. Por eso Erika no está aquí.

—Ay, mierda. ¿No te dijo nada de mí? —preguntó Peterson.

—Tenía la mente ocupada en otras cosas… Igual que yo.

Él asintió.

—Vale. Y buen trabajo. Me alegra que tú hayas asumido el mando.

—Gracias. Necesito que tú y Crane mantengáis aquí las cosas en marcha.

—Por supuesto.

Moss se acercó a Kay, que estaba ante su ordenador.

—Usted viene hoy conmigo. Quiero ir a ver a la familia Pitkin para hacerles unas preguntas sobre Joseph.

46

*L*a nieve estaba derritiéndose cuando Moss y Kay llegaron a Coniston Road y llamaron a la puerta de Don Walpole. Kay tenía preparado el kit portátil de ADN, pero nadie abrió.

—Mierda —masculló Moss. Sacó la radio y llamó a comisaría—. Crane, necesito que busque a Don Walpole… —Al alzar la vista, vio que el viejo estaba fumándose un cigarrillo en su sitio habitual—. Un momento, le llamo luego.

Cruzaron la verja y se acercaron al viejo.

—¿Están buscando a Don?

—Sí, así es —dijo Moss, mostrándole su placa—. Mi compañera dijo que usted lo vio salir ayer por la tarde con su esposa. ¿Los ha visto hoy?

El hombre meneó la cabeza.

—Yo paso mucho tiempo aquí fuera; mi mujer no me deja fumar dentro. Ayer estuve aquí antes de las seis y luego a las siete y media y a las ocho… Y otra vez a las nueve.

—¿Así que es un fumador empedernido? —preguntó Kay.

—Llegará lejos como detective —dijo él, señalándola con el cigarrillo y sonriendo con sus dientes amarillentos.

—¿No ha visto luces ni ningún movimiento? —preguntó Moss.

—No.

Volvieron al coche y Moss llamó de nuevo a Crane y le dijo que siguiera intentando contactar con Don por teléfono y que hiciera una búsqueda de su matrícula en la base de datos nacional. Luego doblaron la esquina y recorrieron el breve trecho hasta la casa de David y Elspeth Pitkin.

Abrió David Pitkin. Iba vestido de negro y tenía unos grandes cercos oscuros bajo los ojos. Le mostraron sus placas y preguntaron si podían pasar para hablar.

—¿No han hecho ya bastante? —dijo él con arrogancia.

—Hemos de hacerle más preguntas sobre Joseph, sobre su amistad con Marissa Lewis —dijo Moss, tratando de actuar con tacto.

—Lo siento, pero no. Mi mujer está en un estado terrible. No se ha levantado de la cama desde…

—Lamento mucho lo ocurrido con su hijo —dijo Kay—. Simplemente no queremos que su muerte se haya producido en vano. Creemos que él sabía cosas sobre este caso. Quizá habría podido ayudarnos en nuestras investigaciones.

David las miró desde el umbral, sopesando lo que decían.

—¿Ella dónde está?

—¿Quién? —preguntó Moss.

—Esa maldita y desagradable detective rubia.

—Está de baja. Yo he asumido el caso —dijo Moss.

—¿Es por la queja formal que presenté? Escribí al subcomisario general pidiendo una investigación a fondo y que fuera relevada de su puesto.

—Sí, la queja sigue su curso. Por eso ahora estoy yo al frente del caso —dijo Moss. Estaba segura de que Erika entendería que le siguiera la corriente a David Pitkin.

Él las llevó a la cocina.

—¿Quieren un té?

Kay miró a Moss sin saber qué hacer.

—No queremos molestarle —dijo ella—. Solo hemos de hacerle unas preguntas.

—¡Tómense un té, maldita sea! —les soltó él—. Necesito mantenerme ocupado.

Ellas asintieron y se sentaron ante la mesa alargada. Moss observó que todos los relojes, muchos de ellos colgados en las paredes, se habían parado a las 13.25. Por eso había un profundo silencio en la cocina.

—Es algo que he querido hacer —dijo el hombre, siguiendo su mirada—. Es la hora en la que el médico dictaminó que Joseph... —No terminó la frase. Esperaron calladas a que él preparase las tres tazas de té y fuera a sentarse con ellas.

—¿Cuánto tiempo llevaba Joseph interesado en la fotografía? —preguntó Moss. David Pitkin pareció sorprendido.

—No lo sé. Cuatro o cinco años.

—¿Y usted le compraba los suministros necesarios?

—En el colegio, el profesor de arte hizo un proyecto para que los alumnos construyeran una cámara estenopeica con rollos de papel higiénico, papel de plata y papel fotográfico. Joseph lo encontró fascinante y me dio la lata para que le comprara los elementos para construir su propia cámara estenopeica.

—¿Necesitaba una cámara oscura para revelar las fotos?

—Sí.

—¿Dónde le compraba usted los productos químicos?

—Se los conseguía en una tienda de fotografía de Greenwich. A ver, detectives, no veo qué relevancia tiene este tipo de preguntas, a menos que estén pensando en adoptar la fotografía como *hobby*...

—Estamos intentando establecer a qué lugares iba Joseph en relación con su *hobby*.

—No era un *hobby*. Quería dedicarse profesionalmente a la fotografía.

—¿Cuándo pasó a tener su propia cámara y a comprarse él mismo los materiales?

—No lo sé. Hace unos años, como he dicho. Yo aún ejercía como abogado entonces y descuidaba mi vida privada. No veía a mi familia durante días y días... —David miró tristemente por la ventana y dio un sorbo de té—. Lo cual me hace pensar que mi trabajo no valía la pena... Es solo una gigantesca partida de ajedrez.

Moss no quiso presionarlo más.

—¿Joseph era miembro de algún club de fotografía?

—Tampoco lo sé.

—¿Podríamos hablar con su esposa? —preguntó Kay.

—No, no pueden. El médico ha venido esta mañana para darle algo para dormir.

—¿Joseph consiguió que le pagaran por alguna de sus fotos?

David sonrió con perplejidad.

—No. Él estuvo inscrito en el paro durante mucho tiempo. Ustedes deberían saberlo, agentes.

—¿Marissa Lewis vino alguna vez a su casa? —dijo Moss—. Me refiero sobre todo al último año.

—No. No que yo sepa. Nosotros más bien estábamos inquietos por él. Nunca parecía demostrar interés por ninguno de los dos sexos.

Moss miró a Kay. Ya se les habían agotado las preguntas y solo les quedaba una cosa más que preguntarle.

—Señor Pitkin. Tengo que enseñarle unas fotos que encontramos en el móvil de Joseph. Quizá le resulten perturbadoras, pero si le pido que las mire es solo porque son vitales para nuestra investigación.

David entornó los ojos cuando Moss cogió la carpeta, la abrió sobre la mesa y sacó las fotos de Joseph atado con correas. También sacó la nota con el dibujo de la máscara.

Él examinó las fotos, tratando de no manifestar sus emociones. Finalmente, alzó la mirada con expresión furiosa.

—¿Quién demonios se cree que es para venir a mi casa y enseñarme esto?

—Señor Pitkin, ¿Joseph le habló alguna vez de un amigo o le dijo si temía por su vida?

—¿Alguien le dijo a usted que Joseph corría el peligro de quitarse la vida? —replicó él.

—No.

—Pero sí debió ver que estaba alterado cuando lo interrogaron, ¿no? ¿A nadie en la comisaría se le ocurrió llamar a un médico o pensar que no debería ser encerrado otra vez en la celda ÉL SOLO? —David barrió las fotos de la mesa de un manotazo—. ¡Y AHORA SALGAN DE MI CASA!

Kay se apresuró a recoger las fotos del suelo y a meterlas en la carpeta.

—Señor Pitkin, por favor, ¿tiene idea de quién podría haberle enviado a Joseph una nota como esta?

—¿NO ME HA OÍDO? —rugió él, agarrando a Moss por la parte de detrás del abrigo, levantándola de la silla y arrastrándola hacia el pasillo.

—Señor. Por favor, no haga eso —dijo Kay, apresurándose a seguirlos.

Él continuó arrastrando a Moss hasta llegar a la entrada. Entonces la soltó, se inclinó y, girando el pomo, abrió la puerta. Moss alzó la mano cuando él fue a agarrarla de nuevo.

—Ya basta —dijo, saliendo. En cuanto Kay cruzó también el umbral, sonó un portazo a su espalda. Ambas caminaron hasta la acera.

—¿Está bien, señora?

—Sí, y, por favor, no me llame «señora». No soy miembro de la familia real —dijo Moss. Se estiró el jersey bajo el abrigo—. ¿Qué otra cosa podíamos esperar? Simplemente pensaba que valía la pena intentarlo, por si él sabía algo.

—¿Cree que sabe algo? —preguntó Kay.

—No, no lo creo. Pero la intuición no es mi fuerte. Eso es especialidad de Erika.

$\mathcal{A}$ McGorry le habían asignado el seguimiento de Ella Bartlett, la bailarina de cabaret que acompañó a Marissa al joyero. Por la mañana, el agente había hablado con un hombre extremadamente amanerado, un tal Martin, que le había dado el número de Ella. La chica había accedido a verle después de su sesión de entrenamiento, pero se estaba retrasando. McGorry llevaba veinte minutos esperando frente al Gym Box de Farringdon. Había dejado de nevar, pero el aire era húmedo y los pies se le estaban entumeciendo. El Gym Box estaba en una calle concurrida, junto al distrito de joyeros de Hatton Garden, en el centro de Londres, y mientras se bebía una taza de café junto a una anticuada cabina telefónica roja, había visto pasar seis furgonetas de seguridad.

—Hola, ¿tú eres John? —dijo alguien a su espalda. McGorry se giró y vio a una rubita menuda de poco más de veinte. Era de una belleza asombrosa, con una larga melena de tono rubio rojizo y unos enormes ojos azules.

—Sí, soy el agente John McGorry. ¿Supongo que es usted la señorita Bartlett? —dijo él, dándose cuenta de lo ridículamente formal que sonaba.

—Llámame Ella. ¿Te puedo llamar John? —dijo ella—. ¿Y me puedes enseñar tu identificación? Ya sabes, todas las precauciones son pocas hoy en día.

Él sacó su placa y se la pasó.

—Eres mucho más mono en persona —dijo la chica, devolviéndosela.

—Bueno, empecemos —dijo McGorry.

—¿Llevas una pistola?

—No. Los detectives no llevan pistola.

—¿Esposas? ¿Espray de pimienta? —preguntó ella, abriendo mucho los ojos con expresión inocente.

—A veces. En el coche.

—¿Cómo has venido hasta aquí? —preguntó la chica, mirando alrededor.

—En metro, he venido en metro… —McGorry se sentía de repente nervioso y estúpido.

—¿O sea, que estás desarmado? ¿Expuesto? Perdona, estoy bromeando.

—Necesito que me ayude a encontrar la tienda de ese joyero. Es muy importante para nuestra investigación. No es ninguna broma.

—Perdón… A mí me parecía que Marissa era buena tía. Yo también he pensado en largarme a Los Ángeles o Nueva York. Pero no he tenido agallas. Ella sí.

Empezaron a caminar calle abajo y luego doblaron a la derecha en Hatton Garden, donde ya se veían los escaparates de la primera joyería, que resplandecían frente al día gris y frío con fabulosos expositores de oro y plata. Siguieron caminando unos minutos. Ella se detenía una y otra vez para atisbar en los escaparates. Recorrió la calle con la vista.

—Estuvimos hablando un montón, y veníamos de la otra dirección, así que yo no me fijaba —dijo—. Todas parecen iguales cuando llevas un rato mirando.

Siguieron un poco más y, de repente, ella se detuvo junto a un buzón rojo.

—Creo que era aquí —dijo, señalando la tienda de delante.

—¿Por qué cree que es esta la joyería? —preguntó McGorry.

—Por el buzón. Es una tienda muy antigua.

McGorry miró el rótulo de la fachada. Decía: «R. D. LITMAN & SONS FINE JEWELLER'S. 1884».

Entraron en el local. Una anticuada campanilla sonó por encima de la puerta. En el interior, de una silenciosa elegancia, había un largo y reluciente mostrador de cristal. Un hombre mayor medio calvo con la espalda ligeramente encorvada salió de una puerta de la parte trasera. Los calibró a los dos con mirada experta, pero aguardó a que hablaran ellos primero.

McGorry le mostró su placa y le explicó por qué estaban allí. Ella no pareció reconocer al hombre, pero él sí la reconoció.

—Sí. Usted vino con otra joven de pelo oscuro. Pendientes de diamantes, corte princesa: 1.62 quilates de pureza excepcional, montados en oro de veinticuatro quilates.

—¿Está seguro de todo eso? —preguntó McGorry.

—Recordar forma parte de mi oficio —dijo el hombre con rigidez—. Y desde luego, siempre me acuerdo de dos bellas damas. ¿Ha reconsiderado su amiga la posibilidad de vender? ¿Cómo era su nombre?

—¿Marissa? No. Ha muerto —dijo Ella.

—Vaya. Lo siento —dijo él—. ¿Quiere usted vender?

—No, no queremos vender —dijo McGorry—. Necesitaba verificar que esos pendientes existían. ¿Hay alguna posibilidad de que pudiera haberse equivocado al tasarlos?

La expresión en la cara del viejo le dijo claramente que no.

—Yo lo valoré en… La cifra exacta se me escapa… Diez…

—Diez mil quinientos —terminó Ella.

—Exacto.

—¿Cómo se llama usted? —preguntó McGorry.

—Peter Litman.

—¿Tiene mucho contacto con las demás joyerías de la zona?

—¿Contacto, dice?

—Sí.

—Esta es una comunidad muy unida de comerciantes que se remonta muy atrás en el pasado. Negocios familiares… pero que siguen siendo negocios. Con relaciones de negocios.

—¿Puedo dejarle mi tarjeta, por si recuerda algo más? —dijo McGorry.

—Claro. —El hombre cogió la tarjeta. McGorry le dio las gracias y salieron de la tienda.

Peter Litman observó a McGorry y Ella desde el escaparate, con las manos en la espalda. Cuando se hubieron alejado y perdido de vista, volvió a entrar en una oficina donde había una enorme caja fuerte.

—Charles, era un policía. El agente McGorry. Venía a preguntar por los pendientes corte princesa de la chica muerta.

Charles Fryatt alzó la vista de la pantalla de su escritorio, que estaba cubierto de montones de documentos.

—Lo he oído todo.

—Entonces habrás oído también que les he dicho la verdad. Yo no voy a mentir a la policía. Te lo pregunto una vez más, ¿estás implicado en la muerte de esa joven?

—No —dijo Charles, removiéndose en su silla—. Es un asunto relacionado únicamente con los pendientes. Nada más.

—¿Eran los pendientes de tu madre?

—Sí. —Charles continuó trabajando en el ordenador, sin volver a levantar la vista.

—Charles, como suegro tuyo, cuentas con mi lealtad, pero solo hasta cierto punto. Si acaba saliendo algo que me ponga a mí o a mi hija en una situación apurada…

—¡No es nada! —replicó Charles, alzando la voz—. Y tú no has mentido, lo cual está bien.

Peter miró a su yerno largamente y luego volvió a la tienda para arreglar los expositores, inundado por una profunda sensación de inquietud.

48

*E*ra primera hora de la tarde cuando el hombre que se llamaba a sí mismo «T» salió del trabajo. La tienda en la que trabajaba había estado tranquila todo el día, dejando aparte al hombre y a la mujer que habían entrado para hacer unas preguntas.

Él se sentía afortunado por el hecho de trabajar en un negocio familiar; eso le permitía entrar y salir a su antojo cuando no había mucho que hacer. Hizo el breve trayecto en tren hasta el centro de Londres.

Cuando subió por Rupert Street y se adentró en el Soho, la ruinosa fachada del Raymond Revue Bar se alzó frente a él. Notó que el corazón empezaba a martillearle en el pecho y que se le ponía dura. Siempre sentía un espasmo de excitación al entrar en el barrio del sexo, con sus pequeños bares de luces estridentes y sus *sex shops*. Era una zona donde uno podía moverse de forma encubierta y anónima. Además, en este reducido cuadrante de calles, desaparecía cualquier vestigio de la típica reserva de la clase alta británica. Los gais se atrevían a cogerse de la mano; la gente podía expresarse con libertad. Al pasar frente a la tienda Prowler, un par de jóvenes gais salieron del local y le echaron un buen repaso, admirando su estatura. Él aguardó a que pasara una máquina barredora del ayuntamiento, con sus cepillos moviéndose frenéticamente sobre la calle mugrienta. Luego cruzó a la otra acera, pasando junto al *sex shop* de la esquina y siguiendo por Walker's Court, que era una estrecha calle peatonal que resultaba sombría a causa de los altos edificios que se alzaban a uno y otro lado. Había *sex shops* y clubs de baile erótico a lo largo de toda la calle, con llamativos neones iluminando la penumbra.

La nieve fundida de los tejados desaguaba por un canalón roto y salpicaba el suelo junto a un *sex shop* con los escaparates oscurecidos. Una fusta de neón con la palabra «AZOTES» repetida en una serie destellante anunciaba la especialidad de la tienda en arreos sexuales y vídeos porno. T sintió que su excitación aumentaba y, casi sin darse cuenta, se llevó la mano a la ingle, palpándose el miembro a través de la delgada tela de sus pantalones oscuros. Siempre se imaginaba que esa calle debía haber tenido prácticamente el mismo aspecto doscientos años atrás, simplemente sin las luces chillonas y los escaparates oscurecidos. En aquel entonces, los chicos y las chicas jóvenes desaparecían sin que apenas pasara nada. La vida humana era más barata en esa época.

Una chica bajita con una gruesa chaqueta acolchada de color plateado merodeaba en la entrada de uno de los pequeños clubs de baile erótico, de donde salía una música atronadora. T sintió que el bajo resonante repercutía en sus dientes y por todo su pecho. Redujo la marcha cuando la chica lo miró a los ojos y se abrió la chaqueta. Debajo, llevaba una minifalda muy ceñida y un top negro recortado que dejaba a la vista su esquelética caja torácica. Sus ojos eran de un penetrante tono verde, pero carecían de vida, y sus labios llenos estaban salpicados de llagas de frío.

—¿Quieres un poco de diversión? —dijo, alzando la voz lo suficiente para hacerse oír por encima de la música.

—Necesito a alguien que pose para mí —dijo T, inclinándose y casi rozando su oído con los labios. Ella retrocedió, miró a uno y otro lado, escrutando la angosta calle por si había algún policía. Un hombre achaparrado de piel oscura y barba de tres días los observaba desde la entrada del *sex shop* del fondo.

—¿Ah, sí? ¿Cuánto? —dijo la chica.

—Es un trabajo privado. Muy privado.

—Cien pavos por hora. ¿Tienes un hotel? —dijo ella, siempre con aquella mirada muerta. Como un cadáver animado. La música atronadora se interrumpió un momento; luego empezó otro tema, ahora de música trance, arrancando con un ritmo lento. El hombre achaparrado del fondo de la calle ladeó la cabeza mirando a la chica. T sintió que los nervios le atenazaban el estómago; aquello era excitante e inquietante a la vez. Esa chica iba a acceder, pero él quería llegar lejos y no deseaba que los vieran juntos. Ese tipo achaparrado era su chulo, estaba seguro.

—Voy a hacer unas compras —dijo T, señalando con la cabeza un *sex shop* situado un poco más abajo—. Necesito una chica a la que no le asuste sangrar. Pero te lo compensaré bien. Además, hay que desplazarse. Mi casa está un poco lejos.

—Si tengo que viajar, son ciento cincuenta la hora, con un mínimo de tres horas por anticipado... —La chica parecía totalmente despreocupada. No manifestaba temor ni nerviosismo. Tenía la mirada de alguien metido hasta el fondo en las drogas, quizá endeudada con un traficante o con su chulo.

De pronto, sin previo aviso, echó a correr y se alejó hacia Rupert Street. T buscó con la mirada al chulo, pero había desaparecido. Un par de agentes de apoyo comunitario habían entrado por el otro lado de Walker's Court.

Estaban enfrascados en una conversación, como suelen hacer ese tipo de agentes, pero sus ojos recorrían la calle, que estaba vaciándose rápidamente. Las sombras se desvanecían en los portales.

Con alivio, T avivó el paso, caminando con las prisas de un oficinista. Pasó rápidamente junto a los dos agentes de apoyo comunitario y salió al aire fresco del otro extremo, donde había un mercadillo de fruta, lejos de la tentación y la excitación.

49

*E*rika e Isaac no pudieron visitar a Edward hasta mediodía. Isaac dijo que esperaría a que ella pasara y lo viera primero, y fue a buscar una taza de café a la cafetería de la planta baja.

El pabellón estaba en la quinta planta. Tras abrirle una doble puerta, le indicaron a Erika una hilera de camas del fondo. Al acercarse y recorrerlas con la vista, no consiguió averiguar de entrada quién era Edward. Muchos estaban dormidos, tumbados de lado, y todos tenían el pelo gris.

Lo encontró al final de todo, junto a una ventana que daba al aparcamiento. Estaba cubierto con varias mantas. Su rostro se iluminó al verla.

—Erika, cielo —dijo, alzando una mano amoratada con un gotero adosado. El armario, a su lado, estaba vacío, mientras que muchos de los otros viejos tenían tarjetas de felicitación y fruta. Erika lamentó no haberle llevado algo.

—Hola —murmuró, cogiéndole la mano. La tenía muy reseca. Acercó una silla y se sentó junto a la cama—. ¿Qué te pasó?

—Una caída. Me levanté por la noche y ya no recuerdo mucho más. El cartero me oyó gritar a la mañana siguiente.

—Me llamaste, ¿verdad?

—No lo recuerdo.

—No sabía que tenías un teléfono móvil.

—No suelo usarlo, pero la línea fija me la cortaron un par de días después de Navidad y no pude averiguar por qué. Yo siempre pago las facturas… —Se incorporó, agitado.

—Ya lo sé.

—Y luego se estropeó la calefacción. Intenté arreglármelas con la estufa. Después cortaron la electricidad. Yo siempre pago las facturas, Erika. Eso lo sabes, ¿no?

Ella asintió.

—Ahora estoy aquí y me voy a encargar de que te lo arreglen todo —dijo.

—Eres una buena chica.

Ella meneó la cabeza.

—¿Te han puesto una prótesis de cadera?

—Sí. También me pusieron unos clavos ahí; el médico dijo… —Tragó saliva y empezó a toser. Erika cogió una taza del armario y le sirvió agua de una jarra—. Gracias, cielo. —Edward se bebió la taza entera y se la volvió a pasar—. Estaré recuperado antes de lo que te imaginas. Aunque no sé si tendré problemas en las tiendas.

—¿Por qué en las tiendas?

—¿Esos clavos no pitarán cuando cruce las barreras de seguridad? Es algo muy embarazoso si te pasa en Tesco.

—No, en las tiendas no hay detector de metales; eso es solo en los aeropuertos.

—Ah —rio él—. No planeo irme a ninguna parte, así que no importa. Es estupendo verte. ¿Vas a quedarte mucho tiempo?

—Me quedaré mientras me necesites.

Él hizo un gesto, quitándole importancia a su estado. Isaac apareció por el otro extremo del pabellón y Erika le hizo señas para que se acercara.

—Este es mi amigo y colega Isaac Strong —dijo ella. Edward alzó la mirada y le estrechó la mano.

—Encantado de conocerle, señor Foster. Erika me ha hablado mucho de usted.

—Pero seguro que piensa que soy un idiota.

Isaac sonrió, meneando la cabeza.

—Es usted grandullón... Muy alto.

—Eh, sí. Pero no se me dan bien los deportes.

Edward lo miró guiñando los ojos.

—Lástima. Apuesto a que habría sido un gran saltador de altura.

—Isaac es médico. Patólogo forense.

—¿Eso es con muertos?

Isaac sonrió.

—Sí.

Edward se rio.

—He estado a punto de necesitar sus servicios. Por suerte, me vio el cartero.

—No, por favor —dijo Isaac, alzando las cejas.

—Solo bromeaba, joven. Encantado de conocerle. Cualquier amigo de Erika es amigo mío.

Un médico apareció en la entrada del pabellón y le dijo a Erika que tenían que hablar. Ella dejó a Isaac con Edward y siguió al médico al puesto de enfermeras.

—Fue una operación relativamente sencilla —le explicó él—. Ya hemos hecho que se levante y se mueva. El período de recuperación es rápido.

—Perfecto.

La expresión del médico se nubló.

—Estamos preocupados, sin embargo, por la situación en su casa. Edward está bajo de peso y tiene un déficit vitamínico. También ingresó con una grave infección del tracto urinario. Normalmente no nos arriesgaríamos a operar a un hombre en ese estado, pero la fractura era muy mala. Por suerte, la infección está empezando a responder a los antibióticos. No podemos darle el alta hasta que sepamos que cuenta con un plan de atención. ¿Usted es de aquí?

Ella le explicó que vivía en Londres. Le contó la conversación que había mantenido con Edward el día de Navidad, lo confuso que lo había encontrado. El médico la escuchó, asintiendo.

—Con frecuencia, uno de los síntomas de una infección del tracto urinario es la confusión…, incluso alucinaciones —explicó, mirando a Erika gravemente—. Pero el tratamiento de la infección no resuelve el problema de que viva solo y se encuentre en un estado vulnerable. Voy a recomendar que los servicios sociales hagan una visita a su casa para ver cómo son sus condiciones de vida.

El médico dejó a Erika y prosiguió su ronda. Ella se quedó un momento en el pasillo, tratando de entender cómo había llegado a este punto. Pensando en lo rápido que había pasado el tiempo. Le había llegado demasiado pronto el momento de afrontar su edad madura con un suegro mayor al que cuidar.

Era por eso por lo que se sumergía en el trabajo. El trabajo la hacía sentir viva, y joven. El trabajo era constante, siempre había malvados a los que atrapar. El mal no tenía límite de edad. Se zafó rápidamente de ese pensamiento.

—Esto está jodido —dijo para sí. Se alisó el pelo y volvió al pabellón.

50

Moss sentía que el caso Marissa Lewis, embrollado por los ataques del de la máscara de gas, se le estaba yendo de las manos; y la verdad era que, como inspectora jefe en funciones de la investigación, todavía estaba tratando de ponerse al día. Estaba acostumbrada a funcionar como un engranaje; de hecho, se enorgullecía de ser un engranaje de la maquinaria global, manteniendo las cosas engrasadas, proporcionando su apoyo y soltando chistes cuando la situación se ponía tensa.

Pero ahora que era la jefa, sentía la presión del escrutinio general y, a pesar de que ocupaba el puesto solo temporalmente, notaba cómo había cambiado el modo de comportarse de la gente con ella. Todos la llamaban «señora». La primera vez que el sargento Crane la había llamado así, se lo había tomado como un chiste y había estado a punto de replicar. Pero enseguida se había mordido la lengua, comprendiendo que debía actuar con seriedad.

La otra cosa que entorpecía sus progresos era la forma que tenía Erika de trabajar como inspectora jefe. Ella no escribía demasiado, prefería manejarlo todo en su cabeza, así que Moss se había pasado la mayor parte de la jornada repasando el caso. La comisaria le había preguntado si alguien había vuelto a interrogar a Mandy, la madre de Marissa, sobre el asunto de la cama, y Moss se había quedado descolocada, devanándose los sesos para recordar los informes que había leído: ¿la comisaria se refería con «el asunto de la cama» a los hombres con los que se acostaba o al lugar donde dormía? En el último momento había recordado que Mandy estaba durmiendo abajo cuando Marissa había sido asesinada, pero el hecho de haberse quedado en blanco la había dejado consternada. No podía soportar la idea de ser degradada y convertida otra vez en inspectora antes de que el caso quedara resuelto, pero no tenía ni idea de cómo iba a resolverlo, ni siquiera de si sería capaz de hacerlo. Erika resolvía los casos, mientras que ella estaba siempre allí dispuesta a ejecutar las órdenes. Ahora se daba cuenta de lo mucho que le gustaba cumplir órdenes.

Después de hablar con la comisaria, Moss había entrado en el baño de la planta superior, situado junto a las salas de conferencias y que apenas se utilizaba; se había encerrado en un cubículo y había llamado a Celia, conteniendo las lágrimas mientras se desahogaba con ella.

—Es la primera vez que te asignan un caso —le dijo Celia—. No tienes que ser tan severa contigo misma… Y, además, has asumido el mando en mitad de una investigación compleja. Tú eres un miembro popular del equipo. Deberías soltar unos chistes para aligerar el ambiente. ¿Hay alguien nuevo que no sepa que te llamas Kate Moss?

Moss se echó a reír y se secó las lágrimas con una bola estrujada de papel higiénico.

—Ahora soy la jefa. No puedo hacer chistes sobre Kate Moss. Lo que la gente espera de mí es orientación, sabiduría y estrategia. Y yo tengo que resolver el maldito asunto mientras me trago todos los expedientes y…
—Se le apagó la voz.

—Listas —dijo Celia—. A ti se te dan muy bien las listas. Siempre tienes todo ese montón de pósits en la nevera; los repasamos, resolvemos los problemas y asunto concluido. Deberías enumerar los problemas y las tareas pendientes, en lugar de afrontarlo todo al mismo tiempo.

—Tienes razón —dijo Moss—. No es un caso de asesinato, es una serie de listas de tareas.

Era media tarde y Moss estaba otra vez en el centro de coordinación, trabajando en su mesa del rincón atestada de documentos. Le habían ofrecido una oficina, pero no había habido tiempo de trasladar su ordenador y la enorme cantidad de papeles que tenía acumulados. Siguiendo el consejo de Celia, ahora tenía una larguísima y terrorífica lista de tareas, pero eso la hacía sentir mejor. Una de las ventajas de ser la jefa era que podías delegar.

—¿Hay noticias sobre Don Walpole? —gritó.

—Todavía estamos esperando que nos respondan del centro de datos de la ANPR —dijo Crane. La ANPR era la base de datos de Reconocimiento Automático de Matrículas—. Si cruzó la zona de pago del centro, lo encontraremos.

—¿Puede insistir y decirles que es urgente? —dijo ella, repasando su lista—. También deberíamos pedir ya un control de su pasaporte y sus tarjetas de crédito. Él es lo más parecido que tenemos a un sospechoso.

Crane asintió y cogió el teléfono.

—¿Qué hay de los pendientes de diamantes? ¿Dónde está McGorry? —Justo mientras lo preguntaba, McGorry volvió a entrar en el centro de coordinación—. Usted ha ido esta mañana a buscar la joyería de Hatton Garden, ¿no?

—Sí, Moss. Digo, jefa.

—Con Moss está bien.

—De acuerdo. El tipo de la joyería, el señor Litman, recordaba que Ella había ido con Marissa para tasar los pendientes. Ha dicho que eran auténticos y que valían diez mil quinientas libras. Luego he ido a casa de la señora Fryatt para volver a preguntarle por los pendientes. Incluso tenía la descripción. Los diamantes eran de corte princesa, montados en oro de veinticuatro quilates. —McGorry resopló—. Es una vieja desagradable. Me ha soltado que me equivocaba, que todas sus joyas están controladas y guardadas en su caja fuerte.

—¿Le ha pedido que le enseñara la caja fuerte?

—Sí, y me ha dicho que está en su dormitorio y que ella no va a invitar a su dormitorio a ningún hombre joven, salvo con una orden judicial.

Peterson y Crane se rieron. Moss tuvo que mantener la expresión seria. Estaba a punto de soltar un chiste, diciendo que nadie había necesitado nunca una orden judicial para bajarle a ella las bragas, que solía bastar con una comilona en Nando's, pero se recordó a sí misma que ahora era la inspectora jefe.

—¿Cree que la señora Fryatt estaba mintiendo?

—Estoy un poco desconcertado, porque también le he pedido que me dijera el nombre de la joyería donde trabaja su hijo —dijo McGorry—, y resulta que es la misma joyería, R.D. Litman & Sons. Charles Fryatt está casado con la hija del señor Litman, Lara… Ella es maestra retirada y tienen tres hijos, todos mayores. Es un negocio familiar bastante grande; los otros dos hijos del señor Litman también trabajan allí. —Hizo una pausa para que todo el mundo asimilara la relación—. Charles Fryatt no estaba en la joyería cuando yo he ido. Solo hemos visto al señor Litman. Le he preguntado a Ella si había alguien más en la tienda cuando fue allí con Marissa, y me ha dicho que solo habían visto al dueño.

—¿Realmente es posible que Charles Fryatt no se hubiera enterado? —preguntó Crane.

—Parece muy poco probable. Pero ¿dice usted que la señora Fryatt le ha dicho voluntariamente dónde trabajaba Charles? —preguntó Moss.

—Sí, sin ningún reparo. No parecía inquieta, sino más bien orgullosa de que tenga un trabajo tan bueno —dijo McGorry.

—¿Ha hablado con Charles Fryatt?

—No. No he podido localizarle. He vuelto a llamar a la joyería y el señor Litman me ha dicho que no estaba allí. Tampoco respondía al móvil, y su esposa no sabía dónde estaba.

—¿Y si Marissa mintió al decir de dónde había sacado los pendientes? —sugirió Peterson.

—¿Por qué mentir y contar que los había robado? ¿No habría sido más sencillo decir que se los había regalado un admirador que había ido a verla al club? —dijo Moss.

—¿Y si se trataba de algo más siniestro? —dijo McGorry—. No sé qué exactamente, pero Marissa Lewis era una mujer con infinidad de secretos.

—Solo nos falta eso, que el caso se vuelva aún más siniestro —dijo Moss, repasando de arriba abajo su lista y sintiéndose abrumada una vez más.

51

*E*rika e Isaac se quedaron en el hospital hasta media tarde.

—Parece muy estoico —dijo Isaac, mientras conducían de vuelta a Slaithwaite.

—Es un rasgo típico del norte. La gente es mucho más amable que en Londres, y tiene una forma mucho más sensata de ver la vida.

—¿Qué ha dicho el médico?

—Que no le dejarán volver a casa hasta que vean que es capaz de cuidar de sí mismo. O tendrá que ir a una residencia.

—Mierda.

—He de limpiar la casa y conseguir que todo funcione otra vez. No puedo permitir que le den el alta y vuelva a un sitio en ese estado. ¿Qué dirían los servicios sociales, además?

Pararon en un supermercado en el trayecto de vuelta y se aprovisionaron de comida y productos de limpieza. Ya había oscurecido cuando se acercaron al pueblo. Tenía un aspecto acogedor, con las luces de las casas destellando en la nieve.

—Voy a ver si puedo encender el fuego —dijo Isaac cuando llegaron—. Me parece que hace menos frío afuera. —Empezó a vaciar y limpiar la estufa.

—Misterio resuelto respecto al gas —dijo Erika, abriendo el montón de correspondencia—. Parece que Edward cambió de proveedor y que no tienen bien los datos bancarios...

Isaac estaba aplicando una cerilla a un montón de papel y troncos, pero no ocurría nada.

—Y lo mismo con el teléfono. Al parecer, una de esas empresas de precios competitivos lo convenció para que cambiara todos los servicios, pero tomaron mal la dirección y los datos bancarios... Cabrones —dijo, cogiendo su teléfono. Isaac la miró divertido mientras ella echaba la bronca a las compañías, ponía una queja y conseguía que reconectaran a Edward.

Pasaron el resto de la tarde limpiando y fregando la casa. Llegó enseguida un operario y el suministro de gas quedó restablecido a las ocho, así que pudieron encender la calefacción; y lo más importante de todo, pudieron lavarse. Isaac se dio una ducha y luego Erika, ya con el baño reluciente, se preparó la bañera. Al meterse en el agua caliente, sintió que su cuerpo dolorido se relajaba y que el frío que la había acosado en los últimos días se desvanecía. Había encendido unas velas, que le conferían al ambiente el aspecto de una cueva acogedora. El baño de Edward, con sus azulejos de color lavanda, había permanecido igual desde hacía años. Por encima del inodoro había unos estantes con un montón de cajas de jabón Pears, un portarrollos de papel higiénico con una figura tejida de señorita española, unos botes de polvos de talco y un tinte para el pelo de color castaño, que era el tono que solía usar Kath, la madre de Mark. Ella no se había atrevido a tirar nada de todo aquello cuando había limpiado. Parecía sagrado: los restos de la vida de Edward con su esposa. Pensó en Kath, en lo buena e ingenua que había sido siempre. Había vivido toda la vida en su propio mundo, siempre arropada bajo la protección de Edward y Mark, encerrada en este pueblecito tan confortable.

Al moverse en el agua caliente, captó algo en el estante: un recuerdo que se agazapaba en el fondo de su mente, pero al que no lograba acceder del todo. El vapor ascendía hacia el techo, haciendo que las velas crepitaran y parpadearan. Apoyó la cabeza contra los fríos azulejos y la calidez del agua hizo que sus ojos empezaran a cerrarse.

Erika se encontraba de nuevo en Forest Hill, en Foxberry Road. Era de noche, ya tarde, y la calle, normalmente llena de coches aparcados, se veía vacía. Estaba nevando, pero hacía calor, como si respirase vapor caliente. Se agazapó y raspó la nieve; debajo, no había asfalto, solo azulejos. Azulejos de baño de color lavanda con las juntas blancas. Apartó más nieve y vio que la calzada era toda de azulejos. El silencio se vio quebrado por unos crujidos de pasos sobre la nieve. Se volvió. Un hombre alto vestido de negro caminaba hacia ella. Llevaba una máscara de gas. La luz de las farolas se reflejaba en el cuero lustroso y reluciente de la capucha. El hombre redujo la marcha y se detuvo a unos pasos de ella. Alzó la cabeza y husmeó el aire. El largo tambor para respirar de la máscara antigás le hizo pensar a Erika en el hocico de un perro. Él miraba alrededor, pero sin verla, como si fuese invisible. Ella se acercó más, tanto que pudo oír su respiración y ver los reflejos de la capucha cuando él movía la cabeza. Escrutó los cristales de los orificios de los ojos, pero no pudo distinguir un rostro, solo había una sombra negra. Mientras salía vapor del tambor para respirar, captó un hedor químico fuerte, intoxicante, metálico...

Erika se despertó con un sobresalto cuando el agua fría le llegó a la boca y la nariz. El vapor se había disipado y sus dedos empezaban a arrugarse. Salió de la bañera y se envolvió con una delgada toalla. De pie sobre la esterilla, miró el estante de encima del inodoro. El jabón Pears y el tinte para el pelo... Justo después de que ella y Mark se casaran, habían ido a ver a Edward y a Kath. Mark había subido al baño mientras los demás tomaban té en la sala de estar y, al bajar, había aparecido con una botellita negra en la mano, cuyo rótulo decía en letras rojas: «RELAX-DIVERSIÓN».

—Mamá, ¿por qué tienes un afrodisíaco en el baño? —dijo.

Kath, que estaba colocando unos pasteles Eccles en su mejor bandeja, alzó la mirada.

—¿Qué dices, cariño?

—Tienes abierta en la repisa del baño una botella de afrodisíaco. Yo ya he empezado a colocarme mientras hacía un pis.

—Eso es un ambientador —dijo Kath—. Lo compré en el súper. Es para que las habitaciones huelan bien. Solo cuesta una libra. Había varios chicos jóvenes comprándolo. Uno de ellos dijo que estaba montando una fiesta... Supongo que quería que su casa oliera bien. Aunque la verdad es que a mí el olor no me acaba de convencer...

Erika, de la risa, se atragantó con el té.

—Mamá, eso no es un ambientador. Es nitrito de amilo —dijo Mark.

—¿Cómo? —respondió ella, poniéndose las gafas de lectura y acercándose—. No, mira. En la etiqueta dice que es un ambientador.

Mark le había explicado a su madre que la gente inhalaba esa sustancia por el subidón y la excitación que provocaba.

—Erika, cielo, ¿es cierto eso? —había preguntado Kath, volviéndose hacia ella.

Erika había procurado contener la risa.

—Sí. Está clasificado como una droga, aunque no es ilegal… Algunas personas lo usan para colocarse. Es muy popular entre la comunidad gay, porque relaja…

Mark le había lanzado una mirada para que se detuviera.

—Ay, por Dios. ¿Qué habrán pensado de mí esos chicos? —había exclamado Kath, llevándose las manos al pecho.

—Tú no podías saberlo —dijo Erika.

—Pero yo les expliqué que lo compraba para mi marido, para cuando va al baño —dijo ella, horrorizada.

Erika sonrió al recordarlo, pero de repente cayó en la cuenta. Bajó corriendo con la toalla y cogió su móvil. Llamó a Moss, pero saltó directamente el buzón de voz.

—Moss, soy yo. Le dije al equipo que se concentrara en el tipo de la máscara de gas y que buscara a alguien que pudiera ser un coleccionista de máscaras de guerra antiguas. Revise las declaraciones de todas las personas que han sido atacadas. Jason dijo que había captado un olor raro y metálico; mire si alguna de las otras víctimas mencionó el olor. Podría ser que ese hombre tuviera el aparato para respirar lleno de tisú o de algodón empapado en nitrito de amilo, para tener un subidón sexual. También debería indagar sobre arreos sadomasoquistas. Si consigue hacerse una idea del diseño exacto de la máscara, podrá empezar a investigar a los proveedores… No sé cómo encaja esto con el asesinato de Marissa Lewis, pero podría servir para averiguar quién es ese hombre… En fin… Espero que vaya todo bien.

Erika cortó la llamada. Se sentía muy muy lejos de la investigación.

52

Sentada con ojos adormilados a la mesa de la cocina, Moss estaba tomándose sus cereales a la mañana siguiente cuando Jacob apareció con su guitarra y empezó a tocar una canción que se había inventado. Apenas se puso a rasguear y a cantar, Moss le gritó que parara. El crío la miró con cara consternada y sus ojos se llenaron de lágrimas. Ella nunca gritaba.

—Mami tiene dolor de cabeza esta mañana. ¿Por qué no vas a guardar la guitarra y te vistes? Luego te preparo un chocolate caliente —dijo Celia.

—Yo creía que querías que hiciera una canción para ti. Me lo dijiste ayer. Me dijiste que te hiciera una canción y ahora...

—Esta mañana necesito un poco de paz y tranquilidad —le soltó Moss. Celia se llevó a Jacob de la cocina y volvió al cabo de unos minutos—. No vas a acostumbrarlo a tomar chocolate caliente cada día —añadió Moss.

—Solo es durante las Navidades... —dijo Celia.

—Ya, bueno, mañana es la noche de Fin de Año... ¡y lleva tomándolo cada mañana desde hace diez días!

—¿Todo esto tiene que ver con que tome chocolate caliente? ¿O te estás desquitando con él y conmigo porque las cosas van mal en el trabajo?

—¡Las cosas no van mal! —dijo Moss, levantándose y tirando en el fregadero el cuenco de cereales todavía medio lleno—. ¡Solo necesito tiempo para pensar! No te haces una idea de lo complicado que es este caso... Y aquí hay demasiado jaleo.

—Se llama tener un hijo de cinco años. ¡Anoche estuviste diciéndole que fuera a componerte una canción y en realidad solo pretendías quitártelo de encima!

El teléfono de Moss empezó a sonar. Ella lo sacó y respondió. Era Peterson.

—Hemos localizado a Don Walpole. Su esposa se puso enferma el otro día y se ha quedado con ella en el hospital. El University College London. El ANPR nos pasó los datos de su coche cruzando la zona de pago del centro.

—Buen trabajo. ¿Puedes llevarme?

Cortó la llamada y salió de la cocina. Al cabo de unos segundos, Celia oyó que se iba dando un portazo.

—Qué encantador. Se convierte en inspectora jefe y yo ya solo soy la sirvienta... Ni siquiera un beso de despedida.

—Yo te doy un beso, mami —dijo Jacob, apareciendo en la puerta todavía con su pequeña guitarra.

Moss y Peterson llegaron al hospital UCL cuando acababan de dar las nueve. Jeanette Walpole había sido ingresada en el Departamento de Enfermedades Renales, y tuvieron que pedir indicaciones en el mostrador de recepción.

—Las enfermedades renales son las del riñón, ¿no? —preguntó Peterson mientras subían en ascensor.

Moss asintió.

—¿Lo tienes todo listo? ¿Los documentos? ¿El kit de escupir?

Peterson asintió, mostrándole un grueso sobre. El «kit de escupir» era el Kit Forense de Recogida de Muestras de ADN.

—¿Estás bien? —preguntó él, viendo su tensa expresión.

—He tenido una discusión con Celia esta mañana. Y le he gritado a Jacob por armar alboroto.

—Pues a mí me está gustando el bullicio de un crío en casa… —Peterson sacó su móvil, fue deslizando imágenes y le mostró la pantalla a Moss. Era un vídeo de Kyle dando un concierto con potes y cacerolas: acuclillado en el suelo de la cocina, con una sábana sobre los hombros como si fuera la capa de un superhéroe, aporreaba unos potes volcados con una cuchara de madera.

—Muy melódico —dijo Moss, mirando las imágenes digitales. El ascensor se detuvo y un celador entró un carrito con una caja metálica alargada, que ambos dedujeron que contenía un cadáver—. ¿Cómo van las cosas?

—Bien, muy bien. Están viviendo conmigo provisionalmente, mientras decidimos qué hacer —dijo él.

—Veo que tú quieres que se queden.

—Sí.

—¿Has hablado con Erika?

—He pensado que estará muy ocupada con su suegro. Prefiero hablar cara a cara cuando vuelva.

—No dejes que se pudra la cosa. Aunque me parece que es ella la que acabará podrida con esta situación.

—Tengo otro vídeo de Kyle cantando —dijo Peterson, pasando imágenes con una expresión de orgullo.

—Luego, James. Hemos de concentrarnos.

Cuando se abrieron las puertas del ascensor, se deslizaron junto a la caja alargada destinada a la morgue. Llegaron a una doble puerta de acceso al departamento que buscaban, pero estaba cerrada. Moss atisbó por las ventanillas de cristal.

—No veo a nadie. Y no hay interfono ni veo un timbre. —Aporreó el cristal con la mano abierta—. Eh… ¡EH!

—Caramba, Moss. Tómatelo con calma —dijo Peterson.

—Es que podemos quedarnos aquí esperando durante horas.

Una enfermera apareció al fondo del pasillo y caminó hacia ellos.

—Si nos calmamos un poco todo saldrá bien —dijo él.

Ella inspiró hondo y asintió.

—Me sentiría mejor si la muestra de ADN coincidiera. Don Walpole es nuestro hombre. Así podré cerrar el caso y volver a un puesto más cómodo.

La enfermera abrió la puerta y, cuando ellos le mostraron sus placas, los llevó a una habitación del final del pasillo.

—La señora Walpole está aquí —dijo, abriendo la puerta. Jeanette estaba sentada en la cama, conectada a una máquina de diálisis. Tenía la piel amarillenta y respiraba con dificultad.

Don se hallaba sentado a su lado y miró a Moss y a Peterson.

—¿Sí?

—¿Podemos hablar un minuto, por favor? Mejor afuera —dijo Moss. Don le besó la mano a Jeanette y salió de la habitación. Ellos le enseñaron sus placas.

—Hemos estado tratando de ponernos en contacto con usted, señor Walpole —dijo Moss.

—Ya ven que mi mujer está muy enferma.

—Necesitamos tomarle una muestra de ADN —dijo Peterson.

Don lo miró de arriba abajo.

—¿Me están arrestando?

—No.

—Entonces yo tengo que ofrecerme voluntariamente a que me hagan el análisis, y no estoy preparado para hacerlo.

—Señor Walpole. Legalmente, nosotros podemos tomarle una muestra de ADN si tenemos motivos para sospechar que estuvo implicado en un crimen. Podemos buscar un sitio para hacerlo aquí o bien ir a comisaría —dijo Moss.

Don miró a uno y a otro.

—Aquí tengo un documento que especifica sus derechos —dijo Peterson—. Podemos darle un momento para que lo lea.

Don miró a través de la ventanilla de cristal a Jeanette, que ahora estaba tendida en la cama con los ojos cerrados.

—De acuerdo —dijo.

Peterson vio que había una pequeña cocina junto a la habitación. Entraron allí y cerraron la puerta. Don se sentó ante una mesita. Peterson sacó unos guantes y luego un tubo de plástico con un largo bastoncillo de algodón.

—Necesito una muestra de las células del fondo de su garganta —dijo. Don abrió la boca y Peterson le pasó el bastoncillo por la garganta y por el interior de la mejilla. Luego volvió a colocarlo en el interior del tubo y lo selló.

—Gracias —dijo Moss, dándole un formulario. Él recorrió la página con la vista y firmó.

—Se está muriendo —dijo—. Su cuerpo está dándose por vencido.

—Lo lamento mucho —dijo Moss—. Esperamos tener los resultados de ADN en las próximas veinticuatro horas.

El sol pugnaba por abrirse paso entre las nubes cuando salieron del hospital.

—Me voy a llevar la muestra al laboratorio de Vauxhall —dijo Peterson.

—Bien. Yo me voy a hablar con la señora Fryatt. Tengo que resolver el misterio de los pendientes. Quiero conseguir también una muestra de ADN de Charles Fryatt.

—¿Quieres que me pase por Hatton Garden? Tengo otro kit.

—No. Lleva esta muestra a analizar. Primero quiero hacerle algunas preguntas más a la señora Fryatt. Necesito algo más que una sospechosa coincidencia antes de investigar a su hijo.

$\mathcal{N}$adie abría la puerta en casa de la señora Fryatt. Moss llamó al timbre varias veces y atisbó por la ventana. Luego volvió a la acera y contempló la enorme casa. Las ventanas relucientes solo ofrecían el reflejo del cielo gris, sin traslucir nada más.

Moss se apoyó en la verja y sintió que la recorría una oleada de temor y angustia. No era una emoción a la que estuviera acostumbrada. Recordó cómo había salido esa mañana de casa, olvidando despedirse de Celia y Jacob. Sacó el móvil para llamarles, pero en ese momento empezó a sonar. No reconoció el número.

—Hola, soy Lisa Hawthorne. Trabajo en la Oficina de Empleo de Forest Hills. Uno de sus agentes me pidió que la llamara cuando tuviera el historial laboral de Joseph Pitkin.

—Ah, sí, pero…

—Lamento el retraso, estamos hasta arriba de trabajo. Joseph Pitkin ha solicitado prestaciones durante los últimos cuatro años. Solo ha reclamado el subsidio de búsqueda de empleo de forma intermitente. Ha estado empleado durante cuatro períodos. En tres ocasiones, en un pub de Honor Oak Park: trabajos de temporada en diciembre de 2014, 2015 y 2016…

—Disculpe, ¿podría hablar con alguno de mis colegas

en la…? —dijo Moss, tratando de quitársela de encima, pero la mujer prosiguió:

—El cuarto período fue en un estudio fotográfico de New Cross llamado Camera Obscura. Estuvo allí seis semanas a principios de 2016… —Había algo en esa conexión con la fotografía que impulsó a Moss a seguir escuchando. Sostuvo el móvil bajo la barbilla y sacó un cuaderno y un bolígrafo. Lisa Hawthorne continuó—: El dueño es un tal Taro Williams. Se trata de un anticuado estudio de retratos fotográficos.

—¿Sabe por qué se interrumpió el trabajo?

—No. Según el expediente, se suponía que se trataba de un puesto a tiempo completo como ayudante fotográfico, pero al cabo de seis semanas él lo dejó repentinamente. Cosa extraña, porque nosotros nos esforzamos para conseguirle el trabajo, y él estaba muy entusiasmado.

—¿No hubo nada más? ¿Alguna queja del dueño?

—No. Es una verdadera lástima que Joseph no pudiera continuar con su pasión por la fotografía.

—¿Hasta qué punto le conocía usted?

—Me encargaba de su caso, y lo veía un par de veces a la semana cuando venía a firmar.

—Lamento decirle que Joseph se quitó la vida hace poco.

—Lo siento mucho —dijo la mujer con cansancio. Daba la impresión de que recibía con frecuencia ese tipo de noticia sobre sus solicitantes. Moss le dio las gracias y cortó la llamada. Volvió a mirar las ventanas oscuras de la señora Fryatt, sopesando sus opciones. New Cross quedaba cerca en coche.

*T*aro Williams era un hombre alto y fornido de treinta y tantos, con una amplia frente y grandes rasgos. Había heredado Camera Obscura, y la vivienda de encima, de su padre, que había abierto el negocio durante los años sesenta. La tienda estaba en Amersham Road, una calle residencial de grandes y ruinosas casas adosadas, a solo unos minutos a pie de la estación New Cross. Esas magníficas casas de tres pisos habían sido construidas en su día por comerciantes que habían hecho fortuna durante la época de la Revolución industrial. Alojaban a familias acomodadas e incluían aposentos para los criados. Además de los tres pisos que se alzaban sobre la calle, cada casa contaba con un gran sótano. La fachada de Camera Obscura, con una ventana panorámica de vidrio grabado, estaba apartada de la calle y parcialmente oculta por un enorme arbusto de espino.

La tienda había funcionado durante mucho tiempo como estudio de retratos, pero durante los últimos años, con el advenimiento de las cámaras digitales y los teléfonos inteligentes, la actividad había descendido. Lo cual no preocupaba a Taro. Él era un hombre adinerado independientemente del negocio, y le gustaba tener tiempo para sí mismo. Cuando le apetecía, trabajaba como fotógrafo de bodas. Solo abría la tienda un par de veces a la semana para hacer retratos, mayormente de jóvenes parejas que se habían comprometido o que tenían niños pequeños y querían contar con un retrato profesional.

Lo que le resultaba deprimente era que la mayoría de los padres de niños pequeños rechazaban los marcos de plata dorada que tenía en venta y preferían imprimir las fotos en cojines o puzles, o, todavía peor, en tazas y gorras de béisbol.

Esa mañana estaba desmontando los focos y el telón de fondo de una sesión de fotos. Una joven pareja japonesa había venido a sacarse unas fotos para las invitaciones de su compromiso. Siempre le llamaba la atención lo pequeños que eran los japoneses. En el primer momento, ellos lo habían mirado intimidados por su enorme físico y su expresión seria, pero él había roto el hielo con un chiste y con aquella amplia sonrisa que lo transformaba en una especie de oso jovial. Ambos se habían reído con él durante la sesión, aunque no habían advertido que la sonrisa nunca alcanzaba sus ojos.

Estaba guardando la última caja de luz cuando una mujer baja y pelirroja cruzó el sendero hasta la puerta. Intentó abrirla y, al ver que estaba cerrada, dio unos golpes en el cristal.

Él se acercó y señaló el rótulo apoyado en la base de la ventana: POR FAVOR, LLAME AL TIMBRE. Con una sonrisa, le indicó que debía usarlo. Ella puso los ojos en blanco y lo pulsó. Taro sonrió, alzando los pulgares, y quitó el cerrojo.

—Hola, soy la inspectora jefe Moss —dijo ella, mostrando su placa—. ¿Tiene unos minutos?

—Por supuesto —dijo él, sonriendo y haciéndose a un lado para que pasara.

55

—¿*E*n qué puedo ayudarla? —preguntó Taro, mientras la invitaba a sentarse en uno de los enormes sillones que utilizaba en las sesiones fotográficas. Había una cámara sobre un trípode, una gran sábana de papel reflectante blanco colgada a lo largo de la pared y varios focos sobre soportes alrededor.

Moss se sentó y sacó una carpeta de su bolso.

—He venido para hacerle unas preguntas sobre un antiguo empleado suyo. Joseph Pitkin. Trabajó aquí seis semanas a principios de 2016.

—Sí, así es.

—¿Puedo preguntarle por qué dejó el trabajo?

Taro asintió con aire apenado.

—Me temo que tuve que despedirle.

—¿Por qué motivo?

—Era… deshonesto. Me robó…

Moss asintió.

—¿Cuánto le robó?

—No mucho. Creo que fueron cincuenta libras.

Moss miró la caja registradora, que estaba junto a la pared, cerca de la ventana de vidrio grabado.

—¿Informó a la policía?

—No.

—¿Y a la Oficina de Empleo?

—La verdad es que no lo recuerdo. Hace casi dos años.

—Él estaba apuntado en la oficina, y su asesora le encontró el trabajo. ¿Nadie se puso en contacto con usted para averiguar por qué había perdido el puesto tan rápidamente?

—Sí, creo que alguien llamó… —Su voz se apagó. Sonrió de nuevo y se acercó, sentándose en el reposabrazos del sillón situado frente a ella. Llevaba un terno marrón chocolate a medida, con una cadena dorada de reloj colgada de un bolsillo.

—¿Puedo preguntarle qué tipo de fotografías hace?

—Retratos, principalmente. Parejas jóvenes, con un bebé en los brazos… —Señaló una serie de retratos de la pared del fondo—. En nueve de cada diez casos, basta poner a un bebé delante de la cámara para que se ponga a berrear. Aunque la verdad es que yo suelo asustar a los niños.

—¿Saca otro tipo de fotos?

—Bodas también; voy haciendo sobre la marcha.

—¿Algún trabajo erótico?

—¿Lo pregunta a título personal? —dijo él, otra vez con una gran sonrisa.

—No —dijo ella. Era un hombre apuesto, pensó, pero había algo en él que la hacía sentir incómoda.

—Perdón. Ha sido un chiste malo.

Ella le quitó importancia con un gesto.

—¿Cómo calificaría a Joseph como fotógrafo?

—La verdad es que no tuve demasiadas oportunidades de comprobarlo. Estuvo aquí muy poco tiempo.

—¿Él sacaba fotos para usted?

—Sí.

—¿Fotos de qué?

—Le dejé hacer una sesión con una pareja joven que se había comprometido.

—¿Mostró interés en fotografiar desnudos o algo más…? No sé cómo decirlo.

—¿Explícito? No. No estoy en ese sector… Escuche, estoy seco después de una larga mañana, ¿seguro que no quiere una taza de té? También puedo revisar mis archivos para ver si tomé alguna nota sobre Joseph y sobre el contacto que tuve con la Oficina de Empleo.

—Muy bien, gracias —dijo Moss. Taro se levantó, cruzó una puerta del fondo y la cerró.

Moss echó un vistazo al estudio de fotografía. Había una voluminosa máquina en la parte trasera para revelar fotos. Estaba cubierta de polvo y de cachivaches, y tenía delante un adhesivo de «FOTOS EN UNA HORA». Por encima había una vitrina que mostraba todas las opciones en las que podías imprimir tus fotografías: tazas, puzles, imanes, gorras y cojines. Cada una contaba con una imagen de archivo de una chica sujetando un globo amarillo.

En la otra pared estaban las muestras que Taro le había señalado antes: la mayoría, fotos de bebés.

Moss se acercó al mostrador de la caja registradora. Detrás, había unos estantes que contenían un trofeo y varias placas de 1991, cuando Camera Obscura había sido premiada como Negocio del Año del sur de Londres. Una versión más avejentada de Taro, probablemente su padre, aparecía en una fotografía con su esposa y sus hijos posando frente a la tienda.

—Ha encontrado las embarazosas fotos familiares —dijo una voz a su espalda.

Moss dio un respingo y, al volverse, vio a Taro justo detrás de ella. Esbozó una sonrisa forzada.

—Acabo de poner el hervidor —dijo él.

Ella observó que se acercaba una tormenta: las nubes que se veían afuera eran densas y oscuras. Las luces de la tienda hacían que el interior del estudio se reflejara en la ventana.

—He encontrado mis archivos sobre Joseph —añadió Taro.

Moss volvió al sillón. Él ocupó el de enfrente, sacó unas gafas del bolsillo de su chaqueta, se las puso y abrió la carpeta.

—No hay mucha gente que haya venido a trabajar para mí, pero he tenido a un par de ayudantes a lo largo de estos años. ¿Este es Joseph? Yo lo llamaba Joe —dijo, enseñándole una foto de pasaporte de Joseph tomada en un fotomatón.

—Sí, es él —dijo Moss. Joseph miraba inexpresivamente a la cámara, como hace la mayoría de la gente en ese tipo de fotos—. Quería pedirle más detalles sobre el tiempo que él estuvo aquí. ¿Se llevó prestado algún equipo? ¿Usted conoció a algún amigo suyo, a alguien que estuviera relacionado con él?

—¿Es que lo están investigando? —preguntó Taro, levantando la vista de la carpeta con expresión tranquila y amigable.

—Me temo que ha muerto.

—Oh, qué horror. ¿Cómo?

—Suicidio.

Taro se quitó las gafas y mordisqueó una varilla.

—Es realmente terrible. ¿Cuándo?

—En el Boxing Day.

—Qué reciente… Y durante las Navidades, además. —Empezó a pasar las páginas de la carpeta. Encontró otra foto, esta vez impresa en formato diez por ocho.

—Le saqué algunas fotografías también.

—Creía que trabajaba para usted.

—Así es. Pero posó para mí cuando decidí pasarme al sistema digital. Necesitaba probar las nuevas cámaras.

Creo que me aferré demasiado tiempo a la vieja tecnología y a los sistemas de revelado antiguos.

La fotografía era un retrato de cuerpo entero de Joseph, posando frente a un telón de fondo claro con solo unos tejanos. Tenía una expresión incómoda.

—¿Por qué iba sin camisa?

—Quería unas fotos para dárselas a una chica en la que estaba interesado —dijo Taro, riendo—. Aquí hay otra. —Le pasó una fotografía de Joseph de pie con unos calzoncillos arrugados. Flexionaba sus brazos esmirriados en lo que se suponía que era una pose de macho, pero lo que inquietó a Moss fue la mirada inexpresiva de sus ojos. Había visto aquella mirada antes, hacía mucho tiempo, cuando acababa de salir de la academia y le hicieron trabajar en casos de abusos sexuales. Había visto esa misma mirada en las víctimas que habían decidido desconectar y aislarse de la realidad.

—¿Dice que él le pidió que le sacara estas fotos? —dijo Moss. Dio un respingo cuando el hervidor empezó de repente a silbar en la trastienda.

—Sí. Esto es un estudio fotográfico —dijo Taro, levantándose—. Con frecuencia me piden que saque fotos extrañas, aunque yo siempre pongo como límite las fotografías de desnudos. —La miró unos momentos fijamente, mientras el hervidor seguía aullando—. Vuelvo enseguida.

En cuanto desapareció por la puerta trasera, Moss sacó el móvil del bolsillo de su abrigo. Acababa de marcar el número de Peterson cuando Taro asomó la cabeza por la puerta.

—¿Leche y azúcar?

—Sí.

—Esta calle es un punto negro para la cobertura de los móviles. Quizá sea por los árboles.

Moss tenía el teléfono pegado a la oreja y escuchó el tono de falta de señal. Taro volvió a sonreírle amigablemente y desapareció para apagar el hervidor aullante. Moss estaba totalmente desconcertada por su comportamiento. Se acercó a mirar por la rendija de la puerta y vio que daba a un largo pasillo. Oyó al fondo el chasquido metálico del hervidor y el tintineo de una cucharita. Fue a la caja registradora y cogió el teléfono fijo. No había línea. Se dirigió a la puerta de la entrada y descubrió que estaba cerrada. No había llave. ¿La había cerrado Taro después de hacerla pasar, sin que ella se diera cuenta?

«Esto es absurdo», pensó, tratando de calmarse. Había estado demasiado angustiada por hacerlo lo mejor posible, por el hecho de estar a cargo de la investigación… Se movió por el local con el móvil en alto, tratando de encontrar señal.

Al pasar por detrás de los dos sillones donde habían estado sentados, advirtió que la carpeta de Taro había quedado abierta sobre el asiento. Había un impreso de la Oficina de Empleo, rellenado con una enmarañada letra azul. Luego había una página con notas manuscritas e hileras de cifras. En la esquina inferior derecha, con la misma tinta, había también un dibujo. Con manos temblorosas, Moss cogió la carpeta. Era un dibujo de una cara con una máscara de gas. Estaba ejecutado minuciosamente y sombreado con un bolígrafo negro.

Moss tenía el teléfono móvil en la otra mano y buscó la imagen de la máscara de gas dibujada en la nota que había recibido Joseph. Tanto la letra como la imagen coincidían: eran de la misma mano.

Hubo un ligero traqueteo. Moss se giró y vio que Taro estaba detrás de ella, con dos tazas de té de porcelana.

—¿Usted hizo este dibujo? —preguntó, dando un paso atrás. La carpeta le temblaba en la mano.

—Sí, así es —dijo Taro en voz baja. Las tazas volvieron a traquetear y él las depositó con cuidado en la mesita.

Moss abrió la boca para decir algo, pero Taro se fue rápidamente hacia la puerta trasera y apagó las luces, sumiendo el local en una turbia penumbra. Ella corrió hacia la entrada, donde una leve claridad se colaba por el vidrio de la ventana, pero sintió que algo duro le golpeaba la cabeza por detrás. Luego todo se volvió negro.

*E*rika e Isaac habían ido a ver otra vez a Edward, que mostraba signos de una gran mejoría. La enfermera había hecho que se levantara y caminara, y él dijo que notaba la pierna como nueva, tras años padeciendo una punzada de dolor en la cadera. Luego se había despedido de Isaac, que tenía que regresar a Londres para trabajar al día siguiente.

En el trayecto de vuelta a Slaithwaite, Erika le pidió a Isaac que dieran un rodeo por una serie de agradables avenidas de casas adosadas.

—¿Puedes parar aquí? —dijo. Él detuvo el coche frente a una casa de dos pisos. El jardín delantero estaba cubierto de nieve y cerca de la puerta principal había un muñeco de nieve con una zanahoria por nariz, dos ojos negros y una bufanda roja. De los aleros colgaban luces navideñas y a través de la ventana se veía un árbol de Navidad.

—Qué bonito —dijo Isaac—. ¿Por qué paramos aquí?

—Esta es mi casa —dijo ella, mirándola con tristeza—. La casa donde vivimos Mark y yo durante quince años.

—Ah.

Ella la contempló largamente. Se le formó una lágrima en el ojo y se apresuró a secársela con la mano.

—No había estado aquí desde el día en que él murió. Hice que recogieran todas mis cosas y las llevaran a un almacén, y encargué a una agencia que la alquilara.

—¿Conoces a los inquilinos? ¿Quieres que bajemos y llamar a la puerta?

—No.

Isaac asintió.

—¿Cuánto tiempo piensas quedarte aquí?

—Tengo que instalar otra vez a Edward en su casa. Encontrarle una cuidadora...

En ese momento sonó su móvil. Era un número de Londres que no conocía, pero respondió.

—¿Erika? —preguntó una angustiada voz femenina.

—Sí.

—Soy Celia, la esposa de Kate. La mujer de Moss.

—Hola, Celia. Perdona, no tengo tu número en el móvil y no lo he reconocido.

—¿Sabes algo de Kate?

—No. Le dejé un mensaje, pero aún no me ha respondido.

—Es que ella suele llamarme a lo largo de día. Hemos tenido una estúpida pelea esta mañana; nada serio, pero ella es de esas personas que llamaría después para suavizar la cosas. He hablado con James y McGorry, pero no saben dónde está. Ya le he dejado seis mensajes.

—Está llevando un caso importante. Créeme, en esas circunstancias resulta fácil olvidarse de todo.

—Lo sé. Kate ha estado muy estresada por el hecho de haber asumido la investigación en tu lugar...

—Seguramente ha tomado los malos hábitos de mí. Yo suelo perder la noción del tiempo cuando estoy trabajando en... —La voz de Erika se apagó. Si ella perdía la noción del tiempo era solo porque no había nadie que esperase su llamada—. Probablemente la han convocado a una reunión informativa. Tiene que asistir a ese tipo de reuniones ahora que ejerce como inspectora jefe, y pueden alargarse eternamente.

—De acuerdo —dijo Celia—. Perdona, debes creer que soy una aprensiva.

—No. Creo que Moss tiene mucha suerte. Cuando yo me peleo con la gente… ¡con frecuencia no vuelven a dirigirme la palabra! Si llama, le diré que se ponga en contacto contigo.

—Sí.

—Y te voy a dar también el número directo de la comisaría Hudson —dijo Erika. Le pasó el número y colgó.

—¿Va todo bien? —preguntó Isaac. Erika marcó el número de Moss, pero saltó directamente el buzón de voz.

—Celia dice que Moss no la ha llamado desde esta mañana.

—¿Es algo insólito?

—En su caso, sí.

—Yo echo de menos que alguien espere que le llame —dijo Isaac.

—Yo también —dijo Erika, mirando la casa—. La glicina ha crecido muy deprisa —añadió, señalando la gruesa y altísima rama que se retorcía por un lado de la casa y se extendía serpenteando por los aleros—. La compré en una maceta diminuta el día que vinimos a vivir aquí. Habíamos parado para comprar pintura en B&Q y la planta estaba en una mesa de ocasiones. Me costó setenta peniques. Mark dijo: «No malgastes el dinero en esa porquería, parece muerta».

—Supongo que debe ser bonita cuando florece —dijo Isaac.

Erika asintió y se secó los ojos.

—Venga, vamos. Solo quería verla, pero no es más que una casa. Lo que la convertía en un hogar éramos nosotros, y ya no vivimos aquí. Ahora hay otra familia.

$\mathcal{T}$aro, o «T», como le gustaba llamarse a sí mismo para abreviar, golpeó a Moss en la parte posterior de la cabeza con una porra de cuero. La guardaba en un cajón de la cocina y se la había metido en el bolsillo trasero mientras preparaba el té. Su mente zumbaba a cien por hora, pero no estaba asustado ni sentía pánico. Ella se dio un gran porrazo en el suelo, pero estaba lejos de la ventana y rodeada de una densa penumbra, ya que él había apagado las luces.

Ahora solo se oía el tictac del reloj. Un coche pasó de largo por la calle. T se agachó, sujetando la porra con la mano derecha por si ella aún se resistía. La cogió de la muñeca con la otra mano y le buscó el pulso. Notó unas pulsaciones lentas, rítmicas. Mantuvo el dedo ahí, sintiendo cómo la vida latía en su interior, y lo deslizó sobre ese nódulo firme y palpitante oculto bajo la piel. Luego le pasó la mano por detrás de la cabeza. Tenía el pelo empapado de sangre. Se levantó y se guardó la porra en el bolsillo. Saltando por encima de ella, se acercó a la ventana. Afuera, la calle estaba tranquila. Retrocedió hacia las sombras y le dio la vuelta al cuerpo.

—Una chica grandota —murmuró, mientras la cacheaba, amasándole los pechos y deslizándole las manos entre las piernas. Las mantuvo ahí un momento, saboreando aquella calidez; luego se concentró en sus bolsillos. Le sacó las llaves del coche, el móvil, la cartera y la placa policial. Lo dejó todo en el mostrador, junto a la caja registradora, y volvió a su lado. Exhibiendo un vigor considerable, se agachó y la levantó con un movimiento rápido, echándosela sobre el hombro. Cruzó la puerta trasera con el cuerpo fláccido a cuestas, desapareciendo unos minutos; luego regresó.

Encendió las luces. La moqueta sobre la que ella había caído estaba limpia, sin rastro de sangre. Aun así, actuaría concienzudamente y le daría un repaso. Volvió al mostrador y cogió sus llaves y su móvil. Abriendo la puerta de entrada, salió y caminó por la acera. Había unos cuantos coches aparcados en las plazas permitidas. Pulsó el mando de las llaves y miró hacia la derecha. No pasaba nada. Cuando miró a la izquierda y volvió a pulsar el mando, destellaron los faros de un Rover oscuro a unos cincuenta metros.

T se detuvo un momento. Reflexionando. A él mismo le sorprendía lo tranquilo que estaba. Su corazón latía más deprisa y sentía cómo la sangre recorría sus piernas y sus muñecas, pero él mantenía el control. No sentía pánico.

No sabía si ella le había dicho a alguien que iba a pasar por la tienda. Era media tarde. Los policías no siempre eran criaturas especialmente sociables. Quizá no la echarían de menos hasta la mañana siguiente, pero cuando se desatara la alarma, alguien acabaría viniendo a interrogarle. Él tendría que reconocer que Moss había pasado por allí, pero diría a cualquiera que preguntase que luego se había ido. Miró las llaves del coche y el teléfono móvil. ¿Cómo podía arreglárselas para que pareciera que ella se había marchado?

Una camioneta del Departamento de Jardinería del Ayuntamiento de Lewisham dobló la esquina al fondo de la calle. Era una de esas *pick-up* con la parte trasera abierta para transportar recortes de césped y plantas. Rodeó el coche de Moss hasta el lado del conductor y tanteó la puerta. Limpió el móvil rápidamente en su chaqueta y, cuando pasó la camioneta, lo arrojó a la plataforma de la trasera, entre un montón de ramas y hojas secas. Subió al coche y observó la camioneta mientras se detenía en el semáforo del fondo y luego seguía adelante. Esperaba que siguiera hasta la South Circular por lo menos.

Taro arrancó el motor y condujo durante tres kilómetros, siguiendo siempre las calles residenciales para evitar las cámaras de vigilancia. Aparcó el coche al final de Tresillian Road, una calle tranquila. Cerró el coche y luego, después de limpiar la llave, la arrojó por una alcantarilla.

Volvió a pie al estudio de fotografía; la luz se iba desvaneciendo mientras recorría las calles sin prisas. El paréntesis entre Navidad y Año Nuevo resultaba perfecto para cubrir sus movimientos. No veía a nadie. Casi deseaba haber traído la máscara antigás para divertirse un poco. Pero sabía que debía regresar al estudio y ocuparse de esa policía.

58

*L*a señora Fryatt estaba sentada junto al fuego, tomando té en su juego de porcelana china de cenizas de hueso, cuando sonó el timbre. Tardó un momento en recordar que no había nadie más en la casa para abrir, así que se levantó trabajosamente de su sillón preferido.

Le costó un rato llegar a la entrada. El tamaño de la casa y la rigidez de sus piernas, tras tantas horas sentada, le impedían andar más deprisa. Abrió la primera puerta y entró en el gélido porche. A través del cristal de la puerta principal vio a un hombre negro trajeado, flanqueado por cinco agentes de uniforme.

«Un hombre negro», pensó con desaprobación mientras giraba la llave y abría. Él le mostró una placa policial.

—¿Señora Elsa Fryatt? Soy el inspector James Peterson.

—¿Qué desea? —respondió ella imperiosamente. Pese a su baja estatura, como el porche estaba en lo alto de unos escalones, los veía a todos a su misma altura.

—Tenemos una orden para registrar esta vivienda en relación con el asesinato de Marissa Lewis —dijo él, tendiéndole un documento.

—Esto no me sirve; no tengo aquí mis gafas —dijo ella.

—No voy a esperar a que lo lea —dijo Peterson, subiendo los escalones y alzándose de repente muy por encima de ella. La señora Fryatt abrió los brazos para cerrarle el paso, pero él los apartó con delicadeza y entró en la casa.

—¡Quíteme sus negras manos de encima! —exclamó la mujer. Los demás agentes pasaron por su lado y entraron también, mientras se iban poniendo los guantes de látex—. Pero ¿qué están haciendo? ¿Por qué vienen a mi casa?

Una joven agente empezó a abrir los cajones de una de las mesas auxiliares del pasillo y la señora Fryatt trató de impedírselo.

—Señora, tiene que apartarse, o nos veremos obligados a detenerla.

—¿Con qué base?

—Obstrucción a un agente de policía con una orden judicial.

Ella se apoyó en la barandilla de la escalera y observó cómo se desplegaba la policía y empezaba a registrar la casa. Tras unos momentos, fue al teléfono y marcó con manos temblorosas el número del móvil de su hijo.

—¿Charles? ¡La policía está aquí! —chilló con una voz más aguda—. Dicen que tienen una orden… Están registrándolo todo… —Mientras su hijo la acribillaba a preguntas, vio a través del umbral de la sala de estar que sacaban los libros de las estanterías, los sacudían del revés y los tiraban al suelo—. No lo sé. No tengo mis gafas de lectura. No me explican nada. Uno de ellos me ha empujado en la entrada… ¡Sí, ven enseguida!

Colgó el auricular y buscó un rincón donde esperar, pero la policía estaba por todas partes. Parecía haber más de los seis agentes que había visto al principio. Volvió al gélido porche y se sentó en la sillita que usaba para ponerse los zapatos. Todavía le temblaban las manos, y no era solo de frío.

Al cabo de una hora, vio a través del cristal de la puerta que aparecía su hijo.

—¿Por qué demonios has tardado tanto? —siseó al abrirle.

—¿Dónde está la orden? —dijo Charles.

Quitándole el documento de las manos, recorrió el texto y la firma rápidamente. Justo cuando entraron en el pasillo, Peterson bajaba por la escalera.

—¿Usted es Charles Fryatt? —preguntó él.

—Sí. Esto es completamente absurdo. ¿Qué podría tener que ver mi madre con el asesinato de Marissa? —dijo Charles—. ¡Mírela, tiene noventa y siete años!

Peterson no le hizo caso.

—¿El dormitorio de delante es suyo, señora Fryatt?

—Sí. ¿Ha entrado ahí? ¿Usted? —gritó la mujer.

—Sí.

—Yo habría supuesto que esa tarea se la asignarían a una mujer policía. ¡Seguro que ha puesto esas manos en todos mis objetos personales!

Charles le lanzó una mirada a su madre.

—Mamá. Cuidado con lo que dices —le advirtió.

—¡Yo en mi casa digo lo que me da la gana! ¡Para algo existe la libertad de expresión!

—Necesitamos que abra la caja fuerte del armario —dijo Peterson. Charles miró a su madre con unos ojos llenos de temor.

—Supongo que no tengo otro remedio, ¿no? —dijo ella.

—No. O la abre o tendremos que perforar la cerradura.

Ambos siguieron a Peterson por los dos tramos de escalera hasta el dormitorio delantero, que contenía una enorme cama con dosel, un pesado tocador frente a una ventana panorámica y un gran armario empotrado que abarcaba toda una pared. La puerta central estaba abierta, dejando a la vista una recia caja fuerte con un disco giratorio.

—Yo soy la única persona que conoce la combinación —dijo la señora Fryatt con arrogancia.

—¿Y si no la recuerdas? —preguntó Charles. Por el tono con que lo dijo, la señora Fryatt pensó que su hijo estaba sugiriendo que alegara que la había olvidado, pero ella se acercó con paso vacilante y se arrodilló muy lentamente.

—Tienen que darse todos la vuelta —dijo. Peterson, Charles y los dos agentes que había en la habitación miraron para otro lado. Sonaron unos clics y la caja se abrió. Charles intentó captar la mirada de su madre, pero ella se negó a mirarlo—. Ahí la tienen —dijo.

Peterson se acercó a la caja fuerte y se acuclilló para atisbar su interior. Había tres estantes. El primero contenía un montón de billetes de veinte y algunos títulos bancarios anticuados. El segundo estaba lleno de estuches de joyería forrados de terciopelo. Los dos agentes uniformados se acercaron también y se pusieron guantes de látex nuevos para sacarlos y dejarlos sobre la moqueta. El primer estuche era ancho y aplanado y contenía un deslumbrante collar de diamantes; el segundo y el tercero, un reloj Cartier de diamantes y dos pulseras. Peterson examinó los demás estuches esparcidos sobre la moqueta, que contenían un broche de diamantes, unos pendientes de oro y otro collar con un colgante de oro de seis onzas. En los dos últimos estuches había un par de diamantes enormes de corte redondo montados en oro y un par de diamantes cuadrados de corte princesa.

El estante inferior estaba vacío.

—¿Usted posee otros diamantes de corte princesa, aparte de estos? —preguntó Peterson.

—No —dijo la señora Fryatt—. Verá que debajo de los títulos bancarios del estante superior tengo los documentos del seguro de todas mis joyas. Se redactó el pasado mes de agosto. Ahí podrá comprobar que está todo correcto y en su sitio.

Peterson pasó varios minutos revisándolo todo. Luego se levantó y se acercó a Charles, que se había apostado junto a la ventana. Pese al frío, su piel gris relucía de sudor.

—¿Nos puede confirmar que Marissa Lewis acudió a la joyería donde usted trabaja con unos pendientes de diamantes de corte princesa, exactamente iguales que estos? —dijo, mostrándole el estuche.

—Eh. Sí…, al parecer estuvo allí —dijo Charles. La señora Fryatt miró a su hijo fríamente.

—¿Por qué no se lo contó a mis compañeros cuando vinieron aquí para hablar del asesinato de Marissa?

—Porque yo no supe que había ido a la joyería hasta que una agente fue allí y habló con mi suegro. Yo solo soy una de las cuatro personas de la familia que trabajan allí —dijo Charles. Sus ojos inquietos pasaban una y otra vez de Peterson a la gélida mirada de su madre.

—¿Se trata del negocio de la familia de su esposa?

—Sí. Trabajo allí junto con dos de sus hermanos.

—Tengo que llevarme estos pendientes para analizarlos —dijo Peterson.

—¿Qué pretende analizar? —preguntó la señora Fryatt.

—Restos de ADN.

—Bueno, encontrarán mi ADN, e incluso es probable que esté el de mi nuera, que los ha tomado prestados en un par de ocasiones. Y, por supuesto, también el de Marissa.

Peterson la miró fijamente.

—¿Por qué dice eso?

—Porque se los dejé probar una vez, agente. Si quiere esperar, incluso podría encontrar una fotografía de ella con los pendientes puestos. Hizo aquí una sesión de fotos para su *book* de cabaret. Vino su amiga Sharon para ayudarla. —Extendió la mano para que le devolviera los pendientes.

—Aun así, me gustaría llevármelos para analizarlos.

—¿Solamente quiere los pendientes? ¿No quiere una muestra de sangre o de orina? ¿O quizá quiere empolvar todas las superficies para buscar huellas?

—Solo los pendientes —dijo Peterson, sosteniéndole la mirada.

—Muy bien. Analícelos, pero está perdiendo el tiempo. Y se lo advierto, si sufren algún desperfecto, por ínfimo que sea, le demandaré a usted y al cuerpo de policía. Tengo el dinero suficiente para hacerlo.

Peterson guardó los diamantes en una bolsa de pruebas y salió del dormitorio, seguido por los dos agentes. Nadie dijo nada hasta que salieron a la calle, donde esperaban los coches patrulla.

—Mierda —masculló Peterson, dando un golpe al capó de uno de ellos—. ¡Joder!

*M*oss recuperó lentamente la conciencia, pero estaba todo negro. No veía nada. Se hallaba boca arriba sobre una superficie dura. Tenía un dolor palpitante en la cabeza. Inspiró hondo. Había un intenso hedor a macho cabrío y a sudor revenido. La asaltó una oleada de náuseas y creyó que iba a vomitar. Sintió pánico al darse cuenta de que su boca estaba tapada con cinta adhesiva. Al despertar del todo, notó que tenía las manos atadas por delante, a la altura de las muñecas, y también los tobillos. Tragó saliva y procuró conservar la calma. Aguzó el oído. Captó un leve silbido, luego un *bruuum*, y atisbó con el rabillo del ojo un diminuto recuadro azul, que destelló unos segundos y desapareció.

Volvió a tragar saliva. Tenía la garganta seca y pegajosa. Se deslizó de lado a lado, tanteando el suelo. Movió sus brazos atados hacia la derecha y palpó una reja metálica, y luego lo mismo a la izquierda. Escurriéndose arriba y abajo, notó que había barrotes por encima de su cabeza y por debajo de sus pies. Su corazón volvió a acelerarse y su pánico se intensificó. Estaba encerrada en una especie de jaula.

«Mantén la calma, mantén la calma», dijo una voz en su cabeza. Pensó en las técnicas de *mindfulness* que Celia había empezado a practicar para intentar dominarse. Ella se había burlado de Celia por andar con el libro de *mind-*

fulness por todas partes. Ahora deseaba haberlo leído. Trató de recordar de qué iba, lo que Celia le había explicado. Consistía en concentrarse en lo que estaba sucediendo, sin dejar que las emociones se apoderasen de ti. Se concentró en el suelo frío bajo su espalda. Tanteó alrededor; estaba segura de que era de madera.

«¿Qué ha sido esa luz azul? Era una llama; esa llamita que hay detrás de la ranura cuadrada de un calentador». Tenía que ver si podía sentarse y mirar lo que iluminaba, suponiendo que volviera a encenderse.

Moss inspiró y espiró lentamente. Su nariz no parecía capaz de absorber el aire suficiente. Empezó a sentarse, pero tuvo que detenerse a media maniobra, porque la sangre que palpitaba en sus venas parecía empujar el dolor hacia su cabeza y tenía la sensación de que le iba a explotar. La náusea la asaltó de nuevo. Si vomitaba, se ahogaría.

Volvió a tumbarse muy despacio y respiró profundamente varias veces, ladeando la cabeza para sentir el frío del suelo en la mejilla. Recordó lo sucedido, el momento en que había visto el dibujo de la máscara de gas y de repente todo había encajado. Él también se había dado cuenta, claro.

Sintió otra vez una oleada de pánico. Ese hombre iba a matarla. La llama del calentador indicaba que probablemente estaba en el sótano. Atada. Amordazada. Encerrada en una jaula. El miedo y la desesperanza la dominaron de nuevo. Entonces le vino a la mente la cara de Jacob. Sus ojos preciosos, su inocente sonrisa. Lo bien que olía. Cómo le gustaba agarrarse de su cintura siempre en expansión y subirse sobre sus pies para que ella caminara por la habitación y lo llevara de aquí para allá. Pensó en Celia, en su pelo rubio miel, en su bello y amable rostro. ¿Por qué no los había abrazado ni les había dicho que los quería antes de salir de casa?

Se le llenaron los ojos de lágrimas, lo cual le dio energía para luchar. Inspiró hondo varias veces y lentamente se levantó hasta quedar sentada, mientras intentaba recordar por qué lado había aparecido la llamita azul. Apoyando la cabeza en los barrotes de la izquierda, se fue irguiendo. El dolor que palpitaba en su cabeza casi resultaba intolerable. Tomó más aire con profundas respiraciones. El tipo le había quitado la chaqueta y le había atado las manos por delante desde la parte superior de la muñeca hasta los nudillos. Notó que era cinta americana por cómo se le pegaba al vello del antebrazo.

Sonó un clic en el rincón del fondo, a la derecha, y apareció de nuevo la llama azul. Tenía la visión borrosa, pero consiguió que sus ojos se acomodaran a la luz y distinguió algunas formas. El rectángulo del calentador, montado en la pared; otras siluetas entre medias y luego la jaula, que estaba en el suelo. La llama se apagó y volvió a quedar sumida en la oscuridad.

Notó que le volvía la náusea y que los músculos de la espalda, y también los de las corvas, se le empezaban a acalambrar dolorosamente. Tener las piernas atadas ya era bastante malo, pero tal como tenía atados los brazos, con las manos apuntando hacia delante, le resultaba imposible permanecer erguida. El calambre empeoró y le arrancó una mueca de dolor.

«Respira, respira, respira. El dolor pasará». Soltó un grito amortiguado cuando los calambres se hicieron insoportables. Tenía los hombros encorvados, los codos juntos. Recordó un vídeo que había visto en Internet: un especialista americano en autodefensa que explicaba qué había que hacer si te ataban las manos con cinta aislante. Ese era otro de los *hobbies* de Celia, las clases de autodefensa. De hecho, le había propuesto que fueran juntas, pero su trabajo siempre parecía interponerse. Había sido Celia la que le había mostrado ese vídeo de YouTube… El tipo levantaba las manos atadas por encima de su cabeza y luego las descargaba con fuerza sobre su estómago, separándolas de golpe. Era algo relacionado con la capacidad tensora de la cinta; si simplemente estirabas, se extendía como un chicle; pero si le aplicabas un golpe violento, se partía limpiamente.

Moss inspiró hondo y se dispuso a alzar los brazos, pero en medio de la oscuridad calculó mal el ángulo y se golpeó el puente de la nariz con sus muñecas atadas. Soltó un sollozo amortiguado y luego le entró pánico al notar que la nariz se le llenaba de sangre. Se inclinó hacia delante, pero seguía teniendo las manos atadas y no podía respirar. En la negrura del sótano, empezó a ahogarse con su propia sangre.

60

T disfrutó del lento paseo de vuelta. Le dio tiempo para pensar. Él concebía su vida como una combinación de luz y oscuridad. Su trabajo con los retratos familiares era tan pintoresco y práctico que lo situaba del lado de la luz. Luego, cuando cerraba la tienda y se quedaba solo, se movía por la oscuridad.

Lo había introducido en ese mundo oscuro una chica a la que había conocido quince años atrás; no, eso no era del todo exacto. La oscuridad siempre había estado ahí, pero Tabitha la había sacado de su interior, poniéndola en primer plano. Él siempre había creído que era la única persona del mundo que tenía fantasías violentas, pero Tabitha, una joven y precoz estudiante, le había animado a experimentar con juguetes sexuales y juegos de rol. Ella le había alentado a contarle sus secretos en la oscuridad.

A Tabitha le encantaba que la atasen, y ambos interpretaban una fantasía en la que él la secuestraba y la violaba. En aquel entonces aquello le parecía impactante y atrevido, pero ahora, visto retrospectivamente, comprendía que no era más que un juego de niños. Tabitha simplemente actuaba, puesto que solo se trataba de un juego de rol; y su actuación no era lo bastante convincente. Su miedo resultaba postizo, falso. Ella era simplemente un peldaño para alcanzar otros lugares más oscuros.

Una noche habían ido a un club clandestino de *bondage* en el Soho. Fue allí donde él descubrió las capuchas y el control de la respiración, y también donde se terminó su relación con Tabitha. Esa noche había estado a punto de asfixiarla. Había visto un miedo real en sus ojos y no había podido parar. Luego había logrado disuadirla para que no lo denunciase.

Durante los años siguientes, se había permitido varias visitas a Ámsterdam, donde acudía a los clubs de *bondage* y compraba porno extremo, pero enseguida se dio cuenta de que incluso la pornografía más dura no le satisfacía. Después descubrió las máscaras de gas, y en concreto la práctica de actos sexuales con una máscara con el tambor cerrado para controlar la respiración, o bien relleno con un algodón empapado en nitrito de amilo.

No recordaba exactamente cuándo se le había ocurrido la idea de acechar por las calles a altas horas de la noche. Se había colocado con un tipo al que había invitado a la mazmorra sexual que había montado en el sótano. Ambos habían acabado en el jardín, y él, tambaleándose, había salido por la verja trasera a la calle, donde se había agazapado en un rincón oscuro y observado a la gente que pasaba. La sensación de poder que aquello le había dado había sido más intensa que nada de lo que había probado antes. Con el tiempo, se había vuelto más atrevido, primero exhibiéndose ante hombres y mujeres, y luego ejecutando su primer ataque.

T redujo el paso al acercarse a Camera Obsura. Necesitaba tiempo para pensar. El hecho de que esa mujer fuese agente de policía le proporcionaba un estremecimiento adicional. Pese a todos los ataques perpetrados a lo largo de los años, nunca lo habían atrapado. No habían detectado su ADN y no tenía antecedentes, ni siquiera por una multa de aparcamiento o por unos puntos de su permiso de conducir.

Ella estaba ahora en el sótano. Le había visto. Si la soltaba, se habría acabado todo.

T no temía el riesgo. Ya se había ocupado de despistar a la policía. Ahora debería pensar en cómo deshacerse del cuerpo. Era una mujer gruesa. Dio media vuelta y decidió rodear toda la manzana otra vez. Necesitaba idear un plan.

$\mathcal{M}$oss levantó los brazos en la oscuridad y descargó sus muñecas con fuerza contra su pecho. Repitió la operación. La nariz le sangraba y le costaba respirar. Al tercer intento, sus ligaduras se partieron por fin, liberándole las muñecas tan de golpe que sus codos chocaron con los barrotes. No le importaba el dolor. Alzó las manos y, con dedos entumecidos, se arrancó la cinta de la boca. Escupió y dio unas arcadas, pero consiguió llenarse los pulmones con grandes bocanadas de aire.

—¡Dios mío, Dios mío! —exclamó, aliviada por la sensación de poder usar las manos y respirar por la boca. Empezó a trabajar rápidamente, desgarrando y arrancando la cinta de sus tobillos hasta liberarlos. Moviendo los hombros para desentumecerse, se puso en cuclillas y empezó a tantear la jaula. Por encima de su cabeza había gruesos barrotes que le impedían levantarse y estirar las piernas. Había un candado en un lado de la jaula y estaba fijado cuidadosamente.

—Mierda —masculló. Era como una jaula para un perro grande. Sonó un clic y la llama azul iluminó la pequeña habitación. A estas alturas sus ojos se habían acomodado a la oscuridad y vio que había una serie de postes montados en la pared del fondo. Distinguía formas y siluetas: un objeto alargado, doblado sobre sí mismo, con una capucha con orificios para los ojos y un tambor para respirar. Era una máscara antigás. Volvió a tantear alrededor. Los barrotes de la jaula eran recios, de metal grueso, pero la base era de madera. Ahora que se había liberado de sus ataduras, podía moverse con más libertad. Tragó saliva y se limpió la nariz; notó que la sangre empezaba a coagularse. Se volvió a agachar y, cogiendo fuerzas, pegó la espalda a la parte superior de la jaula. Se balanceó de un lado a otro y advirtió que la jaula se desplazaba un par de centímetros. No estaba fijada al suelo. Empezó a balancearse con más fuerza, de tal forma que la jaula fue resbalando y alejándose de la pared de ladrillo. Le costó un enorme esfuerzo y tuvo que parar un par de veces para tomar aliento. Metió los brazos entre los barrotes y comprobó que ya no alcanzaba la pared. Ahora tenía suficiente espacio a ambos lados. Cogió fuerzas otra vez, con la espalda pegada a los barrotes, y volvió a balancear la jaula, aprovechando su bajo centro de gravedad. Los lados de la base empezaron a levantarse del suelo a medida que se balanceaba con más brío. De repente, la jaula volcó y cayó con un gran estrépito que resonó por todo el sótano. Moss dio un grito de dolor al aterrizar sobre los barrotes del lado izquierdo, que ahora estaban sobre el suelo.

Se tomó un momento para recobrar el aliento y luego empezó a darle patadas a la base de madera de la jaula.

—Deberías. Haberme. Quitado. Las. Botas. Maldito. Idiota. Joder —siseó entre dientes, puntuando cada palabra con una patada y estampando rítmicamente sus botas contra la base. A cada patada, el dolor le repercutía por todos los huesos y los barrotes metálicos se le clavaban en la espalda y en los hombros, pero ella continuó. Finalmente, cuando ya le parecía que iban a explotarle los pies, la madera se resquebrajó y una pierna la atravesó por completo. Las astillas le arañaron el tobillo, lo que le arrancó un grito de dolor, pero nada iba a detenerla. Sacó la pierna y empezó a trabajar en el agujero, pateando, empujando y desmenuzando el grueso tablero de aglomerado. Le pareció que tardaba una eternidad, pero al final logró abrirse paso y salió del todo con las manos y las piernas cubiertas de astillas. Era libre. Se movió a tientas por la oscuridad, consiguió encontrar un interruptor y lo encendió.

*A*penas recobró el aliento, Moss vio todo el horror del lugar en el que se encontraba. Había otra jaula más alta en una esquina, un cepo y una mesa con correas de cuero. El suelo de hormigón mostraba manchas de sangre. Las paredes estaban cubiertas de fotos pornográficas: imágenes extremas de desnudos y torturas. También había una gran pantalla de televisión con una hilera de DVD alineados en un estante.

Colgados de clavijas a lo largo de una pared había látigos y cadenas, un arnés, dos trajes de látex de cuerpo entero y, al final, una máscara antigás negra con grandes orificios de cristal para los ojos y un tambor alargado para respirar: unos cuadrados blancos pintados le daban el aspecto de una dentadura.

Moss se quedó paralizada al oír unos pasos afuera. Sonó el chasquido de un cerrojo y la puerta se abrió.

Taro apareció en el umbral, lívido y tembloroso. En una mano sostenía una gran jeringa llena de un líquido azul oscuro y en la otra un montón de láminas de plástico negro. Había venido a matarla de la forma más pulcra y limpia posible, pero ella le había complicado las cosas. Moss estaba segura de que él había planeado introducir la jeringa entre los barrotes y ponerle la inyección. Lo cual le hizo pensar en un terrible documental que había visto sobre animales utilizados para experimentación. Aún recordaba cómo intentaban apartarse de los barrotes cuando introducían la aguja y se la clavaban en la piel.

—¿Cómo ha salido de ahí? —dijo él. Hablaba con una voz baja pero uniforme.

—Usted mismo puede verlo —replicó ella.

Sin quitarle la vista de encima, Taro entró en la habitación y cerró la puerta con el pie. Luego dio un paso hacia ella.

—No se acerque —dijo Moss.

—No debería haber venido aquí. Yo iba a dejarlo. Pensaba dejarlo y desaparecer… Y ahora tengo que ocuparme de usted. ¡Tengo que ocuparme de usted!

Ella procuró no mostrar su miedo. Retrocedió, dejando entre ambos la jaula volcada de lado. Taro se aproximó. Moss sujetó la jaula por arriba e intentó empujarla hacia él como si fuera un ariete, pero el armatoste no se deslizaba bien, se movía con dificultad, y al final ella perdió el equilibrio y cayó hacia delante.

Taro se lanzó rápidamente, esquivando la jaula, y la sujetó por detrás. Mientras forcejeaba y se resistía, Moss vio que él manipulaba la jeringa para sostenerla en un puño con el pulgar en el émbolo. Cuando ya la alzaba para clavársela, ella se agachó y luego lanzó la cabeza hacia atrás con fuerza, de manera que le golpeó en la boca con la parte posterior del cráneo, partiéndole los incisivos y rompiéndole la nariz. Él dio un grito y retrocedió tambaleante. Moss corrió hacia la puerta, pero no se abría. Tiró inútilmente de la manija. No se movía.

Al girarse, vio que Taro seguía dando tumbos. Le sangraba la nariz. Escupió los dos dientes al suelo y alzó los ojos hacia ella. Ahora tenía una expresión enloquecida. Moss buscó alrededor con la mirada y vio junto a la puerta una mesa donde había un gran candado abierto y una cadena. Con la velocidad de un rayo, agarró el candado y, empleando todas sus fuerzas, lo arrojó hacia él, apuntando alto. El tiempo pareció ralentizarse. El candado rodó por el aire una, dos veces, antes de darle en la sien. Taro la miró con una expresión de asombro y luego se derrumbó, golpeándose la cabeza en el suelo de hormigón con un espantoso crujido.

Moss corrió otra vez hacia la puerta. La manija estaba rígida, pero al final logró girarla y abrir. Salió a un pasillo profusamente iluminado y cerró de un portazo.

Vio que el pasillo estaba cubierto con unos anticuados paneles de madera y que acababa de cruzar una puerta secreta. Al cerrarse, quedaba disimulada entre los paneles. En mitad del pasillo había una mesita de una vieja máquina de coser Singer con un montón de libros y plantas, además de un cuenco de llaves. Moss la arrastró por el suelo de piedra, sin quitar ojo a la puerta, pues temía que fuera a abrirse, y la situó delante, confiando en que bastara por el momento para cerrarle el paso.

Luego echó a correr, cruzó el pasillo y entró en el estudio fotográfico. Afuera ya había oscurecido. La puerta seguía cerrada, pero cogió uno de los trípodes de los focos y, casi con un pavor histérico, lo lanzó a través de la ventana de cristal esmerilado, que estalló en pedazos hacia fuera. Apartó los cristales a patadas, trepó por el alféizar, cruzó corriendo el sendero y salió a la calle.

Su coche había desaparecido y no tenía el teléfono. Avanzó tambaleante por la calle, todavía llena de adrenalina. Notaba que le sangraba la cabeza por detrás. Buscó con la mirada una cabina, pero no había ninguna.

Siguió corriendo hasta el fondo de la calle, que se curvaba en ese punto hacia la estación New Cross. Montones de adolescentes salían en ese momento, acicalados para ir de juerga. El alboroto era ensordecedor. Moss se abrió paso entre la multitud y vio una antigua cabina junto a la entrada de la estación. Al coger el auricular, su primer impulso fue llamar a Celia. Marcó el 100 para hablar con la operadora y luego pidió una llamada a cobro revertido.

63

A Erika le entristeció la marcha de Isaac, que ya había emprendido el viaje de vuelta hacia Londres. Confiaba en que no tuviera que lidiar con más ventiscas. Encendió el fuego en la estufa y revisó el móvil, pero no había nada sobre Moss. Se sentía inquieta y lejos de todo. Pensó en la visita que había hecho a su antigua casa. En los últimos años, ella había creído que Londres era solo un refugio temporal, un lugar al que se había exiliado después de lo sucedido en Mánchester, pero ahora se daba cuenta de que Londres se había convertido en su hogar. Su vida en el norte pertenecía al pasado. Ya no era su lugar.

Zapeó por los canales de televisión, pero no había nada que le apeteciera mirar. Se puso el abrigo, un viejo gorro y unos guantes, y echó a andar hacia el cementerio. Era solo un breve paseo a través de los campos. Hacía una noche clara y estrellada, y mientras subía por la cuesta, veía abajo las casas dispersas del pueblo con las luces destellando en las ventanas. Cuando llegó a la entrada del cementerio, la luna apareció por detrás de las nubes, lo que le permitió distinguir el camino entre las tumbas hasta encontrar la de Mark.

La lápida era de granito negro pulido y relucía a la luz de la luna.

A LA MEMORIA DE
MARK FOSTER
1 DE AGOSTO DE 1970 – 8 DE JULIO DE 2014
SIEMPRE QUERIDO Y RECORDADO

Erika se sacó del bolsillo un botellín de whisky Jack Daniel's, desenroscó el tapón, dio un pequeño sorbo y luego derramó el resto sobre la tierra.

—Nunca pensé que iba a ser así como terminaríamos —dijo—. Te echo de menos todos los días... —Se secó una lágrima con la mano enguantada—. Ya te he dicho esto muchas veces, pero tengo que vivir mi vida, seguir viviendo mi vida. Si hubiera sido yo, no habría querido que te quedaras en este mundo triste y apenado... He decidido que voy a vender la casa. He vuelto hoy allí y ya no es el lugar que recuerdo. No es nuestro hogar. Voy a comprar otra casa y la convertiré en mi hogar. —Erika se tragó las lágrimas—. Porque tú no estás aquí y no puedo seguir viviendo con un hueco que llenar a mi lado. Nunca te olvidaré, siempre te querré, pero no puedo seguir siendo la mitad de una persona.

Las nubes se deslizaron sobre la luna, sumiéndola en la oscuridad.

—A veces indago sobre Jerome Goodman. Me pregunto dónde está. Si piensa siquiera en todos nosotros. Introduzco su nombre en los ordenadores del trabajo, pero se ha evaporado. Si alguna vez tengo la ocasión de encontrarme con él a solas..., lo mataré, lentamente, por lo que te hizo a ti, a mí y...

Un viento helado sopló a lo largo del sendero. Erika notó que el frío le entraba por los zapatos, por los guantes, por la parte inferior de su espalda.

—Voy a ocuparme de tu padre. Voy a hacer que venga una cuidadora, estaré más pendiente de todo y lo visitaré más a menudo. —Se llevó los dedos a los labios y luego los puso sobre las letras doradas de su nombre.

Cuando llegó a la casa, el fuego se había apagado. Retiró la ceniza de la estufa y puso otro par de troncos. Justo cuando la cerraba, sonó su teléfono. Era Melanie.

—Erika, se ha producido un incidente con Moss —dijo, sin preámbulos. Ella la escuchó mientras Melanie le explicaba lo sucedido: que Moss había sido encontrada, apenas consciente, en una cabina telefónica de New Cross.

—¿Está bien?

—Eso espero. Están haciéndole ahora mismo un escáner en urgencias. Tiene una grave conmoción. Hemos detenido a un hombre de treinta y cinco años llamado Taro Williams, que tiene un estudio de fotografía en New Cross. Moss fue a hablar con él siguiendo una pista que había sacado de la Oficina de Empleo de Forest Hill. Al parecer, Joseph Pitkin había trabajado como ayudante suyo a principios de 2016.

Erika se sintió entusiasmada y luego frustrada por el hecho de no estar allí.

—Estoy en el norte. No puedo dejar a mi suegro.

—Lo sé. Quédese, por favor. Aquí está todo controlado. Williams es un hombre de recursos y ya ha contratado a un abogado de campanillas, así que vamos a tener que andarnos con mucho cuidado y hacerlo todo de acuerdo con las normas.

—Moss debería haber avisado a dónde iba. Se puso en peligro —dijo Erika.

—¿Me toma el pelo? ¿Cuántas veces se ha puesto usted en peligro? A usted le han dado más palizas que a Jackie Chan. ¡Es la mujer biónica!

—Muy graciosa.

—Disculpe. Simplemente estoy encantada de que hayamos resuelto este caso tan deprisa.

—Eso dependerá de los análisis de ADN —dijo Erika.

—Por supuesto… Bueno, tómese todo el tiempo que necesite con su suegro.

Erika iba a añadir algo más, pero Melanie ya había colgado.

Permaneció sentada largo rato, mirando cómo ardía el fuego a través de la ventanilla de la estufa, sintiéndose muy lejos de todo.

*E*ran las tres de la mañana, pero el ambiente en la comisaría Lewishan Row era de enorme excitación. Peterson, McGorry, Crane y la comisaria Hudson habían sido convocados al llegar la noticia sobre Moss. Después de hablar con Celia, ella había llamado a la policía para pedir refuerzos y, finalmente, antes de perder el conocimiento, también a Peterson.

Un grupo de uniformados había acudido rápidamente a Camera Obscura, donde habían encontrado a Taro Williams en el sótano. Él ya había recuperado el conocimiento y, tras ser examinado por un sanitario, había sido detenido y trasladado a Lewisham Row. Le habían tomado las huellas y una muestra de ADN, que habían llevado de inmediato al laboratorio.

McGorry y Crane estaban con la comisaria Hudson en la sala de observación de la comisaría, mirando cómo Taro Williams era interrogado por Peterson.

—No dice ni una palabra —dijo McGorry, mientras observaban detenidamente la pantalla que mostraba la señal en directo.

—Un gran hijo de puta, ¿no? —dijo Crane.

—Un hijo de puta espeluznante. Sus ojos me han producido escalofríos —dijo McGorry—. Cuando lo han traído y han empezado a tomarle las huellas y la muestra de ADN, ha permanecido impasible. Como si todo eso le tuviera sin cuidado.

En la pantalla, Peterson le estaba pidiendo a Taro que confirmara si era el dueño de Camera Obscura y del edificio, y si trabajaba a tiempo completo como fotógrafo.

Taro se echó hacia delante con aire amigable.

—Sí, heredé el negocio de mi padre cuando él murió hace doce años —dijo. Tenía una voz suave y una dicción impecable.

Sonó el móvil de Hudson.

—Es del Departamento Forense —dijo. Los otros dos observaron cómo hablaba. McGorry cruzó los dedos.

—¡Hay coincidencia! La muestra de ADN sacada de la sangre de los cristales rotos del bloque de West Norwood coincide con la que le hemos sacado en la sala de custodia. ¡Ya es nuestro! —exclamó Melanie. Ellos lanzaron un puñetazo en el aire.

—Menudo psicópata —dijo McGorry.

—¿Basta con acusarlo por las cinco agresiones sexuales y el asesinato de Marissa Lewis? —preguntó Crane.

—Sí, sobre todo por el asesinato de Marissa. No quiero que salga en libertad. No tiene ningún antecedente, y no quiero darle la oportunidad a su relamido abogado de conseguirle la libertad bajo fianza si no presentamos una acusación de asesinato —dijo Melanie. Se inclinó sobre el micrófono—. Peterson, necesito que interrumpa un momento el interrogatorio. Tenemos los resultados de la prueba de ADN.

Peterson salió de la sala de interrogatorio. Melanie le comunicó los resultados y le autorizó para que acusara formalmente a Taro Williams.

Los tres miraron desde la sala de observación cómo Peterson volvía a entrar y detenía formalmente a Williams por la agresión sexual a Rachel Elder, Kelvin Price, Jenny Thorndike, Diana Row y Jason Bates, y por el asesinato de Marissa Lewis.

Taro se mantuvo imperturbable, hasta tal punto que se entretuvo en quitarse una mota de su chaqueta mientras le leían la acusación. Luego alzó la vista hacia la cámara y los agentes de la sala de observación sintieron un escalofrío. Era como si pudiera verles. Sonreía con una amplia sonrisa dentona, que, sin embargo, no alcanzaba sus ojos.

65

*E*rika permaneció en el norte dos semanas. Entre las visitas diarias a Edward, había hecho que instalaran un elevador de escalera en su casa. También había decorado un poco las habitaciones y registrado todos los suministros *online* para poder comprobar que las facturas se pagaban.

Durante una de sus últimas visitas al hospital, antes de que fueran a darle el alta, Edward se había mostrado entusiasmado ante todos estos cambios. Pero solo hasta que ella le dijo también que había contratado a una persona para que fuera a verle tres veces por semana.

—¡No voy a permitir que un extraño entre en mi casa para limpiarme el culo! —había dicho. Ahora ya permanecía incorporado en la cama y se le veía muy recuperado.

—Escucha, Edward. No va a ser así. Ella estará allí para ayudarte en todo lo que necesites.

—¿Ella? —había dicho él, entornando los ojos.

—¿Quieres a un tipo?

—No, por Dios.

—Te ayudará con la colada, la limpieza y la cocina. O puede encargarse de llamar para lo que haga falta, para una cita con el médico, por ejemplo. Será una compañía. Te prometo que nadie va a limpiarte el culo.

—¡Soy demasiado joven para tener una cuidadora!

—Vale. ¿Qué te parece si la llamamos tu asistente personal?

Él se había echado a reír.

—¿Quién es? No voy a tener en mi casa a una conservadora. Y tampoco quiero a una adolescente pegada al teléfono móvil todo el tiempo.

—Por supuesto que no.

—Y quiero que sea norteña. No me molestan los sureños, pero tener a una en casa tres veces por semana ya sería demasiado.

—Es una especie de norteña... Del norte de Eslovaquia. Se llama Lydia. Tiene veinticinco años, habla un inglés excelente y ha trabajado como cuidadora, digo, como asistente personal a tiempo parcial para una señora del pueblo vecino.

—¿Tienes una foto suya?

—No. Ya la conocerás cuando vayas a casa, cosa que espero que sea mañana.

Edward recibió el alta al día siguiente y Erika le estaba esperando en casa con Lydia. A él le gustó la chica, y ambos establecieron de inmediato una buena conexión. Erika sintió que la última pieza del puzle había encajado en su sitio.

El resto del día y también el siguiente lo pasó con Edward. El domingo 14 de enero se dispuso a tomar el tren a Londres. Él salió y la acompañó al taxi, ahora ayudándose con un bastón, y ambos se abrazaron.

—Bueno, sigue haciendo los ejercicios —dijo Erika.

—Sí, cielo.

—Y come bien. Lydia traerá un *goulash* mañana.

—Lo estoy deseando.

—Y usa el elevador. Nada de alardear ante ella de que puedes subir las escaleras por tu propio pie.

Él asintió.

—Le he dicho a Lydia que se encargue de que lleves esos calcetines de compresión otras dos semanas. Sirven para…

—Sí, para evitar coágulos —dijo él, alzándose las perneras de los pantalones para mostrarle los calcetines—. Y tú no desaparezcas, ¿eh?

—No, claro que no —dijo ella.

Erika notó que iba a ponerse a llorar, así que volvió a abrazarle y subió al taxi. El viaje a Londres en tren fue rápido y sin problemas. Toda la nieve se había fundido y ella, pese a haber estado ocupada durante las últimas dos semanas y media, se sentía descansada. El paréntesis le había hecho bien.

Al entrar en su piso, notó que estaba helado y vio que había un gran montón de correo en la esterilla.

A la mañana siguiente, se levantó temprano y fue en coche a Lewisham Row. Cruzó la recepción y saludó al sargento Woolf, un orondo y rubicundo agente al que le faltaban solo unas semanas para retirarse.

—Feliz Año Nuevo —dijo ella.

—Maldita sea, llega un poquito tarde —respondió él—. El Año Nuevo queda perdido en las nieblas del pasado. ¡Ahora ya hay huevos de Pascua en las tiendas!

Erika cogió un café y subió a su oficina de la cuarta planta, donde empezó a repasar todo el correo y los *emails* que se habían acumulado durante las dos últimas semanas. A media mañana, sonó un golpe en la puerta y la comisaria Hudson asomó la cabeza.

—Bienvenida, forastera. ¿Cómo está su suegro?

—Ya muy recuperado… Estoy poniéndome al día en todos los asuntos —dijo, señalando el montón de carpetas que tenía sobre la mesa.

—Le mandé ayer un *email* y no quiero que se pierda entre todos los que debe tener en su buzón. Hemos reunido todas las pruebas y los expedientes para presentar a la fiscalía y a la defensa en el caso Taro Williams. Tenemos una coincidencia oficial de ADN que lo relaciona con dos de los ataques y suficientes pruebas circunstanciales para implicarlo en los otros tres. Las imágenes de las cámaras de vigilancia serán incluidas también junto con la declaración de la señora Fryatt sobre el asesinato de Marissa Lewis.

—¿Una declaración de la señora Fryatt?

—Sí, ha declarado que Taro Williams atacó a Marissa unas semanas antes de matarla.

—Eso es un poco vago. Ella dijo que Marissa dijo…

—Esta causa será pan comido. Tenemos imágenes suyas de videovigilancia siguiendo a Marissa hasta el jardín de su casa. Quiero que lo revise todo y presente su informe antes de que cerremos la acusación. Moss y Peterson han trabajado en ello mientras usted estaba fuera, como ya sabe.

—¿Está segura de poder obtener una condena por el asesinato de Marissa?

—Tan segura como cabe estarlo con imágenes de videovigilancia, muestras de ADN, antecedentes violentos… ¿No va a decirme que cree que hay un imitador suelto por ahí?

—No. Solo son preguntas que me hago. No hay preguntas estúpidas en una investigación por asesinato —dijo Erika.

Melanie asintió.

—Taro Williams tiene dinero, y cuenta con los mejores abogados para defenderle. Y ya sabe lo buenos que son esos tipos para husmear el menor error de procedimiento. La copia del expediente está ahí encima.

—Ahora me la miraré.

Melanie se disculpó porque había empezado a sonar su teléfono. Erika cogió el expediente del montón de documentos y empezó a examinarlo. Estaban las declaraciones de todas las víctimas de los ataques, de la madre de Marissa, de algunas de sus compañeras y de la señora Fryatt. Lo que le resultó más turbador fue leer la declaración de Moss, en la que describía la dura experiencia que había vivido al ser retenida contra su voluntad.

Se concentró en las fotos que le habían tomado a Taro Williams al detenerlo. Era un hombre corpulento, de cara ancha y rasgos recios. Se le veía impávido en todas las imágenes, con unos ojos como muertos. Erika entró en el sistema Holmes y accedió a los interrogatorios que iban a ser presentados en un disco a la fiscalía. Taro había sido interrogado tres veces en el curso de dos días. En el primer interrogatorio aparecía sentado con expresión impasible frente a Peterson; en los otros dos, Peterson había estado acompañado por McGorry. Pese a que su abogado solicitó que le quitaran las esposas, Taro había permanecido esposado durante los tres interrogatorios. Era un tipo alto y se sentaba encorvado sobre la mesa. La camiseta y los pantalones de chándal que llevaba parecían demasiado pequeños. Como si lo hubieran metido a la fuerza en esas prendas. Erika adelantó la grabación del segundo interrogatorio hasta el final, y observó cómo se levantaba Taro para salir. Era más alto que el abogado, que McGorry y que Peterson, quien medía metro ochenta.

A continuación, revisó las imágenes de videovigilancia tomadas desde la escuela situada frente a la casa de Marissa Lewis la noche en la que fue asesinada. Observó cómo llegaba Taro Williams a la casa antes que Marissa. La figura vestida de negro, con una máscara de gas, entraba en el encuadre junto a la verja, moviéndose con sigilo y decisión por la nieve, casi tropezando sobre la acera resbaladiza. Llegaba a la verja de entrada y miraba el jardín y la casa. Luego se metía en la calleja contigua para aguardar entre las sombras.

Echó un vistazo a las notas anexas al sello de tiempo y avanzó el vídeo. Marissa aparecía en la verja. Era una chica preciosa, pensó Erika, mientras la miraba caminar con elegancia con su abrigo largo y el neceser bajo el brazo. Marissa abría la verja y entraba, desapareciendo en las sombras del jardín. Diez segundos después, la figura de negro, con su máscara de gas, salía de las sombras del callejón y se acercaba a la verja sujetando un largo cuchillo.

—Ahí estás, Taro —murmuró. En la pantalla, se le veía cruzar la verja y luego quedaba engullido por la oscuridad.

Erika observó la grabación y notó una creciente sensación de pánico en el pecho. Retrocedió al momento en que la figura con la máscara de gas llegaba al poste de la verja y volvió a pasar la imagen una y otra vez. Con manos temblorosas, repasó de nuevo la grabación del tercer interrogatorio, cuando Peterson hacía pasar a Taro Williams a la sala. Pausó la imagen y la comparó con la de la figura que aparecía junto al poste de la verja. Cogió el teléfono y llamó a Melanie.

—Tiene que subir a ver esto ahora mismo —dijo.

66

—¿Cuánto mide Taro Williams? —preguntó Erika. Melanie estaba sentada a su lado mientras ella volvía a pasar la grabación desde el exterior de la casa de Marissa en Nochebuena.

—No lo sé. Es alto… —murmuró Melanie.

—Mide un metro noventa y tres —dijo Erika, mostrándole el informe redactado en la sala de custodia cuando Taro había sido detenido y trasladado a comisaría—. Vuelva a mirar la imagen. —Mirando el sello de tiempo de la base de la grabación, retrocedió al momento en que Marissa Lewis aparecía en el encuadre junto a su casa. Erika detuvo el vídeo justo cuando ella llegaba al poste de la verja—. Marissa medía un metro cincuenta y siete. Ya ve que es solo un poco más alta que el poste.

—De acuerdo —dijo Melanie, con cierto recelo ante lo que se avecinaba. Con el vídeo pausado, Erika cogió un pequeño adhesivo y lo pegó justo en lo alto de la cabeza de Marissa—. Muy bien, ahora adelantamos la grabación —dijo—. Teniendo presente este marcador en la pantalla… —La figura de la máscara de gas aparecía avanzando con dificultad por la nieve, con la cabeza gacha. Erika pausó el vídeo cuando llegaba al poste de la verja—. Como ve, esa persona con la máscara de gas…

—Taro Williams —insistió Melanie.

—Esa persona con la máscara de gas es solo un poquito más alta que Marissa. —Puso otro adhesivo en la pantalla, solamente un poco por encima del primero—. Taro Williams es treinta y seis centímetros más alto que Marissa Lewis. Esa persona de la máscara de gas no es Taro Williams. A menos que Taro sea el increíble hombre menguante. —Melanie se inclinó y pasó la grabación hacia atrás y luego hacia delante, mientras su expresión se ensombrecía—. Tenemos a dos personas que comparar con un objeto fijo, el poste de la verja —dijo Erika.

—Mierda.

—Y el equipo de la defensa se abalanzará sobre este dato. He visto casos en los que todo se ha reducido a una diferencia de estatura de unos centímetros en las imágenes de videovigilancia. Nos pedirán que se revisen las grabaciones, y aplicarán pruebas más rigurosas que un par de adhesivos en la pantalla.

—¡Joder! —dijo Melanie, dando un golpe sobre la mesa—. La acusación se va al garete. No tenemos base para procesarlo.

—¡Sí, sí la tenemos! —dijo Erika—. Taro asaltó a cinco personas, y podemos relacionarlo con los ataques por la muestra de ADN, pero me preocupa más saber quién demonios asesinó a Marissa con una máscara de gas. Taro Williams no fue.

$\mathcal{A}$ primera hora de la mañana siguiente, Erika aparcó frente a la casa de Moss, en Ladywell. Iba a bajarse, pero Moss apareció en la verja y subió al coche.

—Buenos días. Me alegro de verla entera —dijo Erika, dándole un abrazo inesperado.

—Bueno, ya me conoce. Yo no me caigo, reboto —dijo Moss, sonrojándose.

Erika arrancó y circularon un minuto en silencio. Le lanzó una mirada de soslayo a Moss. Su silencio era insólito. Ella siempre se mostraba animada y locuaz.

—¿Está llorando? —preguntó Erika.

—No —dijo Moss, secándose las lágrimas con irritación.

—Es demasiado pronto para las alergias.

—Se me escapó lo de la estatura en las imágenes de videovigilancia. Un error de novato. Es muy embarazoso, joder…

—¿Y de quién es la culpa?

—Mía.

Erika asintió.

—Usted se ganó un tanto al asumir la responsabilidad. Me irritaría que intentara echarle la culpa a otro.

—No es mi estilo, jefa.

—Ya lo sé.

—Cuando detuvimos a Taro Williams nos dedicamos a reunir pruebas. La mayor parte del equipo fue asignado a otras tareas, así que perdí a muchos efectivos. Tampoco es una excusa, desde luego. Yo no estoy hecha para ser inspectora jefe. Me he dado cuenta de que prefiero estar en segundo plano.

—Pero atrapó a Taro Williams.

Moss negó con la cabeza.

—Tengo la sensación de que me metí allí por pura torpeza. Y luego estuve a punto de hacer que me mataran.

—Pero salió con vida —dijo Erika—. Y él habría seguido asaltando a la gente. Ahora ya no anda suelto por ahí.

—No anda suelto, pero sigue negándose a hablar.

—Eso no es ninguna novedad. Puede hablar o mantener la boca cerrada. En todo caso, tenemos el ADN.

—Habla como una poeta, y ni siquiera se da cuenta.

Erika sonrió.

—Lo dicho. Ha hecho un gran trabajo.

Moss hizo un gesto desdeñoso, sonrojándose de nuevo.

—Ya basta de hablar de mí. ¿Cómo le fue por el norte?

—Edward está bien. Durante muchos años él ha sido el adulto responsable y yo la jovencita. Esto me ha hecho tomar conciencia de lo vieja que soy. Ahora soy yo quien cuida de él.

—¡Usted no es vieja! ¿Cómo es ese dicho? Eres tan viejo como el hombre o la mujer con quien estás.

—Bueno, en ese aspecto no está ocurriendo nada en mi vida, a menos que contemos al viejo verde que se restregó contra mí en la caja registradora de Sainsbury's.

Moss sonrió.

—Me alegro de tenerla otra vez aquí, Erika.

—Gracias —dijo ella, devolviéndole la sonrisa—. Yo también me alegro de haber vuelto. Y ahora, suma y sigue. Esperemos que hoy aparezca algún dato crucial.

Erika puso el intermitente, doblaron en Coniston Road y se dirigieron a la casa de Mandy Trent.

Aparcaron unas puertas más allá. La nieve se había fundido hacía tiempo y en la escuela de enfrente era la hora del recreo. El patio estaba lleno críos, y sus gritos y juegos inundaban la calle. Erika y Moss se bajaron del coche y se sumaron al grupo de cuatro analistas forenses que estaban instalando sus equipos frente a la verja de la casa. La mitad del patio de enfrente había sido acordonada, lo que dejaba la vista despejada para realizar la prueba usando la cámara de vigilancia montada en el extremo del edificio de la escuela. Uno de los forenses estaba colocando un plástico oblongo, como una regla gigantesca, junto al poste de la verja. Medía dos metros de altura y tenía marcados con líneas rojas los intervalos de cinco centímetros. Otra forense estaba desembalando un trípode y una cámara, e instalándolos a la misma altura y con el mismo ángulo en un tramo más alejado de la acera, hacia el final de Coniston Road. Los niños más curiosos que no estaban correteando o jugando se alineaban tras las vallas, mirándolo todo.

Erika y Moss se presentaron al equipo y cruzaron la verja. El seto había sido talado, de modo que quedaba solo el murete que rodeaba el diminuto jardín. Ahora, sin nieve, no era más que un trecho de tierra aplanada. La madre de Marissa, Mandy, también estaba observándolo todo desde el portal. Tenía un aspecto desgreñado y estaba fumándose un cigarrillo. La saludaron y le preguntaron cómo estaba. Ella respondió que andaba muy ocupada con los preparativos para el funeral de Marissa, que se celebraría al cabo de unos días.

—Quiero que toquen *All Things Bright and Beauti-*

ful, porque me encantaba cantar ese himno en el colegio —dijo, dando una chupada al filtro del cigarrillo—. ¿No les parece bonito?

—Sí, a mí también me gusta —dijo Moss.

—Y con todas las flores. Voy a poner lirios. A Marissa le encantaban. El exmarido de Joan es el dueño de esa floristería de Honor Oak Park... Me hará un buen precio y me conseguirá unos bien bonitos que estén abiertos. No soporto los ramos de lirios cuando están cerrados —dijo—. El otro día fui al funeral de Joseph Pitkin. Me senté al final, eso sí. Le pusieron lirios encima del féretro, pero estaban todos cerrados. Era un entierro, y yo no dejaba de pensar que esos lirios nunca se abrirían con el frío que estamos teniendo. Se morirían antes de poder florecer... Y eso me hizo pensar en Marissa. A ella la mataron antes de que pudiera florecer. ¿Eso cómo se llama...?

Erika y Marissa se miraron.

—Fue una tragedia —dijo Erika.

—No —dijo Mandy, sacudiendo la colilla con impaciencia en el murete—. ¿Cómo se llama? Ah, sí, una metáfora. Los lirios no se abrirán. Es una metáfora para Marissa, y para Joseph.

Ellas asintieron.

—¿Y por qué están midiendo el poste de mi verja? —añadió.

—Es para comprobar las imágenes de la cámara de seguridad. Un procedimiento rutinario. Nos proporciona más detalles para el juicio.

—¿Tiene importancia que haya talado el seto? No me sentía segura con esa barrera. Ahora ya no hay dónde esconderse.

—No importa —dijo Erika. En efecto, ahora podían ver toda la calle y observaron que Don Walpole salía de su portal con una bolsa de basura. Él las vio, hizo un gesto de saludo con la cabeza y volvió adentro. Mandy encendió otro cigarrillo.

—Jeanette ya ha vuelto del hospital. Le han puesto un implante en el estómago para que deje de beber. Un sorbo de cualquier bebida alcohólica y lo vomita todo... Confío en que él haya comprado suficiente limpiador de alfombras.

—¿Ya ha embalado las pertenencias de Marissa? —dijo Erika.

—No. No me animo a hacerlo. Al menos hasta que esté enterrada. A Joan se le da bien la limpieza. Me dijo que vendría a ayudarme. Entre las dos decidiremos qué hay que guardar y qué se puede dar a beneficencia. Muchos de los trajes se pueden vender por eBay —dijo Mandy.

—Tómeselo con calma. No hay que darse prisa con estas cosas.

—Me alegro de que atraparan al hijo de puta que le hizo esto... He visto en las noticias sobre él que andaba merodeando de noche por las calles. Este es un barrio difícil, pero no esperas que suceda algo así justo en la puerta de tu casa.

—¿Le importa que echemos un último vistazo al dormitorio de Marissa, solo para estar completamente seguras de que tenemos todos los datos para el juicio? —preguntó Erika.

—No, claro, suban. Ya saben dónde está —dijo Mandy. El sol salió en ese momento, y ella apoyó la cabeza en la pared, cerrando los ojos y alzando su cara pálida y arrugada.

Ellas entraron en la casa y subieron al dormitorio delantero. Tenía el mismo aspecto que cuando Erika había venido a registrarlo con McGorry. Había los mismos pósteres colgados en la pared y todos los atavíos de cabaret seguían intactos. Ella se acercó a la ventana y miró la calle. Varios vecinos habían salido a mirar al equipo de analistas forenses. Sonó un timbre enfrente, señalando el final del recreo, y todos los niños echaron a correr para ponerse en fila en el otro extremo del patio de juegos. Mandy había cruzado la calle, todavía en zapatillas y camisón, aunque con un grueso abrigo, y estaba hablando con Joan, que fumaba un cigarrillo en el escalón de su casa.

—Los pendientes de diamantes siguen mosqueándome —dijo Erika—. Da la sensación de que son la clave. ¿Por qué fue Marissa a la joyería donde trabajaba Charles Fryatt? ¿Él sabía que ella estaba allí? He leído los informes, y Charles dice que solo se enteró cuando McGorry fue otra vez con la amiga de Marissa. Además, ellos niegan que esos pendientes fueran los mismos que los de la señora Fryatt.

—Charles Fryatt tiene coartada: su esposa. Él también es un hombre muy alto —dijo Moss, cogiendo una varilla de tragafuegos de la diminuta chimenea y examinando la punta.

—Según aseguran Martin, el sastre de Matrix Club, y Ella, una de las bailarinas, Marissa dijo que le había robado los pendientes a la señora Fryatt. ¿Quién dice la verdad? No sabemos de dónde salieron esos pendientes, ni dónde están ahora.

—¿Podría habérselos quitado Mandy al cadáver? —preguntó Moss, acercándose también a la ventana. Joan y Mandy estaban encendiendo otro cigarrillo—. Aún hay un signo de interrogación sobre dónde durmió Mandy la noche que asesinaron a Marissa. Ella nos dijo que estaba arriba, en el dormitorio trasero, pero hay pruebas de que durmió abajo, en el sofá.

—Había un edredón sobre el sofá —dijo Erika—. Pero eso difícilmente constituye una prueba. Podría haberse echado allí una siesta, simplemente.

—Erika, este caso se acaba reduciendo a la estatura del asesino. No tiene nada que ver con un diamante o, bueno, con unos pendientes de diamantes.

—¿Qué es lo que acaba de decir?

—Que este caso está relacionado con la estatura de la persona que la mató, y nosotras sabemos que no es Taro Williams...

—No, después de eso...

—Que no tiene nada que ver con los pendientes. Al menos, yo no lo creo.

Erika había empezado a deambular de un lado para otro.

—Cuando Peterson y yo fuimos al Matrix Club, el sastre nos dijo que Marissa hablaba del «diamante», no de los «diamantes». Que ella decía que sería «el diamante» lo que haría que le sonriera la fortuna... Y el tipo añadió algo así como: «Ya sé que Marissa era estúpida, pero conocía la diferencia entre el singular y el plural». Si ella no estaba hablando de los pendientes de diamantes, ¿a qué se refería?

—Estoy empezando a perderme —dijo Moss—. Hay un diamante bordado en sus vestidos. —Se acercó a los tres maniquís que se alineaban en la pared con algunos de los atavíos de Marissa, todos con el logo del diamante bordado—. Ella planeaba irse a Nueva York y actuar como Honey Diamond. Tal vez creía que allí le sonreiría la fortuna, ¿no?

Erika meneó la cabeza y miró por la ventana. Mandy y Joan seguían enfrascadas en su conversación. Joan dijo algo entre dientes y Mandy estalló en carcajadas, exhalando una gran bocanada de humo. Los últimos niños estaban entrando en fila en el edificio de la escuela y uno de los analistas forenses gritaba a un grupo de vecinos.

—¡Retrocedan, por favor! —decía, agitando sus manos enguantadas. Ellos, dos señoras mayores y un chico, empezaron a caminar hacia atrás, exactamente como hacen las ovejas cuando las pastorean.

Erika volvió a mirar el dormitorio y reparó en una gran fotografía enmarcada que estaba en la pared entre las demás imágenes publicitarias de Marissa. Era la foto de un enorme diamante, montado en un anillo, que destellaba con intensidad. Se acercó y la descolgó con mucho cuidado de la pared. Empezó a examinarla. El forro posterior del marco era de grueso papel.

—¿Tiene unos guantes de látex? —dijo.

Moss hurgó en sus bolsillos y le pasó un par.

68

*E*rika colocó la foto enmarcada boca abajo sobre la cama y ambas miraron el grueso papel de detrás.

—El marco es cutre y viejo —dijo Erika—. La imagen del diamante está descolorida, como si hubiera permanecido en la pared y recibido mucho sol, pero este papel parece nuevo.

Cogió unas tijeritas de manicura de un pote del escritorio situado junto a la ventana y Moss le sostuvo el marco mientras ella desprendía el forro de papel y luego lo retiraba con todo cuidado. Ambas miraron con atención. No había nada dentro, salvo la foto montada sobre un trozo de cartón. Erika la sacó del marco. Parecía gruesa, y la sostuvo frente a la luz.

—Está amarillenta por un lado, pero la parte de detrás está blanca —dijo Moss—. Aunque, claro, solo el lado que mira a la ventana se habría descolorido.

Erika examinó los bordes del cartón.

—Hay un leve solapamiento aquí, mire, con este lado blanco y el otro con una sombra amarillenta.

—Son dos piezas; las han enganchado juntas —dijo Moss.

Erika deslizó sus dedos enguantados sobre la fotografía del diamante. Se detuvo al llegar al centro.

—Aquí hay una pequeña cresta; parece como si hubiera

algo dentro. Algo oblongo. Podría ser un papel doblado o un sobre que ha sido pegado entre los dos trozos de cartón.

Erika y Moss guardaron la foto en una bolsa de pruebas y regresaron a toda prisa a Lewisham Row, donde la llevaron a una de las salas de exploración médica esterilizada. Se pusieron guantes y mascarillas, y Erika, utilizando un bisturí, fue separando con delicadeza las dos láminas de cartón pegado.

—Cuidado —dijo Moss, mirando como empujaba lentamente el filo en la juntura entre los dos cartones. Al fin, Erika consiguió separarlos por completo.

Dentro había un sobrecito marrón.

—Deberíamos llevar esto al Departamento Forense —dijo Moss.

—Lo sé —dijo Erika—. No tocaré la parte del sobre que está pegada. Los forenses pueden buscar muestras de saliva. Si es que hay algo que valga la pena analizar.

Con mucho cuidado, seccionó la parte superior del sobre con el bisturí y sacó dos trozos de papel doblados. El primero era una imagen escaneada de un documento de identidad alemán, fechado en octubre de 1942. Estaba a nombre de una joven llamada Elsa Neubukov, de veintidós años, nacida en enero de 1920. En el documento había tres huellas dactilares: un pulgar y el índice derecho e izquierdo. Lo que dejó helada a Erika fue el sello del Tercer Reich de la Alemania nazi: el águila con las alas desplegadas y, debajo, la esvástica. La mujer de la fotografía, que era de color sepia, tenía el pelo rubio y corto, la frente despejada y una cara atractiva que miraba de modo casi desafiante a la cámara.

—Esta Elsa nació en 1920, así que tendría ahora noventa y siete, casi noventa y ocho años —dijo Moss en voz baja. Ambas se concentraron en el segundo trozo de papel. Era otra imagen escaneada, esta vez la de un pasaporte austríaco. Estaba fechado seis años más tarde, tres después del final de la Segunda Guerra Mundial. La foto era distinta, pero se trataba de la misma mujer, esta vez bajo el nombre de Elsa Becher. Figuraban la misma fecha de nacimiento y unas huellas dactilares.

Moss y Erika se miraron.

—¿Cuál es la fecha de nacimiento y el apellido de soltera de Elsa Fryatt?

—Podemos averiguarlo enseguida —dijo Erika. Cogió su móvil y sacó la dirección de Elsa Fryatt y sus datos en el registro tributario municipal—. La fecha de nacimiento es la misma. Tendremos que comprobar cuál era su apellido de soltera.

—Así que Elsa Fryatt ha estado viviendo bajo una identidad falsa —dijo Moss.

—Pero esto solo son copias escaneadas de los documentos. ¿Dónde están los originales? —dijo Erika. Volvió a mirar el primer documento de identidad y vio que en el dorso había un número de teléfono anotado con bolígrafo. Era un número largo y ella no reconocía el código. También figuraba una página web poco clara terminada con el «.de» del dominio alemán.

—¿Cree que esta letra es de Marissa? —preguntó Moss.

—Lo vamos a descubrir enseguida —contestó Erika, que ya estaba marcando el número.

69

Dos días más tarde, tras hacer numerosas indagaciones, Erika y Moss llegaron a casa de Elsa Fryatt. Era una mañana gris y la calle estaba vacía y tranquila. Moss miró nerviosamente a Erika mientras abrían la verja y recorrían el sendero hasta la puerta. Ya iban a llamar al timbre cuando la señora Fryatt apareció a su espalda, en la verja, cargada con unas bolsas.

—Buenos días, agentes. ¿En qué puedo ayudarlas? —dijo, sacando una llave del bolsillo del abrigo. Mientras se les acercaba, Erika pensó en la vivacidad que tenía para ser una mujer de noventa y siete años.

—Buenos días, señora Fryatt. Hemos venido a devolverle los pendientes que mi compañero se llevó para realizar un análisis forense —dijo, mostrándole una bolsita de pruebas que contenía el pequeño estuche de terciopelo.

—¿Y para eso hacen falta dos de ustedes? —replicó la señora Fryatt, dejando las bolsas de la compra en el suelo y abriendo la puerta principal.

Erika le dirigió una sonrisa encantadora.

—Sabemos que son muy valiosos. Y necesitamos que nos firme un par de impresos para confirmar que le devolvemos este objeto de su propiedad y que todo está en orden. —Por un momento pensó que la señora Fryatt no iba a invitarlas a entrar, pero la mujer acabó cediendo.

—Muy bien —dijo. Moss hizo ademán de cogerle las bolsas, pero la señora Fryatt la ahuyentó con un gesto—. Ya puedo yo.

La siguieron adentro y por el largo pasillo hasta la cocina. Charles estaba llenando el hervidor y se puso muy pálido al ver a Erika y a Moss.

—Charles, ¿quieres prepararles un té a las agentes? Han venido a devolverme los pendientes. —Le lanzó una mirada y él asintió; luego se quitó el abrigo y lo colgó del respaldo de una silla—. Y encárgate de guardar las compras.

Dejaron a Charles en la cocina y la siguieron hasta la espaciosa sala de estar. La señora Fryatt les indicó el sofá y ella ocupó el sillón de enfrente.

—Muy bien. Aquí tiene sus pendientes —dijo Erika, depositando la bolsita de pruebas transparente sobre la lustrosa mesa de café—. ¿Quiere examinarlos?

La señora Fryatt se puso unas gafas, sacó el estuche de la bolsa y lo abrió. Los pendientes estaban colocados sobre el pequeño cojín azul.

—Sí, mis pequeñines —dijo la mujer, mirándolos y alzándolos hacia la luz.

—También necesitamos que firme un impreso declarando que le ha sido restituida su propiedad —dijo Erika—. Después de asegurarse de que todo está en orden y de que son, en efecto, sus pendientes.

Sonó un tintineo y Charles apareció con un montón de tazas en una bandeja. Las manos le temblaban mientras las cogía una a una y las depositaba sobre la mesita.

—Charles, necesito que examines los pendientes con tu ojo experto —dijo la señora Fryatt, pasándole el estuche—. Tengo que firmar declarando que son los míos. Yo conozco la diferencia entre un diamante y una zirconia, pero debo asegurarme de que estas agentes no están dándome gato por liebre. —Les lanzó una sonrisa a ambas, aunque la sonrisa no acabó de llegar a sus ojos. Charles sacó de su bolsillo una lupa de joyero y observó a través de ella los pendientes.

—Siempre está preparado. —La señora Fryatt sonrió con benevolencia. Charles escrutaba los pendientes respirando ruidosamente; luego se acercó a la ventana para mirarlos a la luz. Solo se oía el tictac del reloj.

—¿Todo en orden? —preguntó Erika.

—Sí —dijo él, volviendo de la ventana y dejando el estuche en la mesita. Moss abrió la carpeta que llevaba, sacó un formulario prerrellenado y se lo puso delante a la señora Fryatt.

—Revise que el nombre y la dirección son correctos y firme abajo —indicó.

La señora Fryatt cogió un bolígrafo de una mesita rinconera y examinó el formulario, luego firmó al pie.

Erika se inclinó y colocó el documento de identidad escaneado de Elsa Neubukov encima del formulario. La señora Fryatt miró la fotografía sepia y el sello con la esvástica del Tercer Reich un buen rato, paralizada por la conmoción. Finalmente alzó la mirada hacia Erika. Sus ojos se detuvieron un momento en Moss y en Charles, que también estaba boquiabierto. Luego se recostó en el sillón y se llevó una mano temblorosa a la boca.

—Encontramos este documento escondido en una fotografía que estaba colgada en la pared de la habitación de Marissa Lewis —dijo Erika—. Junto con este otro... —Puso la copia del pasaporte austríaco de Elsa Becher, fechado seis años más tarde, junto al documento de identidad. Luego sacó una copia de un certificado de matrimonio a nombre de Elsa Becher y Arnold Fryatt y lo colocó al lado del pasaporte austríaco—. Ya ve que tenemos todo el rastro documental desde Elsa Neubukov hasta Elsa Becher y Elsa Fryatt. Las tres son usted.

—Esto es absurdo —dijo la señora Fryatt. Todo el color había abandonado su rostro; sus manos temblaban. Se inclinó y cogió la copia del documento alemán—. Esto no es un original. No es más que un chiste macabro. Esa chica era una mentirosa, y hoy en día se pueden hacer todo tipo de cosas con un ordenador...

—Verá que hay un número de teléfono anotado al dorso —dijo Erika—. La madre de Marissa nos ha confirmado que esta letra es suya. Y el número de teléfono corresponde a un tal doctor Arnold Schmidt, que trabaja en Hamburgo en una oficina dedicada a investigar los crímenes nazis.

Charles había tenido que apoyarse en la pared, junto a la puerta. Se le veía pálido y mareado.

—Debería sentarse, Charles —dijo Erika. Él fue al sofá y ocupó el extremo más alejado del sillón de su madre—. El doctor Schmidt no conocía su identidad, señora Fryatt, pero Marissa sí. O debió sumar dos más dos al encontrar estos documentos. Ella lo llamó unas semanas antes de Navidad e hizo unas vagas averiguaciones. Dijo que había leído un artículo en un tabloide que aseguraba que los llamados cazadores de nazis ofrecían una recompensa por la información sobre cualquiera que hubiera trabajado en los campos de concentración durante la guerra. El doctor Schmidt dice que le respondió que la recompensa era de dos mil euros... Yo creo que Marissa se dio cuenta de que podía sacar mucho más chantajeándola a usted.

—¡Mentiras! —siseó la mujer—. Esa pequeña zorra se lo inventó todo. ¿Dónde están los originales? Dígame, ¿dónde?

Moss volvió a abrir la carpeta y le pasó a Erika una hoja.

—Señora Fryatt, ¿o puedo llamarla Elsa Neubukov?

Elsa, usted trabajó en el campo de concentración de Mauthausen-Gusen en el norte de Austria.

—¡Mentiras! Austria no participó voluntariamente en la guerra. Fuimos anexionados por Alemania. La gente no tenía elección y pasamos a formar parte del Tercer Reich siguiendo los antojos de los políticos.

—El doctor Schmidt ha sido capaz de acceder rápidamente a los archivos del campo de Mauthausen-Gusen. Usted trabajó allí, Elsa —dijo Erika.

—No me llame así —exclamó la mujer, tapándose los oídos.

—Usted participó en el exterminio de seres humanos, simplemente por la raza a la que pertenecían. Gente utilizada en trabajos forzados, sometida a experimentos, torturada.

Elsa dio un golpe con la mano en la mesita de café.

—¿Usted cree que nosotros fuimos responsables de aquello? ¿Cree que el pueblo austríaco deseaba eso? ¡No tuvimos elección! —exclamó con mirada llameante.

—Mauthausen fue uno de los mayores complejos de campos de concentración en la zona de Europa controlada por los alemanes —dijo Erika.

—¡No me hace falta una jodida lección de historia! —gritó Elsa. Charles miraba inexpresivamente los documentos de la mesa.

Erika prosiguió.

—Los prisioneros de Mauthausen-Gusen era obligados a trabajar en las fábricas de armas y en las canteras. Las condiciones eran atroces. ¿Usted qué hacía exactamente? Los archivos dicen que era una guardiana, lo cual es muy inconcreto, pero su tarea era vigilar a los prisioneros, ¿verdad? Llevarlos de un sitio a otro, imponer orden y disciplina, ejecutar las órdenes. ¿Y qué órdenes eran esas? Eran órdenes de Hitler y del Tercer Reich. Órdenes para remodelar Europa de acuerdo con el ideal ario. ¿Considera que forma parte de una raza superior? ¿Qué piensa de mí, Elsa? Yo soy eslava, y a nosotros el Tercer Reich nos consideraba una raza infrahumana.

—Agentes, esto ya es demasiado. ¡Mi madre es una anciana, mírenla! —dijo Charles.

—¿Demasiado? —dijo Erika, empezando a perder los estribos—. ¿Solo porque es una anciana deberíamos olvidar? ¿O acaso me estoy poniendo demasiado política? ¿Acaso estoy tratando de imponerles mi ideología liberal? —Charles meneaba la cabeza—. Me revienta que la gente crea que todo lo relacionado con el Holocausto y los campos de concentración ha quedado atenuado por el paso del tiempo. El asesinato sistemático de millones de personas basado en su constitución genética o en el color de su piel es algo que jamás debería olvidarse o perdonarse. Sigue vigente hoy en día. Su madre es tan culpable ahora como lo fue entonces. —Miró a Elsa y recorrió con la vista su opulento salón, sus ropas elegantes, los pendientes de diamantes que reposaban en el estuche abierto junto a las tazas de té.

—El doctor Schmidt… —murmuró Elsa—. ¿Qué edad tiene?

—No lo sé —dijo Erika.

—¿Tiene la misma edad que yo? —preguntó, golpeándose el pecho con la mano.

—Está en edad de trabajar. En la cincuentena.

—Entonces, ¿cómo puede saber cómo fue aquello? —soltó Elsa con rabia.

—Usted era guardiana de un campo de concentración. ¡No de un campamento de verano! —dijo Moss.

—¡Si hubiera rechazado el puesto, me habrían encerrado en ese campo! —insistió Elsa en voz baja, pero con la mirada encendida—. Los soldados alemanes recorrían las granjas. Nosotros vivíamos en una zona agrícola, teníamos una granja. Mi padre era uno de los mejores granjeros en muchos kilómetros a la redonda. Y ellos venían y exigían que todos los jóvenes adultos fuéramos a trabajar a los campos. Nos decían que, si no lo hacíamos, nos mandarían allí con toda nuestra familia. Ustedes no vivieron aquello... ¡No pueden imaginar cómo era!

—Y, sin embargo, usted sobrevivió, y debe haber visto morir a centenares, incluso a miles de personas —dijo Erika.

—¿Usted tiene familia? —le soltó Elsa.

—No.

—¿Y usted? —preguntó, señalando a Moss.

—Sí —dijo ella.

—¿Tiene hijos?

—Un niño pequeño.

—Y si el ejército alemán llamara a su puerta y le dijera que si no iba a trabajar al campo gasearían a su pequeño, ¿qué haría?

—Pelearía. Pelearía por mi hijo, combatiría contra ellos —dijo Moss, temblando y con la cara congestionada.

—Todo el mundo tiene moral hasta que debe pagar por ella.

Erika contuvo el impulso de pegarle a la mujer un puñetazo en la cara, y al mirar a Moss, vio que ella también estaba conteniéndose.

—Así que usted iba cada día a trabajar y a maltratar a los prisioneros, enviaba a gente a la muerte, desempeñaba su papel en el exterminio de millones de personas. ¿Iba silbando cuando se dirigía al trabajo, pensando que usted estaba a salvo?

—¡Claro que no!

—El campo de concentración del cual era usted guardiana estaba clasificado como un campo de grado tres, que eran los más duros, los destinados a «los enemigos políticos incorregibles del Reich». Era también uno de los más rentables.

—¿Cuántas veces tengo que decírselo? Yo no era partidaria de Hitler. ¡Trabajé allí porque tuve que hacerlo!

Se quedaron en silencio un momento. Erika oyó de nuevo el tictac del reloj.

—Elsa, su hijo se casó con una mujer judía —dijo Erika—. No lo consigo entender.

—Nosotros no sabíamos nada —dijo Charles, interviniendo por primera vez—. Mi padre se fue a la tumba sin saberlo. Mi madre cambió sus datos cuando emigró a Inglaterra. Falsificó sus documentos. Papá sabía que era austríaca, que era la hija de un granjero, y sabía que Austria había estado ocupada. Pero ninguno de nosotros sabía… —Se tapó la cara con las manos.

—¿Cuándo averiguó Marissa su identidad? —preguntó Erika.

—Unas semanas antes de Navidad. Yo había mantenido el secreto durante años, pero bastó con que un día la caja fuerte no estuviera bien cerrada… —Elsa meneó la cabeza—. Un error, un pequeño error y todo… Todo se viene abajo.

—¿Guardaba sus documentos en la caja fuerte y su marido no lo sabía?

—Tenía una caja de seguridad en un banco de Londres… La abrí cuando llegué al Reino Unido en los años cincuenta. Conservé estos documentos porque… esa era mi identidad. Mi familia no tuvo nada que ver con los nazis. Tenía buena reputación. Debería haber quemado los papeles, pero no podía hacerlo. Luego el banco se trasladó de sede; me avisaron hace unos años, después de que mi marido hubiera muerto, y los guardé aquí, en la caja fuerte. —Elsa se arrellanó en el sillón y cerró los ojos.

—¿Cuándo empezó Marissa a chantajearla? —preguntó Moss.

—Cuando dejé que se quedara esos pendientes de diamantes, para empezar. Pensé que sería suficiente para mantenerla callada, pero no lo fue. Ella comprendió qué consecuencias tendría para mi familia, para Charles y los suyos, que la gente se enterase. Los Litman tienen una lucrativa joyería en Hatton Garden, que históricamente es un distrito de negocios judío. Piense en lo que ocurriría si se hiciera público que su madre… —Su voz se apagó. Ahora parecía extenuada, resignada a su destino.

—Usted nos dijo que Marissa había sido asaltada unas semanas antes de Navidad por un hombre con una máscara de gas —dijo Erika.

—Sí.

—¿Quería hacernos creer que él la había tomado como objetivo anteriormente?

—Era una ocasión perfecta. El hombre de la máscara salía en todos los titulares, la gente estaba asustada… En aquellos momentos había oído hablar a la gente en el supermercado de una joven a la que él había atacado, ya bien entrada la noche, cuando volvía a su casa desde la estación.

—Así que era factible que también hubiera asaltado a Marissa —dijo Moss. Elsa asintió.

—Para cometer el asesinato perfecto, necesitaban la tapadera perfecta —dijo Erika—. Y Taro Williams lo era. Nos ha costado bastante tiempo acceder a los registros del móvil de Marissa. Sabemos que ella le llamó en Nochebuena a usted, Charles, poco antes de subir al tren hacia Brockley.

Él levantó la vista desde el sofá donde se había derrumbado.

—Me llamó para decirme que quería dinero, o joyas, lo que fuera más rápido —dijo, sujetándose la cabeza con las manos—. Dijo que se iba, que lo necesitaba enseguida… Nosotros ya le habíamos dado dinero y los pendientes. No me quedó otro remedio. Aquello no se habría acabado nunca; ella nos habría seguido chantajeando y amenazando.

—¿Dónde consiguió la máscara de gas? —preguntó Erika.

—La encontré en una tienda de segunda mano del Soho —dijo Charles. Bajó la cabeza y empezó a llorar.

—El único problema, Charles, es que usted tiene una coartada para la Nochebuena —dijo Erika. Él la miró—. Tenemos imágenes de videovigilancia de usted en una gasolinera del norte de Londres, que son once minutos anteriores a las imágenes que quedaron grabadas del asesinato de Marissa. Es imposible que usted hubiera estado allí.

Volvieron a mirar a Elsa.

—Nadie creerá que una mujer de noventa y siete años haya sido capaz de matar a una mujer joven y fuerte de veintidós —dijo ella, dirigiéndoles una sonrisa aviesa y taimada. Un escalofrío recorrió la sala.

—¿Lo está reconociendo? —preguntó Erika.

Ella negó con la cabeza sin dejar de sonreír.

—La autopsia mostró que Marissa fue apuñalada con un tipo especial de cuchillo de mondar. Una hoja de veinte centímetros con un filo dentado en la parte superior —dijo Erika—. Cuando registraron su casa por orden judicial, uno de mis agentes se llevó un cuchillo idéntico… No se consideraba un objeto de valor, de manera que usted no fue informada. Estoy segura de que usted lo lavó, pero le sorprenderá saber lo diminutas que son las partículas que puede detectar la técnica forense actual. Hemos encontrado en ese cuchillo cantidades microscópicas de sangre y hueso de Marissa Lewis...

La sonrisa se había borrado ahora del rostro de Elsa. Abrió la boca con horror.

Erika prosiguió.

—No solo eso. Hemos hallado una coincidencia completa entre ese cuchillo y los cortes y las cuchilladas que presentaba el cuerpo de Marissa. Su cuchillo es el arma homicida. También hemos utilizado la tecnología más avanzada para estudiar las imágenes de la cámara de vigilancia situada frente a la casa de Marissa que captó su asesinato. Su estatura coincide con la de la figura con la máscara de gas.

—No... ¡No! —gritó Elsa.

—Y la última pieza del puzle, bueno, es la mejor de todas. En Nochebuena, cuando Marissa se bajó del tren en Brockley, llevaba esos pendientes de diamantes —dijo Erika, señalando el estuche que seguía sobre la mesa—. Jeanette Walpole ha confirmado que Marissa los llevaba puestos; y también hemos visto, una vez más mediante las cámaras de vigilancia de la estación de Brockley, que Marissa habló con dos jóvenes borrachos al pie del puente peatonal. Eran un par de sinvergüenzas; intentaron ligársela y le pidieron que se hiciera un selfi con ellos, sin duda para mostrárselo a sus amigos.

Moss sacó otra foto de la carpeta. Era el selfi, de una alta calidad, de Marissa con los dos jóvenes. Se veía claramente que ella llevaba los pendientes.

—Esta fotografía fue tomada unos quince minutos antes de su muerte —dijo Erika—. Hemos analizado los pendientes para buscar restos de ADN. Además de pequeñas cantidades de sudor y grasa, estaban cubiertos de sangre. A simple vista habían sido limpiados, pero hemos usado un producto químico llamado Luminol, que muestra los restos de sangre en un objeto. Seguramente lo habrá visto en las series policiales de la tele. Desprende un brillo azul bajo la luz adecuada. Hemos descubierto que los dos pendientes estaban empapados de sangre. Demasiada para proceder de un simple corte. Usted mató a Marissa, Elsa. Le cortó la garganta con su cuchillo de mondar y después, mientras agonizaba, le quitó los pendientes de diamantes.

Sonó el timbre y luego se abrió la puerta principal. Peterson entró en la sala con McGorry y tres agentes uniformados. Erika los miró y asintió. Elsa se echó hacia atrás en el sillón. Su rostro parecía hundido y tenía un tono cetrino.

—No… No… —graznó. Toda su bravuconería y su seguridad se habían evaporado.

—Elsa Fryatt, la detengo por el asesinato de Marissa Lewis. Tiene derecho a guardar silencio, pero su defensa podría resultar perjudicada si no menciona al ser interrogada algo que declare más tarde ante el tribunal. Todo lo que diga podrá ser usado en su contra. La informo también de que un abogado del tribunal internacional de crímenes de guerra y el Gobierno alemán han solicitado hablar con usted bajo arresto sobre el período en el que trabajó como guardiana en el campo de concentración de Mauthausen-Gusen y sobre los crímenes contra la humanidad que cometió en la Segunda Guerra Mundial.

La señora Fryatt alzó los ojos y la miró. Luego cogió un abrecartas de oro de la mesita de café y, sujetándolo con el puño, se abalanzó contra ella. Peterson se adelantó rápidamente y la sujetó de la muñeca cuando la punta de la hoja estaba a solo unos centímetros de la cara de Erika.

—¡Esas manos negras! ¡Quíteme esas asquerosas manos negras de encima! —siseó Elsa, con los ojos relucientes de odio. Peterson le arrebató el abrecartas y le inmovilizó los brazos; McGorry le esposó las manos por detrás. Elsa miró a Erika—. Ustedes nunca lo entenderán. Si volviera atrás, haría lo mismo.

—Llévensela —dijo Erika. Peterson la sacó de la sala de estar y la condujo al coche patrulla que esperaba fuera.

Epílogo

*E*rika, Moss, Peterson y McGorry observaron cómo subían a Elsa y a Charles por separado en los coches patrulla que estaban esperando. Mientras el coche que llevaba a Elsa arrancaba, ella permaneció muy erguida, con la cabeza bien alta, mirando hacia delante. En el segundo coche, Charles, derrumbado y cabizbajo, estaba llorando.

Al otro lado de la calle, los vecinos se habían asomado a la verja de sus casas; otros atisbaban a través de los visillos.

—Me pregunto qué pensarían si supieran que han estado viviendo al lado de una asesina y una criminal nazi —dijo McGorry.

—Se quedarán patidifusos, estoy segura. Siempre iba vestida de pies a cabeza con ropa de Marks and Spencer —dijo Moss—. Eso tapa un montón de pecados.

Erika sonrió.

—¿Qué le sucederá ahora? —preguntó McGorry.

—Aunque es muy mayor, nosotros haremos todo lo posible para llevarla a juicio por el asesinato de Marissa —dijo Erika—. Y Charles será juzgado por conspiración de asesinato. Me preocupan más las otras acusaciones. Los crímenes de guerra. Me gustaría que viviera lo suficiente para pagar por lo que hizo durante la guerra.

—Esperemos que viva mucho tiempo y que llegue a pudrirse en la cárcel —dijo Peterson.

Una furgoneta negra se detuvo junto al bordillo y un equipo de técnicos forenses se bajó y entró en la casa. Erika sacó un cigarrillo y lo encendió. Peterson le lanzó una mirada a Moss.

—Venga, John —dijo ella—. Vamos a tomarnos un café.

—Ya me he tomado dos... —empezó McGorry, pero Moss le dirigió una mirada y él la siguió a través de la verja.

Peterson desplazó su peso de un pie a otro y miró a Erika.

—¿Estás bien? —preguntó ella.

—¿Cómo?

—Por lo que ha dicho Elsa.

—Nunca te acostumbras al racismo. Siempre está presente. Cada día, de todas las formas posibles...

Erika asintió. No sabía qué decir.

—Quería hablar contigo de otra cosa. No del trabajo —dijo él.

—¿De qué?

—Debería haberte contado enseguida lo de Kyle y Fran... Intenté decírtelo cuando fuimos al club, pero... me acobardé.

—Después de todas estas revelaciones, el hecho de que seas padre ya no resulta tan impactante.

—Si quieres verlo así... —dijo él.

—No puedo decir que esté loca de alegría por ti, James, pero llegaré a estarlo —dijo Erika.

—Vale.

—Tú siempre has querido tener hijos, y te has ahorrado todo el rollo de cambiar pañales...

Él meneó la cabeza.

—Perdona. No pretendía decirlo así —añadió ella.

—No importa. Ya entiendo lo que quieres decir. —Le sonrió—. Entonces, ¿está todo bien? ¿Podemos llevarnos bien?

—Sí. Podemos —dijo ella. Le alegró que sonara en ese momento el teléfono de James, y le indicó con una seña que respondiera.

—¿Nos vemos en el café?

Erika asintió y miró cómo se alejaba y respondía a la llamada con una gran sonrisa en la cara.

Ella se quedó fumando junto a la verja. La inundó una sensación de alivio y de euforia por haber resuelto el caso. No se dio cuenta de cuánto tiempo llevaba allí hasta que bajó la mirada y vio cuatro colillas en el suelo.

—Qué demonios —se dijo—. No atrapas cada día a una asesina y criminal de guerra nazi antes del almuerzo. —Sacó el paquete de cigarrillos y encendió otro. Uno de los agentes uniformados salió de la casa y se le acercó.

—Disculpe que la interrumpa, señora. Creemos que hemos encontrado el abrigo que llevaba la asesina. Estaba metido bajo unas tablas del suelo. También hay una máscara de gas. Ambas cosas cubiertas de sangre seca.

—Voy enseguida —dijo ella. El agente volvió a entrar en la casa. Erika se tomó unos momentos para saborear su éxito. Un pájaro estaba cantando en lo alto de uno de los árboles de la calle y ella alzó la mirada hacia el cielo azul, disfrutando de ese sonido encantador. Dio una calada al cigarrillo recién encendido antes de apagarlo en la suela de su zapato y guardarlo otra vez en el paquete.

Luego volvió a entrar en la casa.

Una carta de Rob

Ante todo, quiero darte unas gracias enormes por haber decidido leer *Secretos mortales*. Si este es el primer libro mío que lees, o si lo has escogido para volver a saber de Erika Foster, te agradecería mucho que consideres la idea de escribir una breve reseña. No hace falta que sea muy larga, basta con unas líneas, pero para mí significa mucho y sirve para que otros lectores descubran uno de mis libros por primera vez.

Me encanta escuchar todas vuestras observaciones y leer vuestros mensajes. Gracias a todos los que os habéis puesto en contacto conmigo. Leo y agradezco cada mensaje. Podéis contactar conmigo en mi página de Facebook, a través de Twitter, Goodreads o de mi página web, que encontraréis en www.robertbryndza.com. Todavía han de venir muchos más libros, ¡espero que sigáis acompañándome en esta aventura!

ROBERT BRYNDZA

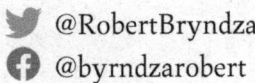

@RobertBryndza
@byrndzarobert

Agradecimientos

Gracias a Oliver Rhodes, a Clarie Bord y al magnífico equipo de Bookouture. Gracias también a Rebecca Bradley por tus comentarios y consejos sobre procedimiento policial. Todas las licencias respecto a la realidad son mías.

Gracias a mi increíble agente, Amy Tannenbaum Gottlieb, por guiarme a lo largo de los últimos meses con tanta elegancia e ingenio. Gracias también a la igualmente increíble Danielle Sickles y a toda la gente de The Jane Rotrosen Agency. Gracias a Jan Cramer por tu maravillosa narración en audiolibro de la serie de Erika Foster.

Gracias a mi suegra, Vierka, por todo tu amor y apoyo, y por el dibujo de la máscara de gas. Me hiciste sentir orgulloso y conseguiste crear algo escalofriante. Unas gracias enormes a mi marido, Ján, por leer infinidad de borradores y por aguantar mis locuras de escritor. Si hubiera un premio literario en la categoría de cónyuges de escritor, tú lo ganarías cada año. Y gracias a Riky y a Lola, por vuestro amor incondicional y por llenar nuestros días de luz y diversión.

Y finalmente, a mis maravillosos lectores, a todos los grupos de lectura, *bloggers* de libros y comentaristas de todo el mundo. Un escritor no es nada sin sus lectores. Gracias.

Queremos compartir más momentos contigo.

Únete a la comunidad de Penguin Libros
y encuentra tu siguiente lectura.

¡Únete hoy!

Penguin
Random House
Grupo Editorial